李亚琼 著

桃禮情

山西出版传媒集团
山西人民出版社

特邀顾问:裴润山

编　　　审:王洪波

用阳光的笔调，书写青春岁月的迷茫；以深情的语言，表达成长历程的艰辛。李亚琼通过田桃、李虞、王情三个乡村女教师的故事，揭示了农村教育存在的一些问题，表达了她们在现实与理想的夹缝中苦苦挣扎的悲与喜，展示了养育她们的那块风水宝地的沧海桑田。

——沁县宣传部副部长　卫志慧

"三十年来三十梦"，李亚琼的集子构架很新奇，文字极精巧，构思也很独到。她和她《桃李情》的出现，给沁县文学艺术界带来了惊喜，给我们生活的巢白里投进一缕阳光。她的勇气和坚持，是当下这个时代缺少的，是应当褒奖并推崇的。

——沁县宣传部副部长、新闻中心主任　石　波

谈天说地七尺坛，
天文地理塑英贤，
粉笔染白黑发雪，
桃李映红半边天。

——沁县文联负责人　王泽宇

《桃李情》是一部文笔清新、感情细腻，以悄悄话代替说教的女生励志教育书籍。贯穿始终的"情"字和浓浓的文化气息，必将让每个翻开此书的读者，感受作者的挚诚、友善和此生不渝的桃李情。

——沁县教师进修校副校长　霍建平

午夜，或是凌晨，在别人酣然入梦的时候，她也在电脑前敲击她的梦，悠远而绵长的梦。是梦，是情，是夜的记忆。她的故事、她的水城、她的桃源是个唯美的地方。是的，为梦奋斗的过程是美好的，是不知疲倦的，是成就生命永恒的。

——沁县县委党校　谢秀伟

亮丽的青春　崭新的起点

——写在李亚琼长篇小说《桃李情》出版之际

武二赖

　　李亚琼的《桃李情》就要出版了,作为这个小说的最初读者之一和作品在地方小报上连载的编者,我由衷祝贺的同时,也说说我的感受和看法。

　　自小报《沁园春》创办以来,陆续收到不少漳源中学师生寄来的稿件,这使我们感到漳中是个人才荟萃的地方。果不其然,没过多久,李亚琼老师的作品引起了我们的注意。她的短文《文与数的传奇》谈古论今,穿越历史数千年,有点朦胧派的味道;《文字飞翔》表达了从事文字创作的忧愁与欢乐,文笔犀利,却真实感人。《那一夜雪花》《脚步匆匆》等一篇篇散文依稀看出此人在文学道路上一程风雨一程歌的心路轨迹。

　　2011年初春的一天,李亚琼带着她的长篇小说打印稿,来到了县文联。从外表看,模样清新亮丽,个性鲜明,料想作品也一定会出手不凡。细细读过亚琼的《桃李情》之后,我觉得眼前一亮,认为这是一部很有现实意义的作品。这部小说,开启了沁县青年女作者创作长篇小说的先河,无论是对繁荣沁县文学创作,还是对于引导青少年积极参与写作,追求进步,都能产生"一花引来百花开"的作用,因此,我们当即空出版面,开始在县文联主办的《沁园春》上连载小说《桃李情》。

　　《桃李情》以三位女大学生的感情故事为线索,反映了山区教育生活中的苦与乐,叙述了男女之爱,师生之情,朋友之谊,教改之感,社会之变,既浓缩了现实,也寄托了希望,我认为很值得一读。

第一,作品为我们树立了一批爱岗敬业的教师典型。田桃、李虞、王情三位当代女大学生,扎根山村教育仍敢爱敢恨,对爱情有着执著的追求,当爱情与事业发生碰撞与矛盾时,没有舍弃事业,在痴情敬业的同时,妥善处理了爱情、家庭与事业之间的关系,使之达到了完美统一。

第二,透过作品,展示了作者对社会有所担当的严肃的创作态度。通观全书,即使是反映男女爱情的部分,也保持了健康向上的风格,没有低级趣味的情节,没有靠"猎奇"招睐读者。当今社会,在连不少知名刊物都爱依靠荒诞离奇来吸引读者的背景下,这种严肃的态度应当说实在难能可贵。

第三,笔者也从事过长达十年的教学工作,深知教育工作充满了矛盾与困惑,虽有亲身经历,却是"眼前有景道不得",没有时间和精力用笔把它再现出来。而李亚琼作为一个未足而立之年的女同志,却以爱情为经线,以师生情为纬线,有血有肉地把它展现了出来,不觉有点自行惭愧,因此就更加觉得亚琼同志不愧是女中豪杰,教育界的精英,沁县文艺界一颗璀璨的新星。

当然,作为一位文学新人,作品不免还有诸多不足,但毕竟展示了相当不错的文字功底。我衷心希望,《桃李情》只是李亚琼文学创作的起步和开头,随着生活的积累,阅历的宽泛,会有更多佳作问世。

2012 年 9 月

(作者系原沁县文联主席)

目　录

◆ **桃　篇**

◆ 李 篇

◆ 情 篇

几曲悠扬的歌回响在耳畔，一杯凉了的清茶在如星的灯光下闪耀，几片浅浅的、淡黄的菊花沉浮在杯中，红色枸杞像几颗朱砂，装点着那一个个默守成规的不眠夜，一个个织布般网罗的凄丽的梦，便深深浅浅地印在了沧桑岁月中。

桃篇

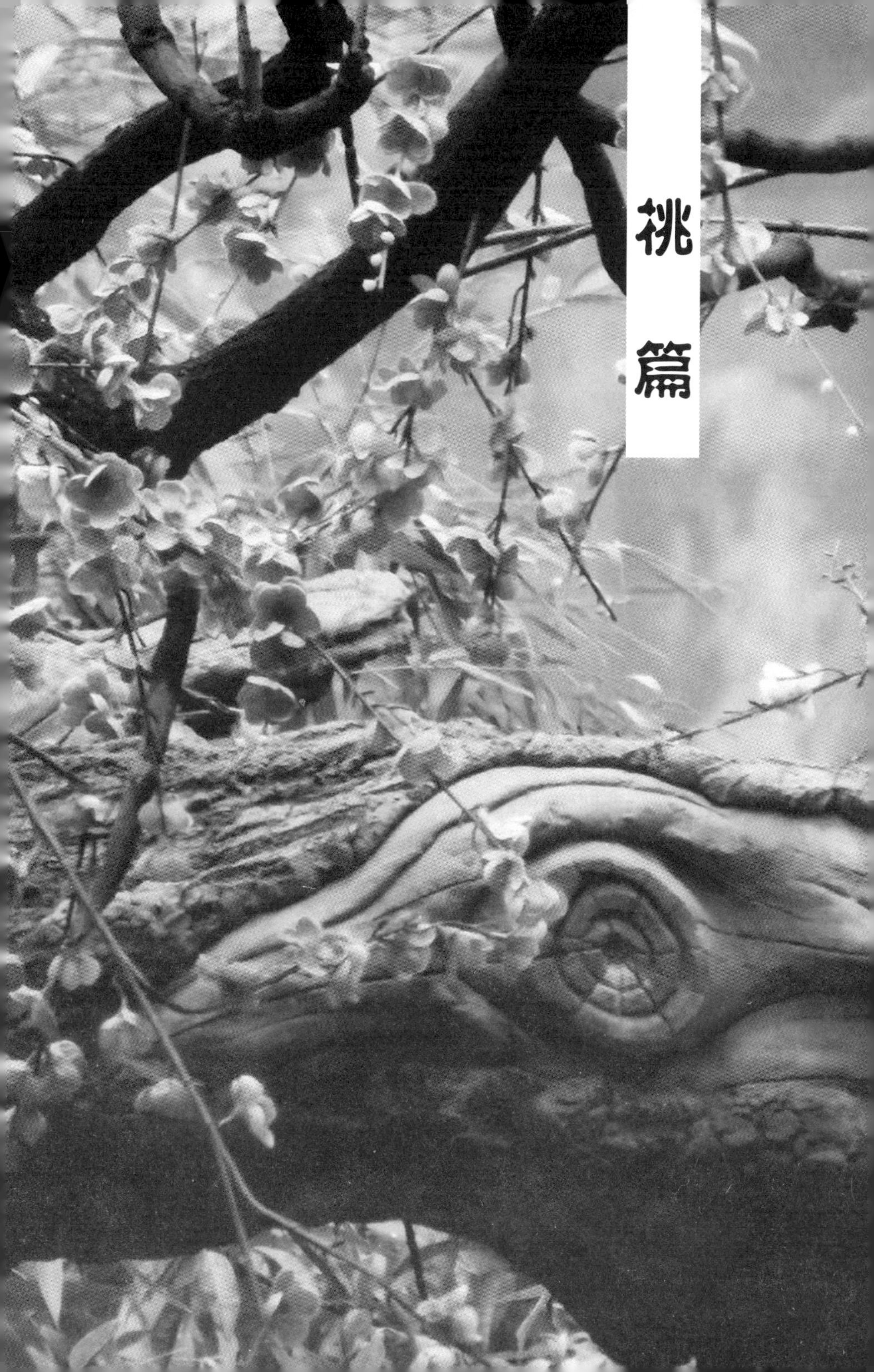

第一章　列车遗梦

那年,那月,寻梦的历程在开往远方的列车上启动。

已是初秋,最后一丝儿暑气却似未能完全消尽。太阳羞羞地隐在云层,任凭热辣辣的心无尽地散出火般热情。地上腾腾的都是热气,婆娑的柳条无精打采地轻摇着,带来的却是一阵阵热风。候车室里虽然安装着空调,还是没能阻挡热浪的蔓延,三三两两的人群不住地朝着售票处杂乱地拥。成双成对的墨镜、太阳帽,旁若无人地谈笑着,拥吻着。

相比之下,人群中,形单影只的李虞格外引人注目:鼓鼓囊囊的挎包,白色的运动衣还算清爽,浅黄色的休闲裤上,几块不规则的补丁显得特别不合时宜。她怡人的脸上挂着一丝不经意的微笑,眉心间的黑痣朴实中透着聪慧,小巧的鼻翼上沁出一层细汗,在忽隐忽现的阳光下悠悠地闪着,柔润的嘴唇似乎随时会呵出轻轻的声音来,偶尔又眉头微蹙。瞟一眼就能发现,这女孩虽然年纪轻轻的,可却心事重重。

李虞攥着车票夹在人梯当中,前面是一对和善的中年夫妇,丈夫紧紧地拥住妻子,留了一空隙,李虞乘机攀上列车。“10车112号”把她带到一个漂亮女孩身边,李虞从没见过这么美的女子,禁不住傻傻地盯着她看。

她穿件浅绿色的绸衣,时尚而简约的短裤下,一双俏腿被印有暗花的褐色丝袜紧紧地裹着,塞在精致的短靴中。随着车厢音乐的律动,她整个身体都很活跃。她的脸庞似乎被画家精雕细琢

2

过，每个弧度都如此完美。她捋起散下的一缕长发，热情招呼李虞："你好！一个人？我帮你放行李。"李虞拘谨地笑了一下，摇摇头算是回了话，随手把包放在膝盖上，生怕丢了似的用手拢着。她也笑笑，扭头张罗自己的旅行箱，一转身露出了方口袋依托下的美臀。对面一个男子边走边瞟她，掏出的香烟不知该放回去还是点起来，僵硬地呆在空中。

"田桃！看！快看我最新的摄影作品!多棒！紫色的光晕恰到好处地突出了她的雍容，再看这个，橙黄的背景，雪青的底色，出乎意料地折射出他粗犷的侧影……" 一个风风火火的女子捏着手机跑过来，扑闪的大眼睛幽深又有灵气，浅黄的波浪卷随着她夸张的举动一起一浮，伶俐的口齿迅速把人感染得忽视了她胖胖的身材，那圆嘟嘟的脸蛋和肉敦敦的双手都让人觉得可爱之极。

"哇！太好了，又多一个伴儿！"她冲着刚坐下来的李虞惊呼："你从哪里来？是去北京吗？去做甚？哦！我知道了！"她很滑稽地用手指了指李虞羞红的脸，"是看对象吧？"李虞矜持地一笑，说："我来自水城，去……"没等李虞说完，她就乐得哈哈大笑："咱们是同乡，这一路不会寂寞了！"

三个女人一台戏，没错，女孩们的话匣子一打开，满车厢都是她们的青春故事。汗腥味、烟味混杂的空间被女孩们轻柔欢悦的说笑声笼罩了。

胖女孩的嘴巴一刻也停不得，咋咋呼呼的说个没完。很快就知道，她叫王倩，师范学院美术系高材生。她喜欢摄影，喜欢四处疯跑，却经常得一坐就是几个钟头地作画；追求卓越，追求美丽可爱，却经常被同学们讥讽为清纯的"羊脂球"。她自顾自夸着："我呀，就是是个爽朗大方、质朴纯真的山里姑娘。"一路上，最能侃的就是她,青春女孩的故事当然离不开人类永恒的爱情话题。

王情的一号男主角叫罗东,她绘声绘色的讲开了:

他有着天生的忧郁气质,他的头发很干净,他的眼神中有着悲天悯人的色彩,是我喜欢的悲情王子类型。我们相遇像上天安排好似的,就像这样,在列车上,我对他一见钟情。当时我穿着一身蓝色裙装,连指甲都涂成蓝色的。

看到他我立即装出淑女的样子来,见他无动于衷,又开口向他借报纸看。他递给我报纸,一本正经地说:"世间万物,还是纯天然的最好。"可把周围人逗乐了。可不是,王情这人,为了引起男孩子的注意,装成文绉绉腼腆的女孩,可真难为她了。装模作样地看了阵报纸后,王情的话匣子就又打开了。神聊中,很快到站。看着王情慢腾腾收拾行李的样子,罗东笑了,恐怕是一路上唯一一次笑。"我们还会见面吗?""当然!"王情说。

一次偶然的邂逅,她不想违背上帝的旨意,下车时留了各自的联系电话,王情大胆地在电话号码背面写下"A 乘 A=?"

一天,两天,三天,王情等着电话响起,可它总是被别的舍友接起,偶尔接,也是那些自以为是大画家的小男生,王情不喜欢。凭直觉,罗东对她是有好感的,可为什么没有一丝音讯?主动找他?决不!可这种煎熬简直让她无法忍受。事实上,身边的追随者也察觉出了她的异样,班里的交际花为情所困了。消息很快传出,也传到百米之隔的邻校建筑系的罗东耳朵里。

她不知道,她当时竟然没问对方的详细校址,这反而让罗东搞了个神秘出击。一周后,一封从深圳特区来的信让王情明澈的眼睛瞪得天大,浅蓝的信封上赫然写有"王情收"。打开来,天蓝的信笺上只有一个简单的字符:"0"。

王情忒沮丧。就连敬爱的教授讲述迷人的西域风情,都没能

4

让她回过神来。整天琢磨着,我对他有无限的爱,他的"0"是什么意思呀?有了秘密的日子真难熬。

又一周过去,一封淡蓝色的信飘然而至,这回,有了汉字:爱的起点。王情乐了,她辄然咬着下嘴唇,双眼露出了诡异的笑,这家伙!有机会非捉弄他一下不可!

又是周末,王情盼着信来,她等到的只有一个简短的电话:"是王情吗?速到楼下小花园,有人找!"电话忙音已响。王情大叫:"就现在这样子?!"顾不得多想,她穿着凉拖飞奔下楼,就以这样很狼狈的形象,出现在她日夜思念的罗东面前。

后来的事不用多说了,他们如火如荼地恋爱了。扫掉三周等待怨气的是一束淡蓝的满天星,卡片都那么别致,天蓝背景的图案上狂草:蓝色妖姬!我爱你!两只蜻蜓当中绕着一根细长的漂染过的黄发。罗东严肃地讲:那是当时王情在列车上给她留下的信物。几句深情表白就把王情感动得差点掉泪。

王情陶醉在甜蜜的回忆中,眼中有亮晶晶的东西在闪着。田桃打趣道:"行了行了,没准儿那根头发现在还保存着呢!"王情哈哈大笑:"那当然,将来还要给我儿孙们讲一讲、看一看呢!"李虞抿嘴一笑:"看把你美的!当心被抢走啊!"

王情突然就严肃起来。田桃嘴张了张,扮了个鬼脸,拿起糖果,细心地剥开来,给她们嘴里各塞了一颗,竟然也没吭声。王情几口就把糖嚼碎咽下肚了,又叽叽喳喳的说着北京的好、说着旅途的好。

李虞含着糖看看她们,想着自己是不是一不小心说了大煞风景的话?她们的脸庞那么好看,但又那么陌生。她也就扭头转向了车窗外,她若有所思的表情,好像有种淡淡的冷漠,又好像是在思考一个重大课题。

　　其实，她只不过想起了兵哥哥，她挎包里相片上那个气宇轩昂的军人。她这次出远门，就是要去找他。严格地说，她并不认识他。不着边际的胡思乱想了一会儿，看着呼呼后退的山山水水，她又开始想山旮旯里那些亲亲的学生们。

　　说是亲学生，是因为她所在的卫河学校是一所寄宿制中学。按照学校的管理模式，她几乎和学生同吃同住，他们的感情就是在同吃一锅饭、同睡一个屋的日子里，一天天打磨出来的。学生有时候很乖，乖得让她觉得今生为师真是最幸运的事。为师者，真是天底下最光辉的职业。学生们看到她时的那种惊喜、那种崇拜的神情叫她深深陶醉。四角围墙中那个静谧的世界，真好。

　　有时候学生们又会很叛逆，上课捣乱下课打架，甚至理直气壮地和老师唱对台戏。把他们调教得乖乖听话时，那种成就感和兴奋感是发工资都无法相比的。

　　她还想学校的老师们，他们就是些有文化的农民。农民种地，他们树人，农民种不好地，也许会饿一年，他们教不好书，怕是毁人一辈子。大多数老师，勤勤恳恳地种着那块自留地，乐哈哈地生活在大山里。

　　她还想那些后勤师傅们，刚到学校报到时，她怯生生的像个没长大的孩子，师傅们热情地给她送上脸盆、暖瓶、床垫等日常用品，就连碗筷也给她送过去。这些憨厚的人任劳任怨地做着杂碎事务，很快就让初出茅庐的大学生找到了当家的感觉。安居了，自然能乐业。离开他们短短一天，裹在人群中，李虞有种脱离组织的无助感。还好，只是短暂出行。只要她按规矩请假销假，等她回来时，一定还是那个似乎从来都没离开过的样子。

　　列车把她们吐在西客站，自顾自爬向远方，三个女孩很快被卷入人海中。

第二章　军营追梦

军营,离别,追梦的脚步在等待的岁月中逐渐搁浅。

在是否给他打个电话的问题上,李虞思虑再三。给他个惊喜?或者压根儿就是自己一厢情愿呢?

她再次想起他信中所言:"虞,别有太多顾虑,我只想带你走马北京。你在山里呆久了,应该出来看看外面的世界,请相信我!"李虞拥有的,就是他的名字——杨基睿,以及被戏称为九千九百九十九枝玫瑰的东西:数不清的短信息 + 几百封书信 + 几十小时电话,结果等于什么呢?想想他们的相遇,感觉好笑!

李虞的父母经营一个规模挺大的煤球厂,由于它方便快捷、易燃烧易操作等特点,再加上李父以质量求生存的理念严卡生产,李母热情大方、结账利落等原由,在小县城颇有名气。

"非典"突至,外地的原煤一时供应不过来,用户又急于储存燃料,一时竟然供不应求。到最后,只剩下自家备用的。回家探亲的杨基睿匆匆赶来,为老父亲购置煤球。在那个口罩横行的恐怖年代,人与人之间淡漠到近乎冷酷的程度,李虞和杨基睿草草一瞥,就各奔东西。谁会信,就这么"犹戴口罩半遮面"的一见,四目相对的刹那,两颗心就在为对方而跳。

事后,李虞记起来的,只有杨基睿两道浓黑的剑眉,只有他那如风的、挺拔的背影。尽管货源奇缺,在下意识中,她毫不犹豫把自家备用的煤球让给他。

隔离,最流行的词汇,最适用的办法。

战场,没有硝烟看不见敌人的战场,让人防不胜防躲不胜躲的战役。

惨烈的一战,凡尔登绞肉机吞没近 70 多万人,但威尔逊可以衔着橄榄枝保持中立,奥匈帝国内部革命也能导致不攻自破。悲壮的二战,力量悬殊时,英法军队进行敦刻尔克大撤退就保存了实力。对付战争狂希特勒,诺曼底登陆后,东西战场同时夹攻就迫使他乖乖就范;对待顽固的日本帝国,广岛和长崎的两朵蘑菇云也就解决了。可 SARS,波及范围之广,危害性之大,都不是冷热兵器能够遏止的。

人类内部的争端,在人类与病毒、与大自然的较量面前,显得渺小而幼稚。病毒根本不分敌我,可能在你最亲爱的人身上隐藏,也可能是你,此刻还在心存侥幸地喝绿豆汤喷药水,下一刻就被确认为病源体被隔离。用老百姓的话说就是"非典非典",非点着你不可,点着谁算谁;"萨斯萨斯"想杀死谁就杀死谁。

"中国之声"分分秒秒追击战斗最前沿,疑似病例精确到个位数。白衣天使们义无反顾地靠近 SARS,把针管当枪使,用球蛋白当子弹。一些无辜无奈的人被抓进"隔离区",一些无望无知的人被迫逃离,哪里是安全地带?

"非典"尚未控制前,最有效的方法就是隔离,隔开了奔赴战场的父母双亲,隔开了在外打拼的兄弟姐妹,热恋情人被迫离别,新婚夫妇只能分居,甚至出现了通过可视电话举行异地婚礼的特殊事件。

隔离啊,也让杨基睿如风的、挺拔的身影,迟迟没能出现在李虞面前,等苦了李虞,也急煞了杨基睿。哪知道,这个等几乎成为李虞一生的话题。命运注定,她要在等待中蹉跎,在守候中徘徊吗?

等,等到了杨基睿的第一封信。牛皮纸信封里装着两张薄薄的部队专用信纸,摩挲着他那刚劲有力的字体,杨挚诚恳切的话语回响在耳边。

浓黑的剑眉,如风的挺拔的身影像她期待中的样子走来。一封封朴实无华的信,让杨的形象愈加丰满更加真实地出现在李虞生活中。

选择军营,原来是无奈。那年,和姐姐同时接到大学录取通知书,他一句"男子汉可以用其他方式改变命运"就把姐姐送进校园。自己脱下千层底,穿上绿军装,走向军营那个炼钢炉。

爬摸滚打一路走来,杨基睿自言无悔。不讲豪言,无需壮语,杨基睿用他的行动证明了自己的选择。同年入伍,他第一个入党,政治考试、射击比赛,他总能为班里争得荣誉;重大会议值勤,集训汇报演出,他带的兵总是稳拿第一。

"荣誉"是军人的第一生命,杨基睿把一名和平时代普通军人的生命诠释到了极致。"铁打的营盘流水的兵",当一批批老兵解甲或从文或从政时,他依然坚守着那"一亩三分地",从新兵蛋子到班长排长再到连长。这一守,就是八年。

等,等到目睹杨基睿的真容颜,是在第九封信中。棱角分明的国字形脸,浓重浑黑的剑眉,鼻梁高挺,目光逼人,戎装一身站在大理石柱旁,身后是两行挺直的青松。他还提出个"不规矩"的要求,索要李虞近照。李虞虚晃一招,把一张学生毕业时的全班合影寄过去。

若没有足够的诚心,杨基睿肯定会选择放手。正如李虞期待中的样子,杨基睿反守为攻,信中一字一顿地说:

"别忘了我是特警,你躲不了!我能在千人之中一眼找到你!看来你对照片慎之又慎,一旦出手,是否意味着接受?!我有足够信心赢得你的玉照。"

源源不断的信件拉近了他们的距离，但真要面对杨基睿，李虞的心里还是在打鼓。他多次强调职业的特殊性，时间观念极强，休假时间有限，只能烦劳李虞千里迢迢而来，而且，通过战友也可以全面了解他的为人。最后，搬出了长城、故宫来诱惑她。李虞明白，她冲着的就是那两道剑眉，就是他那如风的、挺拔的身影。

不再犹豫，李虞打车直奔营区。

军规之严，两棵白杨般的岗哨，算是让她长了见识。足足等了一小时，直到连部打来电话，哨兵才放困累交加，喜怒不能的李虞进门。

杨基睿执行任务去了。

捧着的心一下跌落在地，摔得四分五裂。

还好，面容和善的指导员热情接待李虞，左一遍右一遍地解释，部队和地方机关恰恰相反，老百姓的节假日，正是全军戒备时。末了，还长叹一声，"唉——理解万岁！"

等，千里寻他的最后一步是如此漫长，如此让人沮丧。平日里那些个温馨的话语，那些个自以为刻骨铭心的爱恋，此刻，突然就变成了无可言说的无奈。

果真是，沉默年代，一定不该有太遥远的相爱。尽管她早就清楚自己的处境，情窦初开的执着与莽撞就那样不顾一切的夺走了她的迟疑。她毅然决然地向他奔来，生命中第一次果敢的选择，就这样不由分说地战胜了她的理智。

她来了，顾不得感受博大宏伟的京城，来不及欣赏别具一格的区营。此刻。就一个心思，见到他。

太阳快落山了，一身疲惫的杨基睿终于匆匆归来。他高大的

身影忽然出现的刹那,夕阳下,红彤彤的余光照在他身上。泪眼婆娑的李虞心儿马上变得敞亮。她脸上挂着眼泪,却笑着。

杨基睿眼中晶莹的东西闪动了一下,转身出门,不到三分钟,洗去疲惫的他精神抖擞地重现于李虞面前,万语千言都已多余。杨基睿的眼睛亮晶晶的,他只说了一句话:"你受苦了!"

连部特批,他们在柏拉图苦恋中,终于有了六天相处时间。

六天,只有六天,如何度过这宝贵的一百四十四个小时呢?杨基睿絮絮叨叨地嘀咕着,要一起逛京城名胜,要一起拜访战友,要一起听团长讲话,要一起给士兵上政治课,一起穿军装演练也不能错过。要玩得开心,还要长点本领,更要在战友面前露一手,这样才不白走一遭。想说的话想做的事太多太多,可是时间不等人啊。

承载千年历史风云的皇家园林留下了他们的气息,同心锁毫不客气地挽结了他们的心门,游到有"天上人间"美称的颐和园时,遭遇了一场淅淅沥沥的小雨。雨中,伞下,他们共享一片不湿的天空。

他们的悄悄话,也随着初秋的红枫叶,一起飘洒在北京城的街街巷巷中。

"一面之缘,你怎么会找到我的联系方式?"

杨基睿一脸神秘,"世界上每六个人为一个组合,组合间环环相扣,只要你愿意,可以轻易结识任何一个。"

"为什么非得跟你出来花钱买罪受?"

"我带着新兵无数次游览京城名胜,每次都有不同的感悟。可从没带女孩来过,不带你来,我会觉得遗憾。我的眼里只有一景——你,我的感悟只有两个字——幸福!呵呵。"杨基睿坏笑一声,"你现在得听我的,以后,你会成为我的领导,那时,我一定听你的!"

"那列地铁,会开往哪里呢?"

杨基睿脉脉含笑:"放心!我们的地铁只有温馨的春。"

这个色彩斑斓的世界，以它深厚的历史底蕴和独特的文化韵味深深地震撼了李虞。这个可爱的军人和这群素质一流的兵稳稳地征服了李虞,和他们在一起,自在而开心。

为什么这样一些文化程度并不高的人能给人这样的感觉?所谓的素质,又作何解?

借用指导员的话来说,就是人与生俱来的以及通过后天培养、塑造、锻炼而获得的身体上和人格上的性质特点。它也是个人的才智、能力和内在涵养,即才干和道德力量。

历史学家托马斯·卡莱尔特别强调作为英雄和伟人的素质。在他看来,"忠诚"和"气度"是识别英雄和伟人最为关键的标准。单就忠诚与气度这两种品质。

军人的"忠诚"与"气度"正是他们素质的集中体现。穿起军装和这些兵们一起感受军人的职责与使命时,李虞感悟到了那种渗入骨髓的豪迈。血脉中涌动的激情告诉她,她找到了归宿,她注定是要找到他的,只是迟早而已。

她想到了自己的学生,新生报到,总会进行至少为期半月的军训,他们只不过站站军姿、走走步伐。以后,一定要让学生真正领悟军魂的力量,有了这种精神,不论是学习还是生活,或者是将来的工作,都可以把所有的艰难困苦踩在脚下。

西客站,送别,悠然的列车吞掉李虞。模糊的车窗外,杨基睿久久伫立着。

挺立的军姿,潇洒的军礼,又一次定格在李虞记忆的深处。

第三章 校园忧梦

日出,日落,幽梦的魂灵在年复一年的岁月中蝶变。

假期结束。

日出,日落,上课,下课,李虞又回到乡村中学日复一日、年复一年的重复中。

她所在的学校,是所公办中学,坐落在小村卫河,四面环山,占地五十余亩,师生共计千余人。建校八十余年,它一直是水城教育的旗帜,是乡下兄弟学校的楷模。李虞的爷爷在这儿念过书,父亲也在这儿念过书,她自己从这里毕业后到外省师范学院攻读四年后又回来任教。

从启蒙教育开始,此校便成为李虞实现理想的花园。从感情上讲,母校一切依旧,那山,那水,那不变的校舍都叫她魂牵梦绕。记得学生时代有篇描写学校的作文,被语文老师在班上念过:"宇宙中有个大球,大球中有个学堂,学堂的前面是山,后面是山,左面是山,右面也是山。东山、华山、西山、老爷山把它像小孙女一样抱在怀里,疼爱有加。潺潺的河水从学堂门前流过,像奶奶的叮嘱,像前辈的教诲。难怪人们说这里风水好,出人才……"

当年的语文老师,因为教学业绩优异,被县一中挖走了。除她以外的好多老师,都和李虞成为抬头不见低头见的同事,除了一届届不同的学生外,学校似乎找不到时光流过的任何印迹。

再回来,奉献母校的激情一度在胸中燃烧。李虞很喜欢这种有规可循的生活。学生期待欣喜的眼神,家长毕恭毕敬的态度,校长一丝不苟的作风,都曾让她为此倾心付出。然而,同事评价"秀外慧中",学生盛赞"如师亦友"的李虞教学成绩平平。同一课本重复四个年头后,那句"甘于淡泊,继续平庸"的口头禅让自己都觉得压抑。

怎么办?

北京之行在李虞的生活中击起层层波浪。她不安分了,她开始思考改与不改,改方法还是改态度的问题;她开始探索变与不变,变环境还是变自己的课题。

同样的教学设施同样的山区学生,为什么有些老师成绩突出?有些老师的排名总在后面?

为什么有些老师被敬若神明,而有些老师则被学生冠以"老婆子""经济十分钟""地雷""笑面虎"等不雅绰号?仅仅是学生的调皮捣蛋使然吗?

改方法,怎样的教学方法适合乡村教育?除了传统的师讲生听或者小组讨论以外,怎样的方法最适合农村孩子? 改态度,除了体罚学生的禁区以外,怎样的态度是最佳状态? 不苟言笑吗?还是平易近人?

如果在改变中不慎迷失自己,是否应该连环境一起改变?抑或离开?

深刻挖掘教材也深刻剖析自己,在学生心目中,她肯定是个太过随和的老师,基本功还算了得,可管理不够严格,关心不够细致。上课一本正经没一句废话,下课说说笑笑没一点大人样。与学生见面一定会主动打招呼,师生关系蛮融洽,融洽到学生不把她当老师的程度。

有一次,李虞正埋头批改作业,门外有学生喊报告,她答应

了三声都没人进门。她起身出去,发现窗台上留了一包刚摘下的杏子。不等她回屋坐定,门外又有人喊报告。她推门出去,窗台上又多了张卡片,松树后面几个小脑袋晃了晃,溜走了。等她刚回屋,几个学生又叽叽喳喳地喊报告,这次是来交作业的。不知道是好事还是坏事,反正学生对她没个"怕"字,也许这也是成绩总不够理想的原因之一。

另一个例子是柳君老师。学生的优生率、及格率、均分率都比平行班高十多分,排名总是第一。她的课堂一定讲得满满的,百分之九十以上会溢出课堂外,不拖堂的时候很少。学生的练字本、日记本、笔记本、错题本等样样齐全。她的办公桌上从没过空隙,她是勤快的,也是绝对用功的,但很多老师发愁和她一起带班,自习时间她占着,课余时间她占着,就连学生排队买饭的间隙,她也会站在食堂门口,检查学生背单词。如此敬业,这样的成绩当然让大家自愧不如,这一度被校领导称为"柳君"精神。可是,如果每个老师都效仿,学生受得了吗?

此时,素质教育已喊得很响亮,但真正应用在教学中,似乎还需要一段时间摸索。好在它的概念已经深入人心,所谓"素质",随便问一个中学生都能说道两句,那就是指人的体质、品质和素养。而素质教育是一种旨在促进人的健康发展,提高人的持续发展质量和水平的教育活动。学生是素质教育的主体,而老师不过是个引导者,或者说是导演。

学生的才智千差万别,性格爱好因人而异,所以,一个单单学识渊博而不具备教育能力的人,从事教师职业是不合适的。学生和社会逐渐以审视的眼神,看着讲台上某些眼高手低、指手画脚、拖拖沓沓、不求上进、心理浮躁、业务素质低劣的为师者。

破天荒的,学校召开了首次教师招聘会。时光荏苒,形势大变,大学毕业找份工作已成为头痛的事。虽然只招两名教师,前来应聘的竟有二十个高校毕业生,聘题为:随机抽取教学课题后,备课一小时,讲课半小时。

李虞作为青年教师代表听课,不听也罢,一听还真气人。有的目空一切,夸夸其谈;有的字迹潦草,概念模糊;还有的根本就不知道来做什么,一副官派。

讲台上侃侃而谈的女生并不多,那个长相清丽的女孩在一群应聘者中非常突出,不仅仅是漂亮,她的一招一式让很多教学多年的教师自愧不如。好面熟,总想不起来在哪见过。可能她也发现了李虞,竟然嫣然一笑,说道:当教师是我的梦想,我放弃了在北京当记者的机会,就是为了能回来。都说山里穷,可是狗还不嫌家穷呢。面对太多人说我们穷,除了满腔怒火。我做不了太多。我能做到的,大概只有实实在在地培养一些学生。她的话赢得了大家的一阵掌声,当场被聘。本地师范学校首届"三加二"中文系毕业生田桃,成为初一语文教师,一个稚气未脱的大学生开始走上讲台,投身乡村教育,耕耘于这方贫瘠但决不能荒芜的热土。

没多久,王情因为暂时找不到合适工作,天天赖在家里,只能忍受家人的奚落。在田桃的"挑唆"下,通过校领导的认可,王情担任初一、初二年级的美术老师,她一改平日嘻嘻哈哈的孩子样,拿起粉笔在中学生一张白纸的美术基础上涂抹动人的色彩。

转眼一学年过去了,李虞依然在鸿雁飞翔中与杨基睿热恋,田桃和她的程铖热线不断,王情却一副失魂落魄的表情。原来罗东为了施展自身才华去深圳了,王情本想跟他走,家人强烈反对,只好按父母意愿留在学校等待分配转正,以便日后成为吃"国家饭"的正式教师。

谈起罗东,王情笑着,却言不由衷,"生命从此成为简笔画,我的爱再也不会来,我的世界,只剩下白色的天和黑色的地。"她曾坐火车逃离过,她想天涯海角追逐她心爱的人,可半道就被父母截回来了。

他们通过半年电话,有时他会打在她舍友的手机上,有时打在学校里仅有的几部公用电话上,有时温情倾诉,有时大吵大闹,也许因为意见不合,有段时间王情一听电话响就神经质地嚷嚷"烦烦烦"。之后,舍友换号了,学校的公用电话"沙沙沙"地光有杂音,听不清对方声音。王情也就没法再接打电话。

偶尔,王情会悄悄跑到县城里的网吧,看看罗东一如既往发给"蓝色妖姬"的伊妹儿但从不留言。每去一次,都会大笑一回,再大哭一回。疯一阵傻一阵地过了一年多,终于,罗东在久无回应后像断了线的风筝般不知去向。

程铖回来了,他让听惯驴马叫的小山村见识了"宝马"速度,让灰头土脸的庄稼人体会了城里的好,也让田桃的同事在压制自己命不好想法的同时,送上不屑的一瞥。王情和李虞则当起"娘家人",名正言顺的搭上了程铖的车。

程铖对人热情豪爽,对他们姐妹都关心备至。看着好姐妹幸福洋溢的表情,刚刚失恋的王情心里酸溜溜的,颇有心计的她经常刻意制造机会寻找火花,尽管如此,她自己还不肯承认。可惜,她的眼神、她的表情、她的情绪不可抑制地出卖了她的躁动。

王情在工作中特别较真,在生活中,她的打扮技巧愈发精湛了,蓝花花衣服搭配乳白色短裤,乱乱的头发颇有艺术家的风度,清澈的大眼睛光彩四逸,她人到哪里就把欢笑带到了哪里,一个利落、洒脱的女大学生以她奔放不羁的品性,打破了暮气沉沉的校园。

第四章　为师痴梦

你说,他论,清贫的苦乐在四方天空中肆意地蔓延。

有些成就,有些感情,不是自己主观力量所能获取的。宿命中,一个人的生命轨迹会保持一种恒定的规则。不管你是否相信,插曲注定只是插曲,只能成为日后的谈资,只能成为若干年后的云烟。当然,属于自己的精彩与无奈却怎么绕都绕不开。

马彪,高大魁伟,深沉干练。高考落榜后看遍人生百态,尝尽世间百味,苦尽甘来,终于修炼成了酸枣饮料公司老总。曾被高校抛弃被亲朋鄙夷的马彪,此时成了香饽饽。大伙儿星汉攀月般追随着他,他却绕着自轴转。与高中同学王情重逢后,他把公司全部事务都委托于副总,日日追逐着心目中的太阳忙碌开来。

被男人宠着的女人到底有些膨胀,王情那颗蠢蠢欲动的心儿像踩在秋千架上一般摇摆开来。她才不会苦等早无音信的罗东,程铖也只能成为生命的过往。她站在讲台上,稳稳神,却定不下心来。初为人师的激情早遗失殆尽,她没办法束缚自己老往外蹦跶的心。于是开始怀疑,自己是否是当老师的料?

她也想努力成为一名优秀的人民教师啊,可单看周围老师们的言谈举止,她就怀疑自己并不属于这个圈子。恩师们一辈子献身乡村教育,几十年如一日地重复那本熟烂于心的教材,素衣淡食,铃声而作,铃声而息,直至两鬓斑白依然两手空空。车呀,房子呀,他们压根儿不敢想。这又何尝不是另一角度的"面朝讲桌背朝墙"呢?

王情被自己的想法吓了一跳:思想腐化,不热爱教育事业,不安心教学工作。长此以往,这可了不得! 虚度自己青春事小,荒废学生学业可是千古罪人!

突发奇想,我的想法只是个例吗?还是共性问题?是啊,一定得趁大伙在一起闲聊时偷偷展开调查。

农村学生居住点较为分散,为了方便忙于农耕的家长,为了解决由于来回跑灶上学既不方便又存在安全隐患等诸多问题,卫河学校实行寄宿制封闭式管理。每天下午六点,师生一起吃完晚饭后,还要上晚二、晚三两个自习。这个时段,除了每个班上自习的老师以外,大部分住校的老师都会自觉不自觉地串串门,说说学生情况,唠唠家长里短。

王情逮着个空儿便闯进一个满屋子人的宿舍里,她瞅瞅没有向校长打小报告的"汉奸"在,就发布新闻:"同志们,刚才我路过厕所,听见有两个学生在议论老师,他们说'不就是个副科吗,我们同学有的做主科作业,有的悄悄睡觉,某老师还在讲台上大讲特讲,笑死我了。'这说谁呢? 肯定是说我的,郁闷死了。怎么老感觉站在讲台上扮演像小丑一样的角色啊? "

化学教师刘大烨接过话茬,大发牢骚:"就是,有时候觉得就是社会上的丑小鸭、老黄牛,在学校天天钻在书里,只知道些书本上的死理儿,整天和学生打交道,学生不领情不说,出了门屁大点事儿也办不了。儒家祖师孔老先生都向往达官显贵。现在老师地位虽说有所提高,可咱乡下教师待遇还是太差,现在的状况就是吃不饱也饿不死,干得没劲。尊师重教就是句口号,落不到实处。只是不能对不起无辜的孩子,也就一天天熬过来了。"

他的爱人赵蓉哈哈一笑:"他呀,老觉得自己怀才不遇,发发牢骚罢了。干一行爱一行,当老师九年来,我很满足,苦点,累点,

19

生活才更充实。我们不可能得到所有学生的认可，那是我们努力的方向。学生有意见是极个别的现象，不能以偏概全嘛。设想桃李满天下的光景，多棒！自个儿成名成家的几率太小，学生成绩好我就特满意，站在讲台上，看着学生们仰着稚气的脸认真听讲特有成就感。选择为人师我永不后悔，清贫些无所谓，活得踏踏实实就是幸福。人应该感谢生活的赐予。人生在世，'平稳'就够，平平淡淡做事，安安稳稳教书，有何不好？"

数学教师安佳打断她的话："大道理谁都能说两句。当今教师队伍中确实有些人想入非非，事实上，他们不愿也不适合留在教育一线，自己累学生也跟着遭罪。应该选择能发挥他们专长的环境去闯荡。现在非师范类毕业生只要考取资格证就能进入教育系统，老师们当然也能根据自身条件涉及其他领域。"

她老公温海波，现任学校政教主任，毫不客气地指责："年轻人，不安心教育也罢，也不能煽动其他同志的情绪嘛。刚才赵蓉老师说得好，桃李情深啊，看着孩子们就有无上的乐趣。水平高就拼个能手评个模范，虽说荣誉不是目标，但能证明你的工作能力。年纪轻轻的，可不能这山望着那山高。俗话说，在行恨行，等你真脱离了教育干别的，肯定还会怀念现在的生活。干什么事都不容易，不信你就走出去试试！"

教导员杜竹过来送派课单，顺便插了一番话："外面的世界精彩也无奈，精彩是别人的，无奈是自己的。以前我跟着领导查课、查卫生，感觉就不赖，申请上讲台后才发现那真是说不出的自豪，老看也看不够，老讲也讲不够，最爱学生提问，心灵与心灵毫无杂念地交流，外人根本体会不到其中乐趣。我不是大款不是明星，可我能培养名人培养富豪。将来学生有出息了，说不定还能沾点光呢。"

他的话自然引起大家不满，调侃了几句后，话题又转到这个焦点人物上。杜竹长得真个性，典型大款样，脑袋大脖子粗不说，眉毛都竖起来了，睁圆了眼睛时活脱脱张飞转世。

"这家伙，交通学校毕业来学校上班，大概是用指挥交通那一套干教导工作吧，腋下常夹着记录日常琐事的流水账簿，出门进门水杯不离手，喇叭上读通知总是'全体同学到操场开会，全体老师和各班班主任到会议室集合'。"实习生梁锦程学扮着他瓮声瓮气的说话，引起大家一阵哄笑。

讨论更激烈了，后勤部事务长老申不紧不慢地说："他这人有一大优点，就是绝对心细，比如各位领导的在岗情况，各位老师的迟到时间，他无所不知。小心啊！是个危险人物。"

进来送作业本的历史科代表听着这些话，愤愤不平地为他敬爱的老师伸冤，"不会吧？杜老师能做好别人想到但做不到的小事，他的工作无人可以取代。他特别心细，考试时学生用多少份试卷，留几份卷子给老师他一份都数不错。钉卷时，几根针，几条线清点得丝毫不差，真正做到了量化管理，数码控制。"

学习委员也说："分发试卷时，其他老师都是一行八份试卷分开由学生传递，只有杜老师一份一份亲自送到我们手里。虽然是小事吧，但我们觉得自己有种被重视的感觉。"他说完就，吐吐舌头，笑笑。田桃附和着回应道："是的，咱杜老师当年可是以全县第一名的成绩考上大学的。可惜家里穷，才有了那样的毛病。"听着老师的认可，学生心满意足地走了。

"他父亲是村上老支书，一辈子清廉，给他起了个'竹'字，希望他有竹的高风亮节呢，他倒好，老师的教案本，学生的练习本，旧试卷废报纸他一概卷来卖破烂，赚得小钱出去吃饭喝酒。"办公室主任王旭越说越激动，他一拍大腿站起来，气愤地说道。

　　"上个月学校准备整理校志出版时,发现好多原始资料都找不到了,看着是发黄的书页,那可是咱们学校风雨兼程中前进的活见证呀!没了这些资料,我们甚至不能肯定某个年老的寻根者是否曾在我们学校就读。你们小青年,甚至搞不清究竟哪一年建校,建校之初的艰难跋涉就更不用说了。他犯下的是滔天之罪,拿什么来弥补我们校史的空白?又怎么能对得起为了学校为了教育倾心付出的前辈们?"

　　"是啊,史料无价,秦始皇一出焚书坑儒的损招埋葬了几代读书人的宏图大志?'四人帮'横行年代被称为'毒草'的经典读本被付之一炬时,多少文人学者欲哭无泪、欲叫无声地对着苍穹大地默哀?茫茫乾坤之下一道闪电划破中华大地,随之而来的黑色风暴害苦了多少有知识有抱负的读书人?这些道理杜竹不可能不懂,堂堂大学生,肯定不会干这样缺德的事,估计是进行危房改造时,有些书籍搬进搬出丢失了,民工那么多,顺手拿去当手纸或者引火做饭也不是不可能。说到底,史料的丢失,是管理不善的问题吗?是修房盖屋惹的祸吗?事实上,我们每个卫河人都有不可推卸的责任!"

　　田桃说着说着,不由自主地站起身来回走动着,比划着,"说得有道理,杜竹的罪名不成立。但他的小毛病的确不少,当个教导员,还真以为自己是多大的官儿,架子大得很。老师找他拿盒教学磁带,他愣是忙这忙那不答理,递根烟或者拿把糖过去,他就不忙了;取粉笔的差事最好交给精干女学生,甜甜的一声'老师',再抹抹桌子扫扫地,他应得忒爽快。他的威风是用来对付男学生的,惧于他的武力惩罚,学生们给他起了'飞哥'的绰号,久而久之,这绰号在老师们中间也传开了。"

　　"田老师啊田老师,刚刚有了如意郎君,就看不起咱山里人

啦,人家要嫁就嫁北京、上海的主儿、小地方的穷酸人根本看不起来。"

田桃一下脸红了,大声争辩道:"说得什么话呀?我们家程铖人好,可就是跑得太远了,这不,刚刚过了婚假,就去广西修铁路了。俺好歹也是守家的铁嫂,不许欺负人啊!"

"好好,不惹你啦!咱可怜的飞哥,该解决个人问题了吧?"

"可不是,成剩男了,眼光还挺高,每来一批实习生,他都要忙乎几天,可惜,人家不是婉言谢绝,就是嗤之以鼻。偶尔有个小女生想利用他的小小职权吧,他还看不上人家。怕是成了老大难喽!"

王丽老师一撇嘴,压低声音说:"这人,谁能看上他。上个礼拜,我老公的朋友们约我们一起吃饭,杜竹在场,礼节性地问了他句。他还当真了,多个人也无所谓吧,你们猜他出什么笑话了?他毛衣袖口开线了,线头在菜中晃来晃去,别人恶心得不再动筷,他却埋头不顾脸面地大咬大咽。真给咱老师丢脸。"

"你有所不知,老师们都很小气呢。俩人分一颗糖吃呢!"

趁着大伙儿乱发牢骚的空儿,王情打量了一下这个蜗居。面积约二十平方米左右,摆着一个柜子,两只床,四把椅子,墙角散落着几个水壶,几把扫帚。天花板估计是多年以前粉刷过的,连阴雨时留下了一圈一圈的地图。四壁围墙还算白净,贼亮的灯光下,几个老师盘腿坐在床头,蓝格子床单下露出早看不出原有花纹的床垫。

床的主人郝小花老师见她盯着自己的床看,就笑哈哈地打趣道:"我上初中时,父亲是学校的副校长,他用的就是这个床垫,父亲退休三年了,自己出去上学四年又回到母校,这个床垫还得为我服务。"几个老师挤坐在吱吱作响的椅子上,灰黑的椅背负荷着二百多斤的重量,显然是力不从心。

他们以一张陈旧的书桌为圆心,大声地说笑着,谈论着。王情起身找水杯,凑不够又拿了几个罐头瓶子伙用。她给同事们倒好水,接着说,"唉——谁叫老师们工资低呢,不计算日子更难过呢。看看我们每顿五毛的伙食费,再看看我们的肤色衣着,就明白老师们的生活状况了。"

"再寒酸也不能丢人现眼呀,大丈夫不食嗟来之食。杜竹呢,混一顿算一顿。上次我表弟填志愿出了点问题,当时他去教委送报表,我姨夫带我弟去找他,他给人脸色看,在他暗示下,老实巴交的姨夫拿出身上准备买化肥的五十元钱,请他吃了顿饭,志愿才改过来。真够狠的,不捞点什么好处他是不会甘心的。"

李虞抿了口白开水,一本正经地说:"唉,人穷志短嘛,别看他的样子鲁莽,肚子里可是有真才实学的,人家讲起文史头头是道,学生们经常去问他奥赛题,没难倒过他。怪不得比班主任还威风!说不定,人家哪天就考上公务员飞出大山啦。"

温海波接过话茬说:"是啊,尺有所短,寸有所长嘛,不是什么大毛病就互相体谅些,有明显缺点的人总会有常人无法拥有的智慧。怎么能一直抓着人家鸡毛蒜皮的小毛病不放呢?杜竹总有一天会叫我们大吃一惊。至于老师们小气,恐怕是通病。给大家讲个典故吧。据说,咱们水城先生远近闻名,晋东南地区都流行一句话'笨死了,水城先生都教不会就回家种地吧。'可敬的古代为师者得到老乡们的盛赞,因此,逢年过节,就会请老师去家里吃饭。

那时候穷啊,可怜的老师已经三顿只喝粥了,到了学生家里就盘腿坐在炕头,学生家长很快端出了白面饺子,老师打了声招呼便大口大口地吃饺子。吃完下了炕以后,在学生家人的盛情招

呼下又加了一碗。一套繁文缛节辞别学生家长后，走在路上不小心帽子掉了，老师一低头捡帽子，喉咙里掉出两个饺子，老师一看是肉馅儿的，小心翼翼地低头捡起来，吹吹灰吃掉，遗憾地嘟囔：'早知道是肉馅儿的，真应该再吃一碗。'"不等温海波说完，在座的老师们就哈哈大笑起来。

"是啊，从古至今，为师者一直是穷里取乐，穷开心的日子很单纯。正如汪峰在《春天里》唱到的，一无所有的时候，才能用手中的破木吉他快乐地唱无人问津的歌。"

"当然，也有一说穷则思变，怎么变？为了铜臭舍弃从师？下海经商的热潮已经退去，你面前的路是什么？做小本生意吗？能放下清高的架子四处吆喝吗？能像上党商人那样闯出一条丝绸之路吗？从政吗？四角天里都不是什么名角儿，拿什么谋略在政界叱咤风云？连学生都带不好，谈何为民造福？"

"变！还是变思路吧，改变教学方法，力争做名师，创名校，修炼名校长。站在教改的潮头，把素质教育渗透到每一分钟，课堂五分钟微格教学，养成教育等等都是我们有待开发创新的领域。用心教改，可以从模仿开始，逐渐到灵活应用。这样才能成就学生，成就学校，更成就自己，名利双收不是目的，但这些无疑会成为大家努力教改的副产品。"温海波一番话说得老师们都沉默了，他习惯性地笑笑，一拍手，站起来说："今天就说到这里，一定要落到实处！散会！"

温海波起身背着手走了。王情学着他的样子走了一圈，又模仿他的口气说道："接下来，是爱情专题。"瞅了瞅安佳，撒娇似的做了个邀请姿势："安姐，看你那郎君，是中青年妇女的偶像吧？说说，怎么恋上的？"

安佳也不推辞，大大方方地讲起来。

第五章 红楼圆梦

玫瑰,红楼,缠绵的爱恋在书香人家的轨道上延续。

温海波,男,30岁,汉族,中共党员,土生土长的本地人。毕业于县师范学校体育侧重班,刚参加工作,就被学校任命为年级主任兼体育队教练。由于他班级管理出色,组织能力超强,转正定级的同时,也破格晋升为最年轻的政教主任。

安佳,女,80后,回族,来自省城太原。她搭上了上大学分配工作的末班车,算是幸运儿,虽然在乡村任教并不是她的理想选择,但毕竟拥有一个别人求之不得的稳定职业。安佳本打算过渡一段,体验一下山区生活,就凭父亲的关系网回省城。没曾想,她放弃了大展宏图的锦绣前程,放弃了嫁入豪门的深度诱惑,留在山里乡下,留在这山旮旯中让同行眼馋的"小红楼"安家落户了。

说来话长,他们还发生过一场"玫瑰风波"呢!

那个情人节,安佳意外发现了抽屉里的一支红玫瑰和一个白发夹。红玫瑰?!一枝玫瑰可抵得上半个月伙食费呢。骑摩托车去城里,往返一趟就得多半天。这定会成为学校沉静生活中的一颗重磅炸弹,杀伤力百分百。她都能听见自己的心跳声,肯定是他!

想到他,心里就柔柔的,他笑的时候很怡人,浅浅的酒窝透着阳光气息,温暖而质朴,乌发下的炯炯双目像孩子般纯真;不笑的时候,又透出无声的威严,剑眉横挑,朱唇紧闭,让人有种不得不服的架势。他时刚时柔,叫人心里踏实,想着他肯花那么大

的代价来讨自己开心,安佳不觉笑出声来。她拿起娇艳欲滴的红玫瑰,深深的嗅一下,轻轻插在了自己的水杯里,又拿起发夹下的卡片,脸上的笑容僵住了!

谁?军?一说话就像和子饭下的米多了一样,"咕嘟嘟"发声的军?

为什么?

为什么会收到不属于自己的玫瑰?属于自己的那枝呢?安佳把杯子推到舍友桌上,"噔嘎噔嘎"跑到温海波办公室算账。

她瞪着他不说话,温海波还装傻:"这个情人节非同寻常,恭喜你呀。"安佳也不吱声,明明昨天一整天都没见着他。难不成,他跑出去和别人约会了?她挨个儿拉开他的抽屉,让证据来说话吧。果然,一枝含苞欲放的红玫瑰卧在一张素净的大卡片上,卡片上是她熟悉的字迹,漂亮的正楷书法联成一首小诗:

我是一条小河
我无心从你的身旁绕过
你无心把你彩霞般的影儿
投入我软软的"海波"

我流过一座森林
"海波"便荡荡地
把那碧绿的叶影儿
裁剪成你的裙裳

我流过一座花丛
"海波"便邻邻地

把你凄艳的花影儿
编织成你的花冠

无奈啊,
我终于流入了
流入了无情的大海
海上风又厉,浪又狂

吹折了花冠,击碎了衣裳
我也随着海潮漂漾
你那彩霞般的影儿
也和幻散了的彩霞一般

佳,你的世界太大,这个世界太小。你终归是要走的!穷乡僻壤之地,你没有留下的理由。

还是想告诉你:喜欢你。在每个夕阳西落的时刻,将你的身影深深刻画,刻画成永恒。

作为一名随"圆"起舞伴"抛物线"升降的数学教师,安佳本不善吟诗,但这首不起眼的小诗,却惹得她泪眼蒙眬。

"佳,不瞒你说,我会在这里守一辈子,而你,将来是一定要离开的。军喜欢你,他会追随你到任何地方!"

"而我,我不能。"温海波加重语气说道。

"为什么?"

"领导的厚望,家长的重托?"温海波似乎在自言自语:"或许都不是。说不清楚,但我必须这样。"

"这么说来,你选择用你的余生熬个一官半职?"

温海波摇摇头,又点点头:"你这样的女孩,不会在山区呆太久的,我也想给你惊喜,但不是现在。"

"我?你的官梦?选择吧!"

温海波没再吭声,埋头整理德育档案。安佳噔噔噔跑出去,顷刻间又跑回来,将手中早已写好的离校申请书重重地搁在温海波面前,"温主任,我决定现在走,请签字吧。"温海波起身边倒水边说:"请你再考虑一下,你能影响带动一大批青年教师,你的去留可不仅仅是你一个人的事。现在教学改革刚刚开了个头,你是骨干力量,学校还指望你讲公开示范课呢。再说,这事必须由李校长决定。"递水给安佳的手定在半空中。校长大人乐呵呵地站在面前,安佳早溜走了。

安佳要走了,与温海波相约最后一次晨练。他们在校园外的小路上并排走着,谁也不说话。该返校了,两人却都没回头。眼前是郑太线的铁路干线,平日里,业余时间几乎全耗在这里。他们如往日般相视一笑,这回,却掺和了太多的无奈。最后一次牵手并肩踏过一格接一格的枕木,陈年旧事一幕幕浮上心头。

那次,他们俩边走边商量越野赛的筹备细节。说来也怪,那么高的鸣笛声竟然没听见,眼看列车呼啸而来!

铁路两侧只有半米不到的窄路,路侧就是万丈悬崖。差半步就会被列车挂住,超半米则会葬身崖底。吓呆了的安佳却寸步难移,她只觉得自己被某种力量托起,轻飘飘的,似乎失去呼吸,又像空灵的小燕子,闭上眼等着被车神带到卖火柴的小女孩最向往的天堂。列车带着股飓风轰隆轰隆压过来……

最强烈的惊骇过后,安佳感觉自己如婴孩般被人紧紧环抱,她闻到股若隐若现的槐花味儿,又转瞬即逝。列车过了好久,他们还保持着这个暧昧的姿势。此刻，他们之间或许会发生点什么?然而，天地作证，连亲吻都没有。现在想来，她有一丝丝遗憾，如果当初发生点什么，她是否会决然留下?也许，会增加更多无尽的烦恼?她真想!就那样变成石人，靠着他，永远留下来做行人的路标。

安佳兀自苦笑一声，竟盼着火车来。她比列车员都清楚，此刻当然不会有火车来。她轻轻摇摇头，把叹息埋在肚子里。他们就那样默默地在铁轨上一直走下去。无尽的轨道向天边无限延伸，直行，拐弯，再直行，再拐弯，横的木，纵的轨像法定规则在无形中约束着他们的言行，彼此很想向对方说些哪怕是祝福的话，又不知该如何打破已定型的沉默。

殷红的残阳悄然接过东方旭日的礼物，习习晨风已然被飒飒晚风代替。终于，安佳幽幽地说:"回吧，铁轨是平行线，永没交集。"她多希望温海波能说句叫她心软的话，然而他说出口的却是:"是啊，远远地看到希望了，走近却消失了。"两人转身返校。

临上车前，安佳拿出两个装有她祝福与选择的信封，要温海波择一而存。温海波破例不顾颜面，一把握住:"最后霸道一次，全要。"其实，安佳在信封中留了两行决定命运的箴语，一个卡片上写着:别了!对嫂子好些。另一个在自己的倩照背面写有:给我寄信，哪怕是空信封。

原则性一向很强的温海波耍了回脾气，叫安佳更犯难了。她儿戏的做法被温海波轻轻破解了，此时，她终于做出决定:自己该说的都已说完，温海波无疑是爱她的，却不为他们的将来作任何努力。别无选择!走。

同事们磨磨蹭蹭地把她的行李一件件搬到车上，司机发动引擎，"嘀嘀"两声出发了。

她的车刚出校门便迎上风尘仆仆赶回来的李校长。李校长扬着手中的红头文件大声喊："安佳老师，来，先看看这些条款。我放你教委可不放你！看，有关下乡支教的文件对师德师风作了详尽的规定！这擅自离岗的责任可不小啊！"

李校长言辞恳切地说："安佳老师，我代表全体师生要求你留下来，有什么难处尽管提，我来解决。马上要统考了，学生一天也耽误不起呀。学生们都急哭了，你怎么忍心抛下他们？"

"再说，下个礼拜就要在咱们学校召开全县教改现场会啦。优秀教师公开讲示范课，你的课要在县里包括领导师生等五千多人面前亮相呢。你怎么能一走了之？海波，你说呢？"温海波像等待审判结果一样，呆呆的，没有发表任何意见。

呼啦，一直探窗而望的学生从教室里拥出来，眼泪汪汪地望着安佳。在班主任老师的安排下，学生们从校门口经校园甬道直至教室门口列队排成一条长廊。

出来送她的室友小曹大声喊："快回来吧，整么大动静也留不住你个教书匠？学校只有迎接上级领导才有这种排场。最高礼遇！明白吗？赶紧下车，不然我带学生走了。"两个学生代表走到车门前，安佳也不好意思地拉开车门，跳下车来，她们手拉手走在欢呼雀跃的学生长廊中。李校长如释重负，温海波乐颠颠地搬行李去了。

安佳的示范课《勾股弦定理》，果然在同行们的一致好评声中，迈出了卫河学校教改工作的实质性步伐。随后，在"走出去，请进来"的教学资源共享活动中，她还带着乡亲们的期望奔赴邻县山区学校进行讲学，反响热烈。

安佳，漂亮的城里姑娘爱情事业双丰收，她如愿嫁给了温海波，搬进双职工才有资格入住的"小红楼"。

　　"要么不做，要做就做到最好"是安佳的座右铭，不知道是优点还是缺点，她坚持着。为此，付出不小的代价，可收获也是蛮大的。29岁的安佳是学校唯一的女党员，中教一级职称，连续五年被县教育局评为优秀班主任，连续三年被县政府评为优秀教师。她执著于自己的追求，满足于校园带给她的巨大成就感。她勤勤恳恳上课，任劳任怨付出，从不要求福利待遇，她懂数却没有劳动价值的概念，分析几何却从不去想什么性价比。

　　她最在意的，是一节节让自己满意让学生进步的课，最在乎的，就是考完试后发卷子时，可以自豪地大声地喊出每个学生的名字和成绩。最多上过一周32个课时，最辉煌的成绩是她带的班优秀人数超过私立学校一倍。最累的是危房改造时，她除了按时上课，还承担了校舍资料管理工作。鞋底子磨薄了，头发掉得快护不住头皮了。她太累了，像蜜蜂一般忙碌，如蚂蚁一般低调。日积月累，不出毛病才怪。

　　"有甚没甚都不要紧，但千万不能有病。"这是她着急上火得痔疮以后挂在嘴边的口头禅。许是劳累过度，许是太担心中考结果了，多年之后，那个夏天带给她的痛苦与欣慰还历历在目。身体给她发过信号的，便秘、食欲不振都持续一个多月之久，她也想多吃点水果蔬菜，也想吃点药了事。但中考前的冲刺阶段，她一定要辅导好她的班级，这些小毛病怎么能浪费宝贵的时间呢？再说，说不定过一阵饮食调节后自然会好。

　　终于过了中考，紧绷着的身子才感觉到了疼痛。他们夫妻一起去了县里医院，经医生诊断只需做个小手术。很快的，打麻药以后也不怎么疼。但手术后的保养期可把安佳急坏了，只能站着或者躺着，不能坐，还得每天在创口抹药。一日三餐以及抹药的事自然归温海波负责，海波倒好，一天跑进跑出侍候她，累得一

沾床就呼呼大睡。

忙惯了，安佳在家待不住，不能按期出去家访，不能出去爬山锻炼，着急得团团转。还是班长机灵，听说老师有病，就组织起学生回访她。于是，别的班级是老师去找学生家访，他们班是学生家长带学生来看她。明明吩咐学生不要带礼物，但这个来带点自家种的豆角、西瓜，那个来带些自己做的排骨汤、八宝粥，看着学生家长们那种感恩戴德的表情，安佳只好收下了。有他们的悉心照顾，安佳度过了身体痛苦精神愉悦的一段难忘时光。

他们夫妻俩，十年如一日地重复着简单而真实的生活。一批批学生接受烛泪的洗礼后走到大山外面去，而他们，除了节假日出去走亲访友，很少走出大山。

安佳偶尔也会想想外面的世界，想想当初走出去会是什么样的生活。但比这更重要的是一茬又一茬学生恭敬的"老师好"，是一双上小学的儿女脆生生的"妈妈好"。她把希望寄托在学生和孩子身上，自己毫无索求地奉献着。

他们在大山里快乐地生活，没有一丝风一丝浪地相爱；他们在校园中辛勤耕耘，不叫一句怨不喊一声苦地教学。毫无疑问，他们的余生也必将这样简单而快乐地延续下去。

他们的左邻右舍，都是这样的书香人家。阳光照不到里屋的套间房，两张单人床合并的大床，夏天搬到屋檐下冬天搬回屋里的火炉，看不清楚本色的窗帘和床单，报纸糊的墙围，半拉砖铺就的地板，永远擦不亮的玻璃窗，用砖块垫起腿儿的沙发茶几，两个油漆脱落的写字台，满桌满柜的书本，一台 29 英寸的彩色电视机，这些，就是他们的全部家当。

这样的生活他们满意吗？比起那些在两地相思间苦苦挣扎的痴男怨女，强百倍吧？

第六章 星空飘梦

星空,夙愿,坚守的信念在鸿雁飞书中疯长无花果。

时空真让人捉摸不透,它给相恋之人蒙上朦胧的面纱,整日厮守貌似庸俗,距离在文人笔下反倒生出无限风情。然而极限一过,便是思念成疾的恶果。思念啊,因充满玫瑰般的醉人回忆而幸福,因缺少紫藤般的相依相偎而忧伤。五个月零八天的思念,酿成一杯酸酸涩涩的百年陈醋。

浪漫的故事是用来听用来看用来欣赏的,浪漫中人独自备课上课听课发呆发傻发懵,任他们笑她守着一株风干的无花果。她坚守她的等待,就算别人看不到耀眼夺目的花儿开放,无花果依然会遵循自然规律结出累累硕果。何况,它的花儿静悄悄地开放在每一封饱含深情的信件中。

每来一封信,王情和田桃都会抢着在她们三人的秘密空间里庄重地发公告,然后三人共争"第一读者"的权益,争着抢着就跳到了床上桌子上。用王情的话说:"我要找出黄色信息,见面收拾他!"可惜她一次都没得逞。田桃倒是很享受那些缠绵的文字。开始李虞还生气,生怕自己的小小隐私被姐妹们发现,慢慢地,可以共享爱情宣言,可以被姐们儿吹捧艳羡,也就释然了。

虞儿:

　　见信如面!(希望如此)

　　熄灯号已吹过,卸下一身疲惫,独坐桌前思念着远方的你,让自己的情愫顺着笔尖，轻轻地流淌在这充满希望与祝福的纸笺上。静悄悄的夜，笑盈盈的你，虞儿!此刻你一定也在想我。真是种独特的享受。

时间过得真快!军车仿佛是昨天才启程，明天却又要返回。这五个月零八天的日日夜夜，有苦累有忧愁，可只要想到你，一切都变得美好起来，这就是常言所讲"爱情的力量"吧?

临出发前走得匆忙，一急竟把准备好的"你"给忘带了，没"你"陪伴我的心里空落落的，我真糊涂，可又有什么办法呢?都怪我。晚上打开"要事日记"才发现你呀，藏到底页了。青山绿水间，一条小河从你脚下汩汩流过，端坐青石上的你默默地注视着我!尽管你翘着秀腿，两臂交叉，透着一丝威严，但那一头规矩的长发、含笑的眼神还是传递给我掩不住的柔情。真想做个不听话的学生，此刻，听听你的教导。以后肯定有机会，你说呢?

这段时间团里出了点事，师里大整顿。忙!我没骗过你，从来没有，电话信件少不是故意冷落你，确是形势所逼，会怪我吗?

这几天一直忙综合演练，累极了，晚上回来找了个兵给按摩一下。哇!真舒服!可解困!突然就想起你，柔柔地唱首歌，或者帮我捶捶背，哪怕唠叨两句也好。唉——如果你真能站在我面前，困劲儿也就全飞了。虞儿，我真的很想、很想你!

明天上午演习，完毕后返回营队，会有更紧张的生活等着我。写到这儿又发现自己在胡言乱语。

是不是我又说错了什么?虞儿，你会责怪我吗?人家都笑我太认真。不认真就不是我了!有人说抓得太紧反而会像沙子一样漏掉。可我还是要抓紧，心里紧紧地抓着你，绝不留遗憾!

好了，困得厉害，就聊到这儿吧。

此致

李虞还没来得及回信,兵哥哥的信鸽就又飞来了。

虞儿:

你好吗?

"但愿人长久,千里共婵娟。"就快中秋节了,送上深情的问候与祝福,愿虞儿节日开心,幸福常伴!

忙碌了一天终于歇下来了,晚饭后连务会因工作上的事得罪了有线连长。写完"要事日记"已熄灯了,突然感到很失落,尤其是得罪人,心里很不舒服,就想和你说说话。准备找你之际,有线连长找来赔罪,推让不开,只好赴约,两人小聚一番!脸已微红,头也微晕,可心中的愿望却更加强烈:很想听到你的声音!总算应酬完毕,赶忙拨打你的电话,可惜那边已无人接听,又是绵延的惆怅……

虞儿,你的梦中会有我吗?秋风轻轻把点点温柔的雨丝送进窗来,打湿了笔下的信纸,是你的思念与问候吗?思念一个人,究竟是幸福还是痛苦? 我心已醉,送首小诗于你,略表我心。

> 牵挂是云,思念是雨,
> 悄然飘落,滋润我的心扉,
> 渴望与你相见,
> 期待与你相逢,
> 轻轻叩问,何时走入你的梦中?
>
> 你曾说,我是个"熟悉的陌生人",
> 我也想,曾经陌生的你,
> 定是我须用一生来熟悉的那个人,
> 人生之路,风风雨雨,注定坎坷不平,

但能与你同行,是我今生最大的幸运。

匆匆而过的路人,
我无法记住他们的容颜,
因为,于我而言,都是无关的陌生人。
但对他的妻儿父母,兄弟姐妹,
又是至亲至爱的那个人,一丝一发,
牵动多少关爱的心。

谁将把平凡的我永远珍藏心中,
当作最疼最爱的那个人?
轻轻地问一声:嗨!虞儿,是你吗?
幸福与快乐,毫不犹豫与人分享。
烦恼与忧愁,再三思量,同谁共当?

因为都说,男儿当自强,
苦水泪水,只有心底藏,
也许,还有另一种选择,
那就是,人生风雨,酸甜苦辣,
与自己至亲至爱的虞,
共同面对,一起品尝。

　　都说酒后吐真言,夜深人静的时候,是一个灵魂最无私坦荡的时候。时空这东西真怪,今夜的话说给今夜的你听,当你"听"到后,会是哪一天呢?这也许是现在人们勤于打电话而疏于"修书"的原因吧。可我还是在等电话之余更期待着信来!

虞儿,最后提个小小的请求,你会答应吗?西客站等你!准备好了吗,虞儿?

盼!!!

等你。

此致

敬礼

大白鲨 9 月 16 日 凌晨

李虞的回信虽然不够勤,但也的确情真意切。

大白鲨:

你好!

真巧,又下雨了。有雨的日子就有你的问候,因此我喜欢上了雨天。怪的是,今秋的雨特别多!有点烦,烦就烦在雨中伞下独徘徊,烦就烦在山高路远难相见。

你把我的灵魂带走了。姐妹们常在耳边调侃:"自从离别后,天也悠悠,梦也悠悠……"也想圆那车站重逢之梦,可由于种种原因,恐怕难以成行。

也许是心雨真的可以影响星雨,抑或上帝的眼泪也在为你我挥洒?今夜的流星雨我们共享!你我之间,无论有没有将来,我都无怨无悔。我们已经拥有那最美丽的一瞬,抖颤的心儿,飘飞的眼泪,忽然耀眼的阳光,也许一切都是假的,但为你流泪假不了。当然,还有另外一种可能,那就是今年中秋的月儿分外圆,等你收到信时,我已在你身边,一起拆阅这酸涩的文字。

同盼!十五的月亮十六圆。

虞儿

写信时,李虞不由自主想起了她的初吻,那次晨起看日出,明媚的阳光与男人的味道,毫无防备的向她袭来,她的心儿突然就像身边的垂柳一样被风吹得枝叶乱颤。

丫头:

你好吗?

夜已深。褪去一身忙碌,推开纸笔,满腹的话语却不知从何说起。

林徽音,中国近代一位聪慧过人、多才多艺的新女性,很长时间以来,对她的理解和认识是在徐志摩那缠绵的诗集里,曾经多次被他们的浪漫爱情所感动,也曾为徐志摩的痴情遭冷遇而鸣不平。

梁思成,建筑界领头人,在林徽因病重时成了第一流的护士。新中国成立前清华的教工宿舍没暖气,新林院的房子又高又大,冬天需生两个大火炉,添煤倒炉渣等活儿,简直需要个强劳力。室内温度高低直接关系到林的健康,所以他亲自干粗活。还有更多的细活,每天定时为林注射各种药剂,为林配餐,为林朗读各种书刊,为林安放各种大大小小的靠垫。梁思成,无疑是林最忠实的爱情守护神。

阅读了梁林两位先生的生命历程,对那个时代的他们有了更深的了解。爱情不仅仅是浪漫的感觉,更多的是平淡的生活中相依相偎。所爱的人不会永远风华正茂,光彩照人,他们也会一天天老去,也会有把你当成手杖的那一天,这就是真实的人生吧!你想过接受这种真实的那一天吗?我已准备好了,丫头,你"叛逃"的时间不多了!

我会用自己的方式来深爱你,只要你接受!说来惭愧,虽虚长你几岁,但我也是个爱幻想之人,同志们都说我是个理想主义者。是的,自己确实一直在追寻一份近乎完美的爱情。如今,我找到了!漂泊了这么多年的心突然就有了停靠港湾的感觉。

丫头,生活是真实的,自己只是个普普通通的平凡人。生活中有太多想做却做不到的事,想和自己心爱的女孩花前月下,却远隔千里空对月,想为她唱生日祝福歌却只能遥寄相思情,想给的太多,却又有太多的做不到。

千难万难,我决定选择你,我就要用我的爱对你负责一生。人生不只有甜美的爱情,还有更多的风风雨雨,坎坎坷坷。记住,我不一定是最使你体面的人,但肯定是最爱你的那个人!我们的生活不一定是最好的,但一定会越来越好。我相信,只要你相信!

这些日子,着急上火,同志们分析原因,天热、工作忙,其实,还有你,很想你!很想。

我得睡觉了,太困了。你不怪吧?

暂别

军礼

吻

晚安

杨基睿的信件太频繁了,雷打不动地"每周一鸽"。看得姐妹们都疲惫了,抢信事件告一段落。李虞却随着不断"逼近"的"求婚"纠结起来。

丫头:

你好吗?

真的很想你!也许这句话略显苍白,可它是我的心里话,都

说"距离产生美",你感受到的是什么?是一种朦胧的美还是无法倾诉的无奈?

真的很在乎你!更因无法伴你左右而愧疚!我知道,你一定有许多不开心,孤独的身影无人陪,寂寞的心声没他听,渴望的浪漫与自己总隔一段距离。不是不爱,不是不懂得关爱,却只能把深情独对明月,托嫦娥遥寄相思。你能感觉到我的爱吗?

特殊的环境,特殊的职责,使军人无法同地方同龄人一样更直接地表白自己的爱。可军人的爱绝对是诚挚的,你接受吗?

这个世界缺什么?缺忠心,不是吗?很想好好爱你!可我竟不知该如何表达满腔热情。正因为太在乎,正因为太愧疚,所以有时电话里都不知该说些什么,你会不会因遇到我这么个对爱情属于"菜鸟"的家伙而感到无味?

虞,很想陪你品尝爱情的浪漫,但我们也即将面对真实的婚姻。你能接受吗?一路走来,我努力证明了自己并不比别人差,自己一定能开创幸福生活。可我不知道你想要的幸福是什么?爱人对你而言是什么?一个真心诚意爱你的人?一个可以靠自己双手开创生活的人?一个可以使你心境平和的人?一个愿为你遮风挡雨的人?一个可以和你同舟共济的人?这些够吗?

我很想回家,回家看你,这是我一闲下来就想的事,可你总说不想我,不想见我,其实你想,不是吗?你恨我给你孤单与寂寞,所以到唇边的"想"字又压回去了,不是吗?我现在才真正体会到当年老兵那句"理解万岁"背后的无奈。没有足够的思想准备,不做军嫂。找了军人,就是用无尽的相思换取一个光荣的名字——军嫂,这话是真的。

不管怎么样,我都感谢你,因为你是我真正放在心中喜欢当作未来妻子追求的人!

没接到我的电话我的信件时你会烦吗？没有你的声音你的笔迹我会发疯!想你!很想,你一直在我心里,每天!

虞,我醉了!心也醉了!说句悄悄话,你,李虞,一个月后,做最幸福的新娘!当然是我,做我杨基睿今生今世唯一的女人!

此致

军礼

大白鲨

恋人一个小小的要求,此时实现起来却比登天还难。李虞把收拾好的行李压在了箱底,信件也不再回复.

无数次无奈无助地等待着梦中的相逢,却由于种种现实原因不得成行。李虞再度陷入想却不能的深渊。他的坚持她的固执对双方又何尝不是一种深深的伤害? 李虞用自闭的方式冷却自己也拒绝他。想!做梦都想和他说说话,却残忍地掐断了一切联系方式。惆怅的神情凄美的身影在校园里飘忽,怪得叫人害怕。

千里之外的牵挂如何抵制生活中大大小小的诱惑? 因为太爱,所以都怕对方为难。一个不够爱的人是否伤害不到一个不会再爱的灵魂?是的,她不能在等待中蹉跎一生!

杨基睿在思考:爱她就要给她幸福,军嫂背后的辛酸离幸福有多远?但要割舍这份属于自己的爱恋,心痛不能言。

电话这端抑着眼泪沉默着的李虞,无言。电话那端传来杨基睿深沉的声音:"我尊重你的选择,我不怪你。记住,我一定是最在乎你的那个人。还有——谢谢你!"

只有在课堂上,面对学生,李虞才会神采奕奕地讲述。讲从猿到人的进化论, 她会和学生一起沉浸在原始人群居生活的快乐天地中;讲变法运动的起起落落,她被90后学生的所谓新思

想逗得哈哈大笑;讲中国古代历史的分分合合,学生和她一起演练帝王将相的智勇争斗;讲中华人民共和国成立,他们似乎都是身经百战的将军,坐在追光灯照耀下的精致沙发上,追述自己的传奇人生;讲世界大战的爆发至结束,他们擎着地图挥着战旗站在正义者的一方,坚持打到枪声永远停止,他们设想着慕尼黑阴谋的另一种结局, 他们谴责着希特勒的狂人狂事;讲经济大融合,他们请临班学生一起辩论加入世界组织的利弊,他们请学生家长中的顾问学者分析山地情结如何与海洋文化结盟。

课堂上真是个洗练身心的好地方,在这里,可以不食人间烟火般做梦;只有在这里,如同置身于鲜花和掌声常拥的国际舞台上论道;也只有在这里,才能在那么多双清澈明净眸子的注视下,尽情展示历史赋予自身的独特魅力。

45分钟,那么短暂,短到来不及剖析民主人士的心灵震撼,来不及表白对巾帼与须眉的崇拜与敬意,有时候,也来不及把课堂主角的地位还给学生。自习时间,就让学生来主宰吧。走在教室里的回廊间,学生们有的写作业,有的记史实。不被需要的时候会不由自主地想起他。每个穿军装的人都会触动她心底的痛。李虞盯着学习园地中十大元帅画像发呆,他在哪儿呢?在做什么想什么? 他能经得起考验吗? 他也会如她想他一般不能自控吗?

身边的姐妹们在平平淡淡的生活中被男友被丈夫宠着照顾着,偶尔小吵小闹都让李虞羡慕。同住一室的赵蓉开始掏心窝子劝她:"守着空洞的浪漫有什么用?听听我的故事,也许对你有点启发。"

第七章 岁月噬梦

十年,奈何,如灾的婚姻在茉莉花开的期盼中无影。

午饭后,卫河学校的老师们各忙各的事。有的督促还在用功的学生午休,有的加班批改作业,也有的文科老师门前摆起长长的背书队伍。大部分同志三五成群在一起谈论着,谈着某班某学生拥有惊人的记忆力,某班某学生家庭情况复杂,某班某学生有早恋倾向等。

一阵悦耳的午休铃声响起,大家就乐哈哈地散开去,准备惬意地躺到床上,享受这种只有少数行业才拥有的"朝八晚五""四平八稳"的规律生活。

李虞和赵蓉回到宿舍去,赵蓉习惯性地插上门,拉上窗帘,脱去外衣准备午休。李虞轻轻地把录音机的按钮打开,把音量调到隐约听到又不致影响别人休息的程度,和衣侧身躺着。

赵蓉"咯咯咯"地笑着起身,把录音机音量调大,用她惯有的以长者身份自居的口吻发话啦:"你呀,当局者迷,叫姐好好开导开导你!听好了,有些故事我是不想说的,说着自己都觉得贱。但为了你的终身大事,姐就牺牲一回。"李虞"嗯"了一声,赵蓉和着邓丽君甜美的《我只在乎你》乐曲,开始讲述她复杂而无奈的爱情故事:

那年,我高二,《射雕英雄传》正流行,因为我人缘好,名字里有个蓉,"黄蓉"美名就归我了。后排一伙混文凭的姐们给我张罗找"郭靖",瞄来瞄去,她们看上了刘大烨。

他化学成绩、物理成绩都很好,课余时间喜欢看家电维修之类的书,同学们的复读机出现问题,他一拾掇就好了,连社会上

的人也请他修电器。他倒是随叫随到,总能叫人满意。

他还有一手写情书的绝活,没见过他交女朋友,情书倒是替别人写了不少。你别说,当时他的名气可真不小。说件事你当笑话听吧。那次,班霸王用五斤饭票换了他写的十封情书,发给学校十大校花,你猜怎么着?十封回信齐刷刷回来了,班霸王如愿和他心仪的女孩好上了。

他的才气特让人佩服。就是那股不哼不哈的呆劲儿我不喜欢,后来才明白,可能是受他家境的影响。

据说,他父亲是乡下仅有几十名学生的小学校长,其实管理学生、代课老师、做饭、看门他都全权代理。二十年教龄每月八百来块钱全换成他奶奶桌上的瓶瓶罐罐了。他父亲出了名的抠门儿,去学校来来回回十多里路他总是步行,回家就扛着撅头下地干农活。除了上班穿一身过了好几个年的中山装以外,他的行头就是一身脏乎乎的秋衣秋裤。锄地、放牛、喂猪,一阵辛苦劳作后,看上去比街头的乞丐强不到哪里去。

家里总是粗茶淡饭,从来都没改善过,偶尔带个同学回家,人家一口也咽不下。一桶花生油一年吃不完,一口换了多少次底儿的钢锅只留下一个把手,每次端锅,他母亲都会垫着很厚的抹布,还是不自觉地"嘶哈嘶哈"。他父亲疼惜地过来端锅,也是"啡啡啡"的呼声不断,但他们也没想过要换一口新锅。

在如此寒酸的家庭中成长,刘大烨从小就比同龄人懂事。稍大点的时候,放学后从不在外边逗留。捡垃圾、劈柴、看书,他不能让自己有一刻消停,不然酸楚的感觉便在他的心里如毒蛇般盘旋。

苦闷的时候,他父亲就一根接一根抽烟,有时一天会抽三包劣质香烟。不知从什么时候起,他的酒量也大增。一校之长、一家之主的担子挑在他肩上,压着他不到 45 岁就佝偻如六旬老人的干瘦身子。尽管如此,在刘大烨记忆中,父亲真的如山,如树,如海,对所有人都和气一团,师生爱戴,家庭和睦,是个慈爱实诚而且让人佩服的长辈。

可是,有一次,父亲竟然揪着母亲暴打一顿,刘大烨至今无法释怀。

刘大烨的母亲务农,是个不会说好听话,只会闷头做事的农家主妇。庄户人家,有个吃财政的人算是好生活了。可她从没有过优越感,种十多亩口粮地,还养蚕喂猪,放下耙子拿扫帚地不停劳作。为了省钱,他们家还是烧柴火做饭,一到天阴下雨,柴禾潮湿点不着,她便得"噗噗"地趴在锅台上吹火,一脸菜色,两手柴灰,满身沧桑。刚刚四十岁,干燥稀疏的头发间就找不到几根黑发了。

他们家养一条小狗看门,刚抱来时油黑发亮,养着养着就成乱毛横飞了。因为他们家的剩饭剩菜都叫他母亲悄悄吃掉了,狗只能吃些烂菜瓜,喝些面汤和洗锅水,久而久之,小狗也就适应了,一碗变质的方便面也能吃得津津有味。那次父母亲扭打在一起就是因为这只狗。

刘父当时大概是接待上级检查人员,也想招待好客人能多争取点教育经费。饭桌上没沾几口菜,高粱白酒倒是灌了一肚。他到底是什么人?想着真辛酸。自己不就是个要饭的?费那么多口舌,拼那么大劲儿,无非是为了维持学校开支,为了保证养家糊口。送走客人,父亲回家竟抱着稀毛沓丝的狗呜呜大哭,一会儿"娘呀娘呀"的大叫,一会儿又"儿啊儿啊"的哼唧。

当时,他们姐弟都不在家,他奶奶隔着玻璃窗,看着儿子的怪样,老泪纵横可又无能为力。

刘母从没见过刘父这个样子,莫非是家事学校事一堆大大小小的繁琐事务把他逼疯了?家里三年前就打了根基的宅基地还是一片沙土地,一家六口人挤在一座三间大的老房子里。年仅19岁的二闺女不知喝了什么迷魂汤,闹着要嫁到甘肃去。

不管怎样,事情总得一件一件解决啊。刘母好言安慰了几句不顶用,就一桩桩一件件地数落起他的不是来,指责着,说他最

和狗亲，一句话一句话的赶过来，"不识抬举""狗脑袋不上桌面"等恶心话也随口而出。

这一数落，拉爆了压抑已久的原子弹，刘父暴跳如雷地扔下小狗，就拽着刘母摔在地上捶打起来，刘母反抗了一阵发现她愈挣扎他愈来气，也就疲软下来。几近失控的刘父终于平静下来，抱着刘母呜呜大哭。

这些故事都是姊妹们耳语听来的，听着怪可怜的，我总是有意无意地留心刘大烨的举动。

转眼已升为高三，刘大烨忽然变得脾气暴躁，不小心碰落他的书都会大吵一通，一向爱干净的他衣服脏得能闻见污味儿。同学们见他这样，都躲得远远的。我也只能静静地看着他，生怕他的驴脾气一发，毁了那点淡淡的好感。可越是这样，我就越想走近他。

机会终于来了。

邻近高考的一个黄昏，看书看得眼睛酸涩，我就到操场上散步。空旷的操场上，只有刘大烨一个人在打篮球。一跑、一跳、一跃，动作干净利索，篮球被他稳稳地托进篮筐。

我去买了两份盒饭，坐在石凳上边吃边等他。天黑了，投篮已很困难，他朝我这边看了一下，拿起外衣，抱起篮球径自离去。眼看他就要离开，我忍不住大声喊他："刘大烨，过来帮个忙！"

他把外衣往肩上一甩，朝我走来。

情急之下，准备好的大堆浪漫开场白一句也说不出来，只能据实说："我买了两份饭，吃不完，你帮我消灭掉好不？"

"那边有垃圾桶。"他眼皮抬也没抬，愤愤地吐出几个字。

"好心你当驴肝肺，一角天空漏雨，就当成整个宇宙都毁了！什么男子汉，沉不住气！"我被他毫不领情的样子气坏了，拿出吵架的阵势对他吼着。

他鼻子哼了一声，转身就要离开。

我起身一夺他的篮球，他往旁一闪，我一个趔趄差点在小树上挂了彩。

我恼了，边走边冲他喊："你以为你是谁呀?! 难不成我巴结你?做梦!"

他紧走几步撵过来，抢过饭盒，一屁股坐在石凳上，二话没说，两分钟把饭拨拉到肚子里，抬眼挑衅般看着我。

我忍不住，又笑了，做了个店小二的邀请姿势："这位客官，再来一份要不要?"

刘大烨嘴角向左稍稍歪着，似笑非笑的哼哈两声："这个垃圾桶你填不满的。"

他一笑，我就放松了，脱口而出："我用一辈子填，填不满才怪。"话出口我就后悔了，随即做个鬼脸暗示他"玩乐话!别当真。"

他一愣，随即自我解嘲道："家里一个大女人两个小女生都得我养活呢，其他人靠边站。"我趁机激将他："一介书生，谈何养活别人!""是啊，我正准备退学呢。""什么?!"刘大烨终于说起了叫他忧心忡忡的家事。

我这才知道，他父亲疾病身亡，他奶奶的医药费和姐弟仨的学费及家庭一切开支都落在母亲一个人身上。他打算退学打工赚钱养家，母亲死活不同意。

我听到这儿就掉泪了，还是打起精神劝他："至少你还有妈妈，我没有。三年了，哥嫂供我念书，嫂嫂有意见我装着听不懂，不念书我就得嫁人了。放假我都不知道哪里是家，尽管如此，我还是挺过来了。你怎么就不行呢?"

为了和他在一起说话，我逃了课，一直陪他聊到熄灯。

同病相怜使我俩很自然地走进了对方的世界，课堂上，我们为改变命运奋力拼搏;课余时间，我爱拉家常，姑长姨短的，大侄子小舅子等等，他很享受地侧耳倾听。他爱谈理想，言语之中命运多舛，人生苦短的感慨溢于言表。这个农家男孩朴实憨厚的骨脉中透出壮志凌云的豪迈，举手投足间我看到他踌躇满志，意气

风发的一面,与平日的拖沓判若两人。

正如大多数校园恋爱模式一般,他考进了本省师大化学系,我落榜了。

他走的那天,天灰蒙蒙的,雨时下时停地一直淋漓不尽。我们坐在他家门前的山坡上,一把黑色的阳伞撑起了我俩的晴空。落榜和他要走的事实压在我心头,泪水夹着偶尔飘进的雨水滂沱而下。他亲了我,动情地说:"蓉,你是我的生命支柱,是我的奋斗动力,回去复读吧。我在大学等你。"我全然没了主意,茫然地点点头,靠在他的肩上,想他,想我们的将来。

他走后,我做出了连自己都吃惊的决定:当自用老师,为他挣取学费。

自用老师,不入编制,不领财政工资,学校需要就留,学校不需要就得走人。干同样的活,成绩不比别人差,工资却是最少的。为了多挣钱,我承担了很多别人不想干的杂活,办公室的打扫与考勤,实验室的整理与管理,后勤部的洗刷与接待,配电房的开灯关灯,甚至门卫室的登记与开门关门我都干过。别人比我强多少?不就是多读了几天书,正式老师与自用老师咋就差别这么大?这是我们这个群体的悲哀,我听说这种现象是全国性的,整个自用老师系统的尴尬。

日复一日,年复一年,为了看到他春风得意的那一天,我深藏自己的大学梦,把对他的思念和期盼化作默默的奉献,狠下苦功,把好课奉献给学生。把学生回馈的敬重与成绩奉献给领导,再把领导持续的聘书和酬金奉献给他。在这条爱的网链上,我编织着自己梦想中的锦缎,辛苦却开心地度过了自以为是最艰难的日子。

四年后,他就业于市区高校。由于他乡巴佬的习气和斤斤计较报酬的农民作风与领导格格不入,我又嫌他离得远不关心我。那段时间他日日酗酒,一听他那醉意朦胧的声音,我就气不打一处来。僵持一段后,他干脆回了乡村,狠狠心去了只有十来个学生的村小学。

由于请不到教师，娃们的课停停上上，校园里已长满了杂草。他弯腰钻进黑窑洞，土墙上抹层水泥刷上墨汁就算是黑板，砖块垒个一米左右的台子算是讲台，娃们自带着高低不等的小马扎来上课。

后来，刘大烨带着孩子们走出窑洞，开始了所谓的"放羊式"教学。教材他只看了一遍就抛到一边了，天天带着娃们上山下河，在桃儿花李子花飘香的娘娘沟里，他教娃们加减乘除；在杨柳成荫、鱼虾嬉戏的白玉河岸边，他教娃们黑白是非；在枣儿泛红、核桃溢香的小东岭上，他教娃们 ABCD；在云雪争阳、鸟雀叽啾的棋盘山中，他教娃们待人接物。

他边游戏边上课的教学法，最大限度地激发了娃们的积极性。神情呆滞、语不连贯、畏畏缩缩的山里娃经他这么一调教，变得活泼开朗多了。升学考试中，有六个娃考进县一中，在当地教办轰动一时。

一年后，他服从分配到了咱们学校，此时，国家政策好了，我成了民办老师。工资还是差正式老师很远，但熬了这么久，总算入编了，总算吃到这碗公家饭啦。这个阶段是我们最美好的恋爱时期。我们的爱恋在一本书、一杯水、一个眼神、一句叮咛中酝酿着，我们走入婚姻已是顺理成章的事。可是，结婚咋就那么难？

他很穷，穷到房无一间，钱无一吊，穷到筹办一场像样的婚礼都是天方夜谭。我也想，两张单人床一合并，搬个宿舍发发喜糖也就算办喜事了。只要心往一处想，劲往一处使，我们的好日子一定在后头。

可刘大烨不这么想，他说他不想委屈我，他不能继续这种为一日三餐苦苦奔波的日子，他说那只能叫生存，不是生活。我们结合显然达不到他所追求的生活。他说服不了我，我也不可能改变他，事情就这样拖着。你说我苦熬到今天为的是什么？

从同病相怜到倾心付出，以满怀期望再到无情抛弃，得到的

只是他一句:跟我你会受苦的,忘了我吧。换句话说,他更不想委屈他自己,上了大学他成了国家正式教师,而我只是民办老师,所以他想用婚姻改变命运。

感情算什么？婚姻又是什么？

不过是明里暗里的一桩交易而已。

我还是抱有一线希望,毕竟我们有十年感情基础,我能容忍他抠鼻子、打呼噜、臭脾气等所有恶习。爱已成为一种习惯,我无法想象没有他我该怎么活。

我们就这样扯大锯般继续着,"结婚"却成为不亚于一场灾难的沉重话题。

这个世界上,人的自私性都是用冠冕堂皇的理由包装的,撕破那层看似美丽的幌子,赤裸裸的双面刀锋就露出来了,伤人伤己。我们从错误的自我欺骗开始,到不想继续欺骗时结束了一出悲剧又开始了另一出悲剧。

许多人劝过我,一个好端端的女子,年龄不小了还不明不白地跟着他,图甚了呀?是啊,我比谁都清楚自己的状况,二十岁踏入社会,十年教书育人,十二年苦熬爱果。结果呢?我一无所有!

李虞,千万别冲动,你有才有貌有工作,他没钱没权没前途,任何承诺都是空洞的, 你面临的可是经济拮据两地分居的双重压力!

揭开我的伤疤都说服不了你吗？你可千万要想明白了!

其实赵蓉只比李虞大三岁, 但早踏入社会使她小小年纪就有了很多与年龄不符的沧桑,不知是安慰对方还是劝慰自己,李虞提高嗓门说:"好人好梦,愿有情人终成眷属。"

没心没肺的赵蓉又哈哈大笑了,"是啊,我也相信!我的人生目标就是为他而活,嫁给他,为他生个大胖小子。"

"结婚!明天,明年,哪怕是下个轮回,我非他不嫁！"

说到后来,赵蓉的脸上竟然满满的都是幸福,尽然丝毫没有被欺骗的伤感。

第八章　喜鹊鸣梦

喜鹊,瓷盘,溺爱的代价在痴男怨女的蜜月中曝光。

婚礼说来就来了,田桃喜滋滋地向姐妹们通知了婚期。

李虞和王情比办自己的婚事还激动,一起帮她选购嫁妆,通知亲友,还找了很多乡俗乡规充实礼仪程序。倒是田桃,好像要做新娘子的人不是她。

婚纱照拍了一半就跑了,因为她要急着赶回学校安排学生考试。临近中考,每周一次的练兵她都当成正式考试来抓,从排考场到分发试卷,从监考巡视到阅卷登分,从考前复习到考后评讲试题,每个环节都细细把关。生怕由于自己的疏忽,让学生衍生侥幸心理,生怕学生在一个问题上犯多次错误,生怕优生与差生的保持与转换工作做不到位。

婚礼前,别的女孩子忙着选购嫁衣,保养皮肤。田桃倒好,衣服只买了两套,叫包嫁衣的姑姑叫苦不断:这么瘪的包裹,别人不笑话,自己都过意不去,新婚第三天就得穿旧衣服了。更叫程铖闹心的是,田桃额头上和嘴唇上各起了个大包。这两个包,一个是因为杨阳,一个是因为常晓灿。

101班是田桃带的第一届学生,而且是从初一送到初三的"亲"学生。从接进他们校门的那一刻开始,田桃就下定决心,这一季庄稼无论如何都得丰收。

缺经验?咱有大把的时间与精力。缺教参?咱有无限的活力与激情。能力、学历、知识水平、觉悟意识等等基本素质自己都不

差。参加工作后不来个开门红,交代不了寒窗苦读十多年。

日复一日走过来,三年中,她们班的总排名在八个平行班中常是前三名,她带的语文学科就更不用说了。

都说语文是门橡皮课,学不学差别不大。田桃不这么认为,其实,语文就是生活,书本上的字词课文、阅读理解、古文作文固然重要,但它只是一个基本点,以此辐射开的生活面与社会面,才是最重要的大语文。除了抓基本点,她还自己出钱,把很多世界名著的简易读本买回来供学生课余阅读,学生的见识就在读读、写写、评评中得到扩展。她还组织学生练字,每天半小时,三年练过的纸加起来能堆一屋子,其中的优秀作品得到校领导频频赞赏。

尤其是学习较为困难的杨阳同学,他的字体不敢说能与书法大家较量,但肯定比在校的部分老师好得多。都说字如其人,然而在计算机普及带来的手写文字贬值的阶段,大家的写字能力也就大大下降了。这种陋习也很快传进了山里,乡下,四角围墙之中。杨阳的一笔好字就成了绝活,遇到写个工作计划或者论文总结什么的,打印不方便又写字不好的老师就把他拉去誊写。

可惜的是,眼看要考试了,杨阳竟然不想参加中考。就算其他功课不够好,可他有自己的优势啊,再说小小孩子就有这种自暴自弃的毛病,一辈子都难以摆脱临阵逃脱的阴影。

劝说杨阳多次无效,田桃只好往杨阳家跑,家访数次,软硬兼施的话说了无数遍,自行车轮胎都补过多次,说的话加起来应该是一篇精彩的讲演稿,终于和他的父母达成共识。在家长和老师的强强联手下,杨阳终于微笑着报了名,填了中考志愿。

田桃额头上的大包,就是这样长出来的,鼓鼓的,医生说里面都是脓水,挤掉会留下疤痕,还是吃点下火药慢慢消吧。

额头上的包还没消，嘴唇上的包就冒出来了。说起来是她的得意门生常晓灿惹的祸。常晓灿是他们班的精英，门门功课好不说，主持个节目组织个 Party 都不成问题。

可是，中考前一周，也就是自己婚礼前半个月，这家伙竟然病了，练兵考试中英语成绩严重下滑，急得田桃要推迟婚期帮他补课。李虞和王情好说歹说，她才放弃了这个念头，但把所有休息时间都耗在了常晓灿身上。

婚礼前一天，姐妹们邀请各自的男友一起来祝贺新婚姊妹。杨基睿恰好回乡休假，借机缓解了他的感情危机。马彪更是喜不自胜，自告奋勇当了他们的专职司机。

单身生活最后一天，两对恋人一对准新人赶到郎山森林公园狂欢。原始丛林中处处奇山异景带给他们自由、刺激的新鲜体验。越过一座座山岭，他们气喘吁吁地登上巅峰，曾高高在上的郎山被踏在脚下，云雾缭绕，清风拂面。居高远眺，水城全景尽现，此时的小城更显得亲切素雅，温馨可人。

歇息在雅致的小凉亭中，由王情主持，他们玩起了捉迷藏游戏，程铖虽蒙着眼，还是顺利牵了田桃的手，郑重地发誓："我爱你一生一世！"

王情不依不饶，非要程铖背媳妇下山，程铖反戈一击"好啊！正是猪八戒背媳妇的好时光，兄弟们，考验我们的时刻到了！起！"他带头背起了田桃，就当是为明天背媳妇上楼锻炼嘛。

曾接受严格体能训练的杨基睿，背体形娇小的李虞自然不在话下。可苦了看似壮实的马彪，只得用尽全力背起胖美人，走了几步，无奈爱的力量终归撑不住一百三十斤的重负。

一个爬山的老翁在树丛中忽隐忽现，马彪趁机宣布："玉皇大帝下凡了。八戒哥们儿，放下媳妇快回天庭！"他们哈哈大笑，

一路说笑着下山去。不觉已是夕阳西下，落日的余晖笼罩在他们身上，都变成红彤彤的了。

婚礼前夜 12 点，在鞭炮声中，田桃吃下了代表她年龄的 25 个饺子，穿起大红内衣，几乎一夜没合眼，胡思乱想到天亮。

婚礼当天，迎亲车队浩浩荡荡驶过水城南路，县里最好的皇家乐队一路奏乐，最高级别的十九响礼炮一路鸣放。几十辆披红戴花的崭新轿车，载着王子和他的美好愿望行驶在乡间小路上。

车队拐过了山路十八弯，又绕了七七四十九道沟，终于驶进了上河村田桃娘家的大门。化妆师已给田桃盘了头，穿了大红婚纱，就等新女婿来给穿红鞋。红鞋被女伴们藏起来，娶客们左找右找，东翻翻，西翻翻，还是找不出来。真是好事多磨，可可磨蹭了半个时辰，伴郎小刘眯缝着小眼睛掐算了一番，果断地揭开洗衣机甩桶，果然不出所料。

穿鞋环节可真是考验了从没干过这种营生的程铖，急得他直冒汗，误了时辰可不吉利，田桃动手自己穿，被女伴们制止了："不行不行，叫他亲自穿。学会穿鞋是照顾老婆的第一步。"这活也确是熟练工种，磨蹭了半小时终于穿好鞋，按"哥哥背妹妹，好活一辈辈"的乡俗把媳妇背出院子，在七大姑八大姨跟前鞠了躬合了影，才把新媳妇抱上车。

娶亲队伍加上送亲队伍喜气洋洋返回婆家。邻居端来了下马面，田桃拿起筷子左搅三下右搅三下回了礼。下车时，婶婶搬来大红软椅供田桃踩着下来，还塞给田桃个大红包。

终于娶回媳妇了。娶客们哄笑着叫程铖背媳妇扭秧歌，叫媳妇和他一起唱歌。他换了平底鞋背起媳妇进三步退两步地扭起来，扭罢秧歌又唱起了民歌。田桃欢愉响亮的歌声，博得阵阵喝彩声，大家都沉浸在这载歌载舞的欢乐气氛中了。

　　田桃眼疾腿快，动作敏捷，趁人不备迅速遛进家门，免去了"抢吃喜糖"这个让人在众目睽睽之下亲吻的尴尬环节。既进了家门，逗媳妇也就告一段落。婶婶端来碗糖水让田桃喝，老娘又端来了面捏成的马马兔兔供新人吃。众人也开始吃喜宴，三八二十四个盘碟叫大伙美美地吃喝了一顿。

　　来赴喜宴的人中，一群学生特别引人注目，看着敬爱的田老师穿上婚纱的幸福表情，他们也跟着傻乐。自觉充当着服务小生，端盘子倒水地穿行在来往宾客中。特别是杨阳和常晓灿，听说田老师带着两个瘪瘪的嫁衣小包、两个鼓鼓的脸上大包出嫁的事，很羞愧，贴喜字放鞭炮的事儿，就跑前跑后地用心张罗着。

　　午餐后，主宾退去。哥们把程铖打扮了一番。看！口衔红玫瑰，带副遮着半边脸的大墨镜，头上戴个钢盔，身着红内衣，腰系红裤带，活像日本鬼子进村庄。他在哥们儿的逼迫下，两手紧握拖把假扮的钢枪，指着墙角的田桃，田桃也提着菜篮，很配合地缩在墙根，滑稽可爱，让人忍俊不禁，众人乐得前俯后仰。

　　不觉已闹腾到晚上，客人逐渐散尽，新人按乡俗喝了疙瘩汤，汤中有红枣，有桂圆，有花生，还是蛮好喝的一道汤。大姑把枣核放在床垫底下，笑问"生不生？"，程铖心领神会，冲新娘子眨眨眼，田桃大声回答："放心哇。生！"

　　大姑前脚出门，程铖后脚跟上，抢前插了门，这个插门可大有讲究，谁插门，意味着婚后谁掌门，取其大权在握之意。

　　从田桃家出来，王情大叫过瘾，发誓自己的婚礼也得办得排排场场，然后，拉着马彪跑去疯玩了。

　　李虞一路低头不语，她一直在想童话里那句憧憬了至少十年的话："从此，王子和灰姑娘过上了幸福的生活。"

　　杨基睿紧紧牵着李虞的手，小心翼翼地说："虞，我马上奔三

十啦,而立之年,我真想成个家。看到朋友结婚,我真心祝福的同时也会觉得很伤感。每次回家,父母都要追问结婚的事。我不想给你造成压力,但是我想明确:你是我今生认定的人!你呢?会嫌弃我只是个不解风情的兵吗?"

李虞低着头,叹气,合掌顶着下颌,悠悠地说,"当然不嫌,我只是害怕,受够了苦苦等待一个人的滋味,怕极了有苦难言的困境。你这一走,又是半年回不来,我得等多久?"

杨基睿说话挺直腰杆,"啪"的一敬礼,说道:"报告首长! 咱可以先订婚。我们一结婚,只要你愿意,就把你接到我身边好吗?咱现在就订婚,下次回来就把你娶进门。"

李虞被他一本正经的样子逗乐了, 可心底总有一层冰冷的雾气挥之不去,就低着头,慢慢说道:"我还是怕,怕失去你,有时也想有个家,有时又觉得自己还没准备好当女主人。"

看着他眉头挽起疙瘩,低头不语的样子,李虞有点心疼,只好结结巴巴地说:"听我奶奶讲,男方应该拿两个红被面和彩礼钱去女方家,女方家人若收下,这婚就算订了。"李虞的声音大概只有自己能听得清。她本来想用奶奶的话掩饰一下自己的忐忑,但杨当了真。

杨基睿爽朗地大笑,抱起李虞转了几个圈,直转得李虞求饶才急急地说话:"红被面,彩礼钱。走,去和咱爸妈商量一下。"他们手牵手走到了杨基睿家里,杨家母赶紧端出了土蜜水,又从院子里的果树上摘了些水果给他们吃。

知道他家穷,但没想到他家的境况竟然是这样。

陈旧的老屋,两个大板箱是家里的主要物件,土地面,大水缸,多年烟熏火燎过的墙壁,土炕上卷着不白不灰的铺盖,灶台上玉菱秆冒出红红的火苗,一股小米粥的香甜味儿冲进鼻孔,叫人胃口大开。老两口像贵客临门一样慌里慌张地招呼着李虞。

杨基睿开口问："娘，家里有红被面吗？"杨父咳咳，说："家里给你攒了三千块彩礼，唉，咱家穷，我们那时候结婚，家具都是借来撑脸面的。实在不行，婚礼当天就拿些大纸箱贴上喜字撑撑门面，小虞家比咱家条件好，人家的要求咱怕满足不了啊！被面八年前就买下了，可是只有一条，订婚要双双对对才好。"

他顿了顿又接着说："我明天就给你们割床，木匠的活爹不差，多费些木板，一定要给你们做八米见方的大床，你们去看看现在有什么时兴的床头，带爹去看看，肯定给你们做得不走样。被子也要做最好的，棉花我和你娘攒了好几年了，如今假货遍地，咱家的棉花市场上怕是买不到的。被面里子都是棉布，不如流行的好看，但用着舒服。唉，这就是婚姻，合适不合适只有自己知道，会挑的挑当头，不会挑的拣高楼。咱家穷，也就穷三五年，你们好好奋斗，爹娘也不给你们添麻烦。咱家将来一定有好日子过！小虞脾性好面相好，有福气，咱家肯定会兴旺的。好闺女，说说想要些甚了？"

看着他们窘迫的样子，李虞只好违心地说："心意到就可以了，叔叔割床的时候再割个大大的书柜，其他我也不要求什么。现在都新事新办，硬撑门面的东西就不必了，免得人家笑话。穷不怕，打肿脸充胖子才可怕。红被面也不用买了，我奶奶说过，家里有前年在杭州买下的红被面。"

杨母拉起李虞的手，一边抹眼泪一边说："为难你了，孩子，杨家以后会把你当小祖宗来捧的。咱穷，可穷也不能坏了规矩，我这就托人去市里买，咱要最好的。彩礼钱我们拿出家底四千块，基睿再凑六千碰个整数。咱就订亲。"

李虞浅浅的一笑，这回是发自内心的感动："要不，被面我

拿家里的凑合一下,就不用买了。"

"真是个懂事的孩子。那我们还是攒钱,将来你们用时,再给你们拿。""好好好! 就这么定了,咱家总算团圆了啊。"杨父磕磕烟,从箱子里拿出一个青花瓷盘,给了杨基睿,搓了搓双说,慢慢地说:"咱家没啥贵重东西,这个盘子不知道值不值钱,是祖上传下来的,你要不嫌弃,就送给闺女当定情物吧。"李虞连忙拒绝,"不用了叔,既然是祖上留下的,就留家里吧。"杨父再三坚持着,杨基睿冲着李虞点点头:"老人的心意,咱听从就是了。"

送李虞回家的路上,杨基睿高兴得不知该怎样表达。他一会儿抱着李虞走,一会儿背着她,一会儿又像小孩子一样把她高高举在头顶,让李虞坐在他两肩上,两腿跨在他胸前。他驾搂着她,雄赳赳地行走在乡间道上。他们走着,旁若无人地说笑着,慢慢笼罩在茫茫暗夜中, 远处忽明忽暗的星火跳跃着, 它们期待黎明? 或者能点亮前行的路?

第二天,一对拼凑红被面,一个不知价值的青花瓷盘子,象征一心一意的一万一千元彩礼钱,定了李杨亲事。次日,杨基睿离家归队。

一场红红火火的盛大婚礼后,一个简简单单的订婚仪式,赋予了两个女人独守空房的相同命运。

阅读过闺怨诗,欣赏过寂寞少妇的情感剧目,舔尝过漫漫长夜难以入眠的酸涩滋味。但是,富贵也好,贫穷也罢,官宦人家或者乡间草民都无关紧要。她们在理想与追求的驱赶下,不由自主地奔向了自己的宿命。

她们要什么? 她们要的, 只是第一个闯进自己生命中的男人,只是那个自以为会钟爱自己一生的真命天子。尽管初涉爱河的女人们,固执地以为自己的男人就是全部幸福,生活还是以它的本来面目横在她们面前。

有时候，平淡生活的本身就像第三者，不失时机地亮出种种绝招。这样的婚姻杀手，如何招架？树上的喜鹊还在唱着动人的歌谣，床头的喜字还红艳艳的那么好看，被窝里还有他残留的气息吧？他与她，他们与她们，还在热情地关切着对方。真不忍心戳破这美好的面纱，可是生活就这样高高在上地歪着头，笑着，赤裸裸地刺激着以爱情为信仰的简单女子们。

正如教育学生需要因材施教一样，与姐妹们互勉，找一条适合自己的路走得精彩些，活得漂亮些。请别被庐山迷雾所掩埋，请拒绝被"背叛"之后灵魂末日的光临。姐妹们，父辈们的警钟长鸣有用吗？能不能不走那些本来可以避免的弯路呢？听得耳朵都出茧的故事会不会在我们身上重演？

王情才不管那些呢，她一有时间就跑去找马彪疯玩。她乐意随着自己的性子干自己想干的事，条条框框的制约，她看着就难受，更别提那些看不见摸不着的理念了。

当老师虽然不是十分情愿，但整理好教案上讲台，王情还是能像模像样地讲课，三下两下画一幅人物画，变戏法一般搞出一幅沙画，唬得学生一愣一愣的。她还特别会教育人，她的办公室里经常挤满了各式各样的学生，尤其是学习比较困难的学生，在她这里，老师和学生是完全平等的。

她大大咧咧地给学生说她的糗事，给女生梳时髦的发型，和男生一起打球，甚至帮着犯错误的学生写说明书，帮着班干部侦破丢书、找饭票的小案子。除了少数年岁较大的老师看她不顺眼之外，还算相安无事。每个班的学习园地都是她发光发热的阵地，班主任都离不开她。期末测评，虽然她代的美术学科不参与考核，竟然被学生评为"最受欢迎的老师"。

第九章　落花残梦

落花,浮尘,夺命的合欢在红尘世俗中随风雪消融。

这年冬天,刀郎的"第一场雪"从喀什葛尔飘落到北方水城,天籁之音回旋在水城大地的街头巷尾,浸润了田野里大片大片青黑的麦苗,也拨动了风雪中三三两两似乎冻僵了的恋人情思。

一大束红玫瑰夹着淡蓝的满天星在面前一漾一漾的,王情的情绪也跟着一起一落。她望着车窗外蝴蝶般飘飞的雪花,沉浸在与马彪相识以来一件件让她感动的往事中,想到动情处,罗东的影子却不失时机地闯进心里来。她偷偷扫了一眼似乎专心开车的马彪。他眉头紧锁,双手把着方向盘,两眼定定地盯着前方,突然转过头来冒出一句:"沉默意味着接受?"王情到嘴边的话又咽下去,马彪依然盯着前方,慢慢地说:"多久?到底要等多久?"

王情没有应答,在她心里,喜欢和爱是两回事,恋爱和婚姻也不能混为一谈,像马彪这种人,似乎并不是她想嫁的人,或者说,她压根儿就不知道自己为什么要和他相处。寂寞?恋爱实习?但肯定与婚姻无关,但那又怎么样?她曾经以为罗东是她今生要定的人,结果还不是在时空距离面前退缩了?马彪对她好这一点无可否认,但一想到嫁给马彪,天天和他在一起生活,总觉得心有不甘。

马彪终于沉不住气了,关键时刻,没有文化素养,不懂迂回辗转的流氓习气便压不住地冒出来。他大声嚷嚷着:"知道你现在打什么小算盘,你说了前半句话我就知道你后半句说什么,像你这种女人我算是看透了。要不是上高中时隐隐约约的好感,我才不会这样赖着你呢,真不知当时看上你什么啦!说到底,我们根本不对路,你嫌我没文化,你嫌我是土包子!我还觉得你不够漂亮,不够温柔呢。我现在缺什么?缺女人吗?那些来来去去在我面前卖弄风骚的女人我一下都不碰!"

本以为王情会和他吵,一向开朗的王情也没见过马彪这架势,瞅了他一眼就一声不吭。马彪更来气了:"不收拾你还不行了,你也不想想,我17岁从农村到了城里,离开学校步入社会,谁把我当人看,我是怎么混过来的。就你个人民教师,就看不上我?你这种人,用古话说,就是'又想吃油糕,又怕油了嘴'今天我就要你一句话,嫁我还是不嫁?最近我的生意忙得很,新盘下的煤场还等我打理呢。耗不起了,耗不起这一点收获都没有的闲工夫啦。你当然没有体验过资本全部堆积,利润全在空处的心境,风险太大,一听损失就头大。"

"好吧,你要不吭声就可以走了,从此我们两不相欠。"王情怎么都没料到马彪会来这一套,她大声喊着:"走就走!停车!"马彪根本不理会她,继续踩死油门,大声控诉着他对社会、对爱情的不满,刀郎嘶哑而悲凉的歌声成了他激情讲演的伴奏曲。

一辆货车从国道上拐过,歪歪斜斜地戳过来,马彪一扭方向盘又紧急刹车还是没能躲开。瞬间,他们的车被掀起来一头栽往行道树,大捧玫瑰探出残碎的肢体,殷红的花瓣雨洒了一地。

天堂一定是白色的,王情牵着马彪飘飘悠悠地在白茫茫的世界中飞起来,飞呀飞,忽然被个大怪物顶了起来!一直伴随左右的马彪不见了,急得她大声呼喊:"马——马"可声音微弱得连自己都听不见。她的手被一双有力的大手紧紧握着,想挣挣不脱,想喊又喊不出。几滴湿湿的液体跌落到她手背上,她费力地

睁开双眼,看到了哽咽着的妈妈。见她醒了,妈妈又惊又喜:"你这傻孩子呀!傻人有傻福,醒来就好。"王情伸手摸摸头上的绷带,隐约记起发生了车祸。

她急忙挣扎起来:"妈,马彪他怎么样?他死了?他被我害死了!妈妈,我是杀人犯,我要答应他就不会出车祸了。他对我那么好,我却三心二意。老天爷叫我欠他人情的,他要我愧疚一辈子,不如随了他去——"妈妈打断她的话,"快躺下,出事前他用尽全力保护你来不及自救,伤势严重!但他活着,活着就好!"边说边扶她躺下,掖好被子,又低声嘀咕;"你们命中相克,做夫妻会互相伤害的。唉——等伤好后再说哇。"

"妈妈,我要见他!现在,现在就见!"正好护士推门进来,表情夸张地笑了一下,俯下身子说:"冷静一下,你俩都需要静心休养,不出两天你们一定能见面的。给,他写的留言:蓝色妖姬,对不起。战斗还未打响就结束了,我人活着,心死了,除非今生娶了你。"王情紧紧攥着纸条,泪水吧嗒吧嗒掉下来。

四个月后,马彪表情僵硬地坐在轮椅上,时而呆呆地瞪着空空的裤管发愣,时而大发脾气骂自己无能,无助与颓废困扰的他寝食难安,双腿膝盖被全截的事实麻醉了他的神经。从此,走站跑等基本人身权利都被剥夺了,他成了生活不能自理的残疾人。

巨大的落差使马彪受了刺激。白天还好点,清醒的时候,就声泪俱下地向王情表白心迹。说着说着,就声嘶力竭地喊叫:你们赶紧走,马上走!大伙越劝他越来劲,一个大老爷们,喊着喊着就捶胸顿足地呼叫:"还不如死了去,落个干净。"到了夜晚,他的疯病就愈发厉害,像极了一个干瘦的老头,一会儿安排自己的后事,一会儿又像个孩子,说魔鬼要来抓他,躲在王情怀里,连连说:"怕怕怕!"王情蹲下身,来指着石缝中破土而出的嫩芽,惊喜地呼唤马彪:"看呀,这么纤弱的小草顶起了巨石,厉害!""喏,小蚂蚁搬动了它几十倍体重的大青虫。"王情不厌其烦地讲励志故事,全力挽救他濒临死亡的心灵。

可不管王情怎样努力,马彪的思想状况还是不能稳定,他目光游移着,一如他强壮身体里装着的那颗孩童般不知所措的心。

也许是太大的压力给了王情力量,也许是生性不服输的个性强烈地刺激着她,除了照顾病人,她就马不停蹄地在奔走在各大医院间,逢人就边哭诉边打探消息。还真是功夫不负有心人,很快传来振奋人心的消息:目前有种假肢安装技术成功率达百分之九十八,安装后经过训练可以像正常人一样站起来,甚至跳舒缓的舞曲。

她期待着爱的奇迹,她想明白了,人生就是得与失的轮回,苦苦追求爱情而不得,撒手之际它却缠着你不放。健康人人拥有却不当回事,一旦发生意外则身心崩溃,就算一无所有了,只要活着就有收获。有些人热衷于争名夺利,名利双收时,人生至宝却已在不经意间丢失。财富可以得而复失,失而复得,健康却一去不复返了。王情的疑虑全消,她不怕脏累,不畏人言,毅然决然留在马彪身边。

她坚信,他们是相爱的,危难之际不离不弃的爱,经得起风雨捶打经得起岁月历练的真爱。她不再迷惘,她要搀扶他翻过人生低谷,一起向梦想中的高地冲刺。

周末,李虞和田桃再次到医院,身后还有一帮学生。他们带来了自己的新作品,有的用简笔画勾勒了王情与学生一起折纸的情景,有的用版画镂刻出她好看的大眼睛,有的用肥皂做了小动物雕塑等等。班长还拎着一篓子土鸡蛋,送到王情面前说:"王老师,我们已经好久没上美术课了,祝你早日康复,快快回来

吧。"看着学生们懂事听话的样子,王情言不由衷的答应着:"好,好,我马上回去。"

田桃凑到她的耳边,轻轻地说了句:"处理好私事才能安心上课。照顾好你自己!还有,你爸妈的情绪波动不小。他们都是为你好,你要慎重些!"王情的面部抽搐了一下,左眼皮"突突"跳了两下,苦笑着说:"放心吧,不论何时,我都会摆正位置,不然,大学不是白念了?马彪的情况已基本稳定,我得回学校,一定要回去。"

说回就回,当下安排了特护,王情便和他们一起返回学校。人是回来了,可王情老盘算着何时再去陪他。她的心在两个遥远的点上撕扯着,如何找个两全其美的法子兼顾学生与爱人。倘若不能,又如何在爱人与学生间取舍?

又是一节美术课,初三年级同学忙于应付中考,每周一节课在部分学生心里都是浪费。孙亮宏同学又在下边说话,王情终于忍无可忍,把他请出了教室罚站。他已经不止一次影响课堂纪律了,善意地提醒过几次,看来效果甚微。王情知道这样做不好,似乎有变相体罚学生的嫌疑,但她当时真的气坏了,按捺不住地想甩他几个耳光教训一番,强压住一次次顶在胸口的怒火,对着即将升入高一级学府,或者直接步入社会的学生们长篇大论了一番。

我想起我经常讲的一句话,无知者无畏,现在反倒觉得无知者无畏并不可怕,真正可怕的是你无知还无所谓。上课听讲是你的权利,也许我无权请你出去在此我向你道歉,并把下面的良言送给你及所有我的学生:

同学们,人犯错误,上帝都可以原谅,何况是一个普通的老师。但请你记住:你将生活在现实而复杂的社会,而不是学校和天堂。

"勿以善小而不为，勿以恶小而为之。"人的品性和素质是一个长期养成的过程，而在学校时养成的习惯，往往会影响你的一生。请你记住：上课说话的确不是什么大毛病，但如果养成一种习惯，就会决定你被"请出去"的命运。

我们都知道，尊重别人是一种美德，它会赢得认同、欣赏和合作。表达自我是一种本能，挑战权威是一种勇气。但表达自我不能伤害别人，挑战权威不能破坏规则，除非你在进行革命。请你记住：不要试图用带有道德色彩的另类行为去赢得关注，也许在目光关注的背后是心底的离弃。

无知者无畏并不可怕，真正可怕的是无知者还无所谓。请你记住：不要用无所谓的态度原谅自己，对待一切，那会使一切变得对你无所谓。

小学科，小女生，小脾气，再好强，恐怕也强不过大环境，王情和她的学生们虽然被素质教育的阳光笼罩着，每周一节的美术课慢慢地已经形同虚设。

小科只是小科，毕竟就眼前而言，学生的美术素养并不影响他们进入好点的高中或师范中专院校，到社会上也用处不大。特长不过是极个别学生，特长分值占的比例很小。而且特长班学费还比较高，乡下孩子基本上放弃了走特长之路。他们学校还算好的，美术课有专业老师来带，其他兄弟学校就更惨了，往往是主课老师捎带。开始还念念美术书，画画花鸟风景，慢慢的就被所带主课侵占了。大家都已经习惯成为自然，觉得一切为考试让步是理所当然的。

命运啊，有时候，太捉弄人。气得王情真想和马彪一起住进精神病院。

第十章　烛泪溅梦

乾坤,盲灵,断弦的颤音在年少的轻狂中飞舞流动。

资产百万的钻石王老五,清贫如洗的乡村教书匠,他们能相恋,在世俗的眼光中,无非就是钱与色的双亏交易。

谁去注意巨富背后的艰辛历程? 谁去关注物质匮乏精神富足的美丽灵魂?

就在车与车相吻的一瞬间, 人与人的位置发生了不可思议的乾坤大挪移。王老五,失去自理能力的残疾人;教书匠,正值青春妙龄的女孩子,他们能结合,在众人偏执的眼光中,无异于花瓣撒在牛粪中,香臭不分,美丑难辨。

谁去安抚过着极夜生活的地狱盲灵, 谁能理解飞蛾扑火的天堂精灵?

罗切斯特最终娶了贫穷不好看的简,众人大肆颂扬;菲利亚花去两万英镑迎娶了印度女王的遗孀,众人惊羡不已;梁祝生死绝恋让人感天动地;罗密欧、朱丽叶殉情而去叫人悲痛欲绝。

现实中马彪和王情所要面对的是什么?是嘲笑,是不屑,是非议,是流言飞语铺天盖地而来。他们能冲破阻力逆流而上吗?

马彪能吗?经过了最初的神经质后,他终于冷静下来,接受了现状。他走过的路证明了,选择了便没有回头路。

马彪高考落榜后,顶着邻人鄙夷的目光到煤球厂打工。那一天,他挥着大铁锹铲煤、粉碎、搅拌。做了上万块成品煤球后已到傍晚时分,放下铁锹又骑上人力三轮车,拉着近五百斤重的货往用户家送。

夜色苍茫中,阵阵葱花饼的香味扑鼻而来,他贪婪地吸了两口,继续蹬着三轮车前进。一个陡坡拦在面前,马彪深吸一口气,仗凭自己年轻,他狠劲儿蹬,可三轮车像和他较量,铆足了劲不肯跟他走,眼看上坡无望,只得使劲撑着,倘若一松劲,车就会溜下去。他在半坡上僵着,僵着,不能动也动不得,爬不上坡也不甘滑下坡。终于盼来个强壮的汉子,他抬起头来讪笑:"大哥!帮个忙。"大汉鼻子里哼了一声,腆着将军肚头也不回地走了。

马彪按捺住心头的怒火,脏话还是冒出来了:"老子偏不信这个邪!"他把三轮车歪歪扭扭拉到路边,找了块砖头支起后胎,腾出只手来抽了根香烟。一明一暗的火光中,他咬牙发誓:宁肯撑死牛,也不能让车滑坡!他狠狠掐灭烟头,一手撑把,一手推车座,双脚紧蹬地面,弓背弯腰使着狠力往上扛,车一点点往坡顶爬,并没预想中那般艰难。他下意识回头一看,是那个将军肚吭哧吭哧地帮他推着,心头一暖,劲头更足,紧蹬几步,爬上了坡顶。马彪发支烟给将军肚以示感激,将军肚把烟往耳朵背后一塞,拍拍马彪的肩膀:"兄弟,年纪轻轻的,别让生活压垮了!你要老婆孩子热炕头的日子,送煤球也就够了。想活出个人样来,得找出路呀。"

目送将军肚远去,马彪心里酸溜溜的,自己那一肚子条条框框在煤球厂根本没价值。虽说是年富力强到哪也不愁份活干,可光使蛮力,力用不到位,干不出活儿还毁坏工具,老板经常训斥。送货途中,爬个六十度的坡上个七八层的楼是常事,一趟趟端着煤球上八楼,昏头转向不说,苛刻的户主一毛两毛地讨价还价,更有甚者,一见脏里叭叽带着煤屑的衣着就挡在门外,生怕弄脏了人家地板……这样的生活,马彪受够了,可又能怎样?目前也

只能以苦力赚钱,他没有一点资本。

一年以后,马彪利用第一笔资金开了个冷饮店。他和小小的流动摊点齐呼吸共命运,跑千里山路,卖万瓶冷饮,从两角钱一根的冰棍,卖到各色各味几十元一份的冷饮套餐及至各种名贵饮品,后来干脆办起了饮料厂。就在他踌躇满志准备大显身手时,遭遇了突如其来的灾难。人生起起落落,变化无常,他不再苛求什么了。一切灾难困苦都扛过来了,何况几句流言?

王情呢?她能吗?

她从来就是个敢作敢当的烈女子。同龄人不齿的艺术学院,为了理想,她毅然选择了;同学们向往的都市白领,为了亲情,她决然放弃了。也许改变一下会有别样的天地,可那不是她。

参加工作后,特立独行的个性有过之而无不及。那次,学校安排她和另一名教师参加"园丁杯"作品大奖赛。那位教师搞不出像样的作品来,又不想放弃难得的露脸机会,私底下硬着头皮借了王情的作品参赛。结果阴差阳错地,借出去的作品得了一等奖。那位教师又很要面子,生怕王情把这事儿传出去,两人的关系从此变得微妙。

纸里包不住火,同事们知道了真相,都笑话王情,咋就那么傻?王情还是乐哈哈的:我的作品,我的能力,我的风格,我的笔名,够了!她洒脱地一挥手,大步走开。

面对困难重重的婚姻,王情不怕非议,不怕苦累,只怕激烈反对的父母双亲,很难也不忍拗着他们。

又是一个漆黑的夜晚,王情再次提出自己的婚事。可怜她母亲把农家妇女最厉害的手段抖了出来。

她边号啕大哭边破口大骂:"你翅膀硬了,我管不住你了?告诉你,只要我睁着眼,你就休想嫁给他!你目中无人,光顾自己,我们老了谁来养活？瘸子!一个瘸子搞得你连爹娘都不顾了。"

哭闹一阵后，声调低得叫人打冷战，"妈也是为你好呀，穷不怕，有手有脚就能致富，可他是残废!妈怎能看着你跳火坑，你们可是要一天天过日子的。你一过门就得侍候残废人，家里大大小小的事全搁在你身上，你可怎么活呀?"王情呆坐着，不吭一声，不动一下。

王父蹲在墙角抽旱烟，呛得他咳嗽了半天，还是不停地捏起烟丝抿在烟锅里，不停地咳嗽，不住地抿烟。

"情儿，咱不能叫人笑话，妈不求你大富大贵，也不图你养活我们，不想看你受罪呀。邻家闺女初中毕业还嫁了个吃财政的，衣裳常换常新，三天两头来娘家送菜送肉;你表姐又笨又懒，你姐夫老实厚道，他把家理得井井有条，你姐甚心也不用操。妈好歹也供你上了大学，容易吗?他个残废人会毁了你后半生的!嫁个废人你不觉得败兴?"妈妈又一把鼻涕一把泪地哭诉着。

王情呆呆的，半晌不答话，逼急了她抢一步迈进里屋，甩出一句:"你们根本就不懂爱，嫌我败兴?我的事不用你们管!受罪我乐意。"她转身把自己反锁在屋里，把身子往床上一甩，撕心裂肺的哭声划破了黑漆漆的夜。

殷红的电光一闪，照得屋内通明又倏地暗下去，霹雳的雷声炸响在耳畔，呜呜的狂风以它最骇人的姿态啪啦啦地扑打着窗棂。

夜深了。巷子深处隐约传来几声狗叫，接着众犬狂吠，最后自家小狗也响应着，"汪汪"之声不绝于耳。似有生人到来，王情侧耳倾听，狗叫声又由近及远散开去。

王情爬起来坐在梳妆台前，镜子里长发披散、面容憔悴的女人拿起梳子猛梳两下，又啪的摔下。她的目光落在画架旁的刻刀

上，小小的刻刀散发着幽幽白光，雷电一闪，刻刀似乎动了一下。屋外传来几声老乌鸦呱咕咕的鸣叫，叫人毛骨悚然。王情站起来打开音响，周杰伦声嘶力竭地吼叫《断了的弦》。她放声大哭，忽又凄声冷笑，踱到画架前，拿起刻刀。

王情抬了抬眼皮，触到了老爷车的速写画。闭了眼，老爷车载着她和心上人飞奔在乡间小路上。

老爷车，县城流行的一种游览车，类似于黄包车上加个电瓶。闲暇时，马彪驱车去小树林间散心，王情坐在敞篷车座上被巅得一颤一颤的，妙语连珠夹着开怀大笑如水红花一般在空寂的乡野中绽放。马彪太开心了，他情不自禁侧着车子回头看王情。老爷车失去平衡整个儿倾翻在地头，王情被压在下面动弹不得，马彪徒劳地挣扎几下，也无能为力。

王情费力地钻出来，背出马彪，又费尽心机拉起车子，然后把马彪放在驾驶座上。马彪苦笑着，王情却自顾自哈哈哈大笑，笑够了才告诉马彪，"看看，你和老爷车都倾倒在我的牛仔裤下了，我不乐才怪。"

曾几何时，自己的经历成了真正的笑话，给姐妹们讲述时言不由衷地透出几许苦涩。她笑，同事们也笑，但此笑非彼笑，笑中，掺和了太多说不清道不明的元素。

一张张似笑非笑的脸浮现又隐去。她打定主意，一定要证明自己的决定，总有一天大家会认可自己的选择。

更叫她来气的是学生们，课堂上提问竟然理直气壮地回答："不知道。"平心而论，马彪出事后，她用在备课上的功夫是不如以前，但比起许多副科老师，她做得还是蛮不错的。至少教案还是规规整整地书写，至少课时保证上足上全了，至少教研活动与课外兴趣小组她还在积极筹备。

四面楚歌中的王情痛苦极了，看着她日渐消沉的样子，姐妹们也不知该怎么劝她。别人不可能钻到你的肚子里去揣摸你的想法，搞不好，一句劝慰的话在无心者耳朵里也变了味。

帮她做出决定的是她小姨，比她大5岁的姨，她妈妈的亲妹妹。因为当年家里穷，姊妹11个，小姨和舅舅只能有一个人上学，姥姥就强制性地要求小姨退学了。

小学文化程度的小姨，少女时期几乎是在碾台、锅台、窗台旁度过的。姥姥姥爷照顾她小，不让她去地里，一大家人都去地干农活，回家总得吃口热乎饭吧。一日三餐，从打下来的粮食到煮进锅里的面条窝头都要经她手，碾面、做饭的事儿她几乎全包了。家人的衣服鞋帽也都是她在60瓦电灯泡的窗台边缝制出来的。小姨的手擀面做得一流，手工缝制的棉衣棉裤精细得城里人都想买了去。嫁给做运输活的姨夫后，生活好了很多，人也变得富态了。

小姨一进王情家就大声嚷嚷着叫她帮帮忙，虽然她们隔着辈分，但因为年龄差距小，所以，两人处到了无话不谈的地步。平时见着小姨也会没大没小地乱说。

原来是小姨夫在东北跑运输，被雪灾挡半道上了，信号时有时无，说话断断续续的听不清楚，小姨就跑来叫她给姨夫编发短信息，交代她一定要传递家人的挂念与期盼，无论如何要保重身体，平平安安回家。还得一条接一条地发，收不到回信就一直发。

往往是小姨长篇大论说一阵，王情两句话就概括了。急得小姨就发起牢骚来，念叨自己没文化吃大亏。王情就说自己念了书也没多大用处。这不，工作上带个豆芽科，生活中准备嫁个残疾人，全家人反对。小姨一句话把王情逗乐了，一句话里有两个关键词："统一"和"鸿沟"。

小姨最近在电视上学了两个词,一个是"统一",一个是"鸿沟"。

　　洗碗她会说:"你们都放下碗去忙自己的事,待会儿我统一洗。"择菜她会说:"我把这些菜统一了,齐刷刷的,真好。"

　　"鸿沟"用得就更多啦,"这个'鸿沟'好啊,把两行小麦苗拢得乌油油的。""我和你姨夫的鸿沟,都是我的功劳,你姨夫说我是福星,把他们家多年挖下的鸿沟给填起来了。"

　　说到王情的事,小姨说:"这个事儿不难,主要是你思想上的鸿沟太多,比你所有的姨姨舅舅选择过的关卡都多,统一就行了,听你爸妈的,或者听你心底的声音,最简单的想法就是最对的选择。"

　　一说到长辈,小姨又唠叨开了,"说到你爸妈,他们供你读书可不容易。记得你上高中的时候,有一次,在路上碰见你爸爸骑车急匆匆赶路,我停车和他说话他都没发现,去你家才知道,你爸妈发现你有段时间早出晚归,生怕你有什么事瞒着他们,问你你又不说,就去跟踪你。跟踪你怕你生气,家里的烂摩托也不敢骑,因为一发动就像飞机一样有轰隆隆的声音,所以就借了邻居家的自行车去撵你,撵着撵着就见不着人影了,追着追着还摔了一跤。追到你们教室门前,从窗户一看,还好,教室里只有你和四五个学生,都是埋头做作业。你爸舒了口气,也没惊动你,就悄悄返回了。这是我后来问你妈才知道的,要不我还要埋怨你爸了,见面招呼也不打,看不起人还是怎么着?"

　　这事儿王情根本不知道,唉,天下父母心啊!

　　是啊,毕竟父母无法选择,何况他们为了自己的儿女能有点出息几乎付出了毕生心血。

　　是做决定的时候了!王情祈祷着,她不想伤害任何人,她只想要自己活得自在些。马彪等着王情宣判,王情等着父母下旨,一边是火般爱恋,一边是水般依恋。王情夹在两块软肋中被勒得生疼,两厢对峙,怎么办?

反正当个豆芽科的老师也没啥成就感,以前还有学生们积极的学习热情支承着自己,现在眼看着她最拿手的"女高音"被中考这根指挥棒逼到低音部的小角落,就干脆请假回家。

她整天窝在家里,有时蜷在被窝里,有时躲到自己设计的小小画室里,胡乱画画。更多时间,尤其是停电的夜晚,她就点起洁白的蜡烛,看着跳跃的火苗呆一阵子,盯着一直没有反应的手机傻一阵子,然后就捏着手机不停地摁着,写着,有时信息会哗的发出去,有时坚决地存在草稿箱里,有时摁了发送键又赶紧摁取消。

爱情不是女人的全部,女人要追求更加完满的人生,亲人、事业一定与爱人同样重要。女人,应该获取一点比美貌、权利与金钱更可靠的资本。

这种资本到底是什么?以相夫教子为己任,过自己抹布拖布尿布的小日子,做个简简单单的小女人?也算能做个纯粹而真实的女子。做个事业上的强势女人与男人比高低,争取事业和家庭的主动权? 也好,女人的大名也可以在大发展、大变革的大好东风中结个名垂青史的"善"果。做个心灵和外表美的能安享世人的传颂,又不致被流言飞语伤害得遍体鳞伤的大众红颜? 也好,毕竟任岁月流逝,任何社会形态都不会拒绝"美"的存在。

贪心啊?!想三者都有,做个拥有"真善美"的完美女人?那就好好修炼吧!

可是眼前,自称"豁达而深明大义"的王情,完全陷入在生死绝恋般的爱情里,不能自拔。

李 篇

第十一章 蓝洋幽梦

那洋,那山,生死不渝的情爱是否为今生唯一的宿命?

手机的那一头,是整天对着瘪瘪的裤腿发愣的马彪,他和王情把自己"囚"在外人看起来狭小孤寂的黑暗角落里,在蓝汪汪的手机屏上进行着灵魂深处的对白。这样,他们拥有了不被世人所知的,相对广阔富饶的意念王国。

"情儿,我们做网络夫妻吧。这个世界太过功利,功利到了信任缺失的底线。在网络空间相爱,无非是以内心隐藏的敏感敲响心底的键盘,倾心相爱之人在尘世失语在虚空自由,不必面对纷繁复杂的人际关系, 也不必理会追名逐利的生活压力, 我只是我,而你也仅仅是你,随心所欲,逍遥天下。但事情似乎还不是这样简单,有形的未必永恒,无形的却可能铭记。是否,我们要坚守永恒,坚决铭记?"

"无形?有形?莫非你悟出了禅道?我不想演绎泡沫剧中为爱而生为爱而死的情圣。除了爱情,还有很多事情等着我们,我不能无视真实存在的世界。总有一天我会有母亲那样苍老的爬满皱纹的脸庞,而你,也会有父亲那样青筋暴起的裂着大口子的粗糙的双手,那时,或许我们比他们还顽固。"

"就算那样,我依然有着朝圣者般虔诚的灵魂。我能感觉到,你那透出电波扑面而至的热望与虚荣。面对现实的虚幻的你,身上涌动的血液告诉我你存在的真实,我未必在乎别人的看法,包括你的父母,我会和你一起证明我们的选择,我们绝不会走上公

孙止的老路。"

"马彪,也许你是对的,也许我确实逃不脱女人虚荣的老路。我只知道,我在自以为脱俗的感情历程中撞得鲜血淋漓。我痛得裂开嘴,别人以为我在笑,我就笑着说:'我很好!我多潇洒!'是的,我不能让别人在我的伤口撒盐。但在你面前,我要无所顾忌地哭闹,我要无所避讳的撒娇!来吧,我也可以接纳你的一切悲苦,倾听你脆弱的骨的破碎的声音,抚爱你麻木的肌的腐化的肢体……然后,我们优雅的转身说,再见!"

"情儿,骨碎了,肌化了,还有不碎不化的原细胞,你听那骨骼生长的声音,你看那肌肉复苏的纹理。下雨了!我们不许撑伞,让溅起的水花打湿你我的裤脚,让脚丫子接受雨水的浸润!如果不经意溅起了伤害的水花,我很抱歉!"

"感觉很好!雨,其实不是雨季里的所有,或许我们的心在下雨,或许我们看到的听到的触摸到的都是湿湿的雨,它是'醉心泪'。我曾不止一次祈祷,让上帝允许我把拾起的雨滴燃烧,让这燃烧起来的火焰烘干我们的泪我们的心情。也许,泪是懦弱的使者。不是吗?"

"不!是真情告白,你是我心目中永远不知疲倦的红色蜻蜓,你是罗东脑海中古怪精灵的蓝色妖姬。勇敢些,亲爱的,我的天空任你飞翔。在你找到海洋之前,你是我全部的生命!你是我的红蜻蜓!为了蓝色天堂,我们必须努力破茧而出!"

恋爱中的男女似乎都成了诗人,一行泪一行字地表白着自己的心迹。

王情蜷在被窝里,捏着手机,信息一条接一条地飞出去。马彪胡子拉碴地待在办公室,一个字一个字地推敲,一个标点一个标点地审视。一包接一包的香烟抽下去,火星掉下来,他的衣服上烫了几个大窟窿都不知道。甚至，一不小心，把自己的眼睫毛都烧掉了。

碧蓝碧蓝的天空，亮晶晶的星星穿梭在飞船周围。飞船里的王情和马彪陶醉在这触手可及的蓝色锦缎中。王情伸手触摸星星，莹润细腻光滑得像颗神丹，她随手摘下一颗含在嘴里，滑溜溜地咽下肚去。王情开心极了，儿时的梦幻现在她做到了!飞船载着他们在朗朗夜空中翱翔，她俯身欣赏宇宙美景。

苍穹之下，碧波之上，他们的飞船按照她的意念飞往目的地。忽然，前方出现一个不规则的菱形飞行物，透过明晰的钢玻璃能清楚地看到一个类似双胞胎的连体男女，女的也在说着人话:"恒，前方有生物，我们打招呼，还是打硬仗?"男的声音像是穿过石头一般嗡嗡地回答:"他们是地球人，大多是勤劳善良的。但和他们交流很难，钩心斗角没完没了。我说星儿，他俩看起来很亲密，实际上他们中间有距离。"

"是啊!可怜的地球男女，不连体永远不会同心同德。可他们的感情力量实在达不到真正融为一体的程度。""不是的!"王情冲上去想解释清楚，飞行物却倏地消失了。

王情想着他们忠贞不渝的爱恋竟然比不上外星人，不觉一阵失落。马彪似乎看出了她的心思，大声唱起了《蓝色多瑙河》逗她。王情很快看到施特劳斯挥舞着指挥棒，合唱队的队形竟然摆出了"欢迎蓝色精灵"的字样，原来飞船已把他们送到了蓝色故乡，前面不远处就是日思夜想的多瑙河。

王情惊呼一声:"多瑙河的水不是蓝色的!"她对色彩极度敏感，这种反差叫她莫名失望。舍赫尔走过来笑哈哈地说:"这条河一年有 61 天是棕黄色和深黄色，75 天是灰绿色和深绿色，其他时间是浅绿色和淡绿色的。"

王情被河水映得亮闪闪的大眼睛里掠过一丝遗憾，舍赫尔大笑："人民对它是热爱的,感激的,只有一个时间河水是蓝色,但只是一瞬间,是艺术家让它拥有了永恒的蓝色。它是我们奥地利蓝色的眼睛!"

王情兴奋起来,在友人的解说中,水魔术般的变色了:蓝天,蓝得神采飞扬,蓝水,蓝得飘逸柔和。美!无法言喻的美妙! 尘世间的烦恼杂念瞬间被这蓝色世界洗涤得一干二净。

飞啊飞,飞过了大格罗克山。累了,他们停下来欣赏这人间奇观。山下是夏季,山谷是秋季,海拔 2400 米的地方又是严冬。

他们进入山腰上的咖啡馆,古朴的气息叫人沉静。厚重的木质地板,小方桌上的阿拉丁神灯跳动着蓝色的火光,大壁炉里闪耀着木材燃烧的蓝光伴随着哔哩啪啦的声音。热情的店主拿出了特色农家饭招待他们,大圆桌上摆满了烤鸭、香肠、鹿肉、草莓、辣椒酱等美味。

吃罢饭小憩片刻后辞别店主,飘飘然飞向香布伦宫。可爱的希茜公主和俊美的弗朗茨·约瑟夫已和好如初了,他们在花园里尽情嬉戏。左侧园中有尊美女神抱蓝花瓷瓶的雕塑,瓮瓶中的泉水源源不断地流出来,托起了娇翠欲滴的睡莲花。

宫内有一间叫"蓝阁"的屋子专门陈列着中国的青花瓷器,白底底蓝花花,蓝盈盈的煞是夺目。宫内还陈列着一张拿破仑睡过的床,大概以前被人睡塌过,如今,只得把床加高并围上拦绳。真是一只简陋却价值连城的床!

王情想着床上的种种运动,不觉两颊飞红。床旁边是辆架着八套马的马车像,在拿破仑叱咤风云的年代,一定曾架着马车在美泉宫纵横驰骋吧? 一定曾骑着马儿跌落滑铁卢。这一想,王情不禁一颤,她们的感情不也正在接受滑铁卢的考验吗?

马彪立刻感应到了她心思的变化，转眼间变为大海豚驮起她游入深深的太平洋。几堆珊瑚礁摇晃着，来来往往的海底生物友好的在他们周围游来游去，一只大白鲨还温顺地伏在他们身下，真像一只刻着精美花纹的大床。

此刻，他和她，用最亲密的肢体语言表达着对彼此最深沉的爱恋。她的蓝裙子在水中飘舞着，似水中仙，似雾中妖，一切美好得让人窒息！

"情儿，今生为人不易，今世遇到相爱之人不易，今生今世，有你足矣！"马彪这句轻轻悄悄的枕边话一直在王情耳边萦绕。

可海水还是那么凉，那么凉，凉得她激凌凌打了个寒战。她一惊，睁开眼睛，枕头已被她的眼泪浸湿了，面前只有蓝蓝的屏，一条短信蹦进来："情儿，今生为人不易，今世遇到相爱之人不易，今生今世，有你足矣！"

王情沉迷于情感世界不能自拔之时，学校正在召开一次对老师们影响至深的"名师交流会"，她不知道，她错过的是怎样一个革命性的会议。

会议定在下午5点，不知是天公弄人，还是见证风雨之后必有彩虹的箴言。一场十年不遇的大雨横在了会议前，足足下了4个小时，会议地点只好定在学生餐厅临时改成的礼堂内。学校里砖块铺成的地面上水流成河，校园通道的水泥地上更是汪洋一片。可会议的主角还是准时到场了，单就这一点，名师们用自己的实际行动起到了极好的表率作用。

会上，首先是物理科教学权威曹跃明曹教授的重要讲座，课题为《四十五分钟进行曲》。他洪亮的声音硬邦邦地敲击着老师们有点僵化的神经：

众所周知，课堂是教学工作的关键。怎样有效提高课堂效率呢?下面谈谈我粗浅的认识,供大家参考。讲课绝不是简单的重复,它具有艰苦性和曲折性等特点,是创新,是发展,是一种需要精雕细琢的艺术。我研究的课题是:课堂教学五部曲,即四十五分钟教学过去式、进行式、思想式……

他严肃的讲学态度,严谨的治学风格,以及严密的思维迅速感染了在座的千余名师生,他成熟自信的为师风范、威而不怒的个人魅力很快赢得了雷动般的掌声。

退休老教师田木森返岗奉献余热。他改进了"三算"法并普及了他分管的教育园区,学生经过心算口算笔算的集中训练,数的敏感度大大提高, 快速抢答及胸有成竹的会话无意中锻炼了表达能力,增强了自信心,真可谓一举多得,受益终生。

应全体师生之邀,田老先生唱了首俄语歌《喀秋莎》,这一绝活让大家艳羡不已。七十岁高龄的老先生看不出一点垂老之态,活跃集中的思维方式,蓬勃昂扬的精神状态,信口拈来的名言典故,真让山区教师汗颜!

台下的田桃给李虞一使眼色,悄悄递给她一个纸条,李虞展开一看,冲她一笑,算是回了话。借着给田老先生添茶水的空隙,李虞轻轻地传给田老,田老认真地看了一下, 又左右耳语了几句,点头应允。

末了,李为民李校长作了训话:"年纪轻轻不思进取,眼高手低不下苦功,心浮气躁不讲效率。人未老心先衰,真是悲哀!"又安排了下段工作的重心:"做好常规工作的同时, 继续深化教学改革,并开始准备创建'省级文明和谐校园'。"

交流会结束之后,田桃拽着李虞溜到主席台面前,邀请他们就一些教学疑点作具体指导。田老很爽快地答应了,曹教授和李校长也微笑着鼓励她们大胆提问。

于是，五个年龄不同、阅历不同、学科不同但怀着相同教育梦想的老师，展开了一场难以忘怀的座谈会。说笑中，他们的谈话渐渐转到人生哲理上。

对田老来说，教授也好，校长也罢，初涉人世的女孩也如此，他们都是平等的，没有职位等级的高低，没有贫富贵贱的区别，她们只是一个个学生，一个个需要继续进步的孩子。他不急不缓地把他用年轮刻下的宝贵经验，传给了眼前仰头望着他的弟子们。

是的，人生有时候真如一篇美文，需要有一条贯穿其中的红线，这条红线时明时暗，时隐时现，有时可能会被污浊的阴云所淹没，有时可能会被势利的风向所改变，但如果你想成为世界上那一小撮活得精彩的人，就必须保护好那条红线。

那条红线须围绕一个准确的定位延伸，循规蹈矩走一条简单平坦的路，或者打破常规闯一条坎坷但丰富的路，定位很重要，定位决定命运，命运带来经历，经历无疑是一笔千金难买的宝贵财富。

如果你付出一分努力，就想得到一分收获，那么我告诉你，行不通，就在你喋喋不休抱怨人生不公的时候，上帝会把天平悄悄倾向于那些付出十分不求回报的人。

此外，还缺一个特色，为什么你不同于别人，在你的父母妻儿丈夫这些亲人面前，你为什么不能被取代，因为就算你做得不够好，你也拥有很大的唯一性。但在社会这个大家庭中，如何立足如何得到世人的认可？

你应该有至少一点特色，在你擅长的领域里，在足够大的范围中，没有人能超越你，没有人能达到你的境界，于是乎，把握"一条红线、一个定位、一点特色"就足以成就你精彩的人生。

曹教授点头称赞，他讲了个"夜明珠"的故事。

据说，有个人，从一块星空中掉落在地上的巨大陨石中，提炼出一颗形状很不规则、颜色暗淡而且根本无法再分解、再提炼、再切割的小珠了，此珠子经几多鉴宝专家赏鉴，认定它只是个不会发光、没有价值、缺乏色彩的小石头，充其量不过可以用来做关于星球构造的学术研究。一天夜晚，珠子的主人心灰意冷，他抱有无限希望的宝贝原来不值半根黄芽菜钱，他懒得开灯，懒得再次请专家鉴定，他只是拿着珠子怀着复杂的心情把玩，他对它已经不再抱任何希望了，他想要趁自己还没有后悔时扔掉这个浪费了他太多时间与精力的小家伙。

就在他奋力抛出珠子的瞬间，奇迹发生了，这个被权威学者认定毫无价值的珠子，在外来能量的刺激下，发出璀璨的光芒。就这样，一颗举世无双的"夜明珠"诞生了。很多人也如同这颗珠子，一文不值或者价值连城，有时，真的仅仅就在一闪念间，坚持中，你就拥有了生命的深度、厚度与广度。

田桃从没听过这样的理论，她很快被前辈们强大的气场所吸引。看着他们闪闪发亮的眼睛，还有那被学识的荣光笼罩中精神抖擞的身板，她忘记了身居何处，忽略了年龄代沟等横在他们面前的阻碍，以崇拜的眼神观察着这些教育家们。

李虞默默地听着，起身为她敬仰的前辈们续上茶水。李校长微微点头示意了一下，说声"好"，然后开始讲述他的艰辛历程。

他出生在一个极其贫困的家庭中，他前面还有9个兄弟姐妹，能想出的字都给哥哥姐姐们起过名了，父母亲没文化，也没心情给这张又得张嘴吃饭的小子起名字，姊妹们就叫他"小十"。后来有个算命先生说：这孩子不简单，将来不成"将"也成"帅"，肯定是掌握大印的贵人。小十小十的不好听，大将大帅也要为民作主,就给他起名叫"李为民"。他的大名就这样叫开了。

小学阶段,他交学费肯定是最后一个,成绩却总是第一名,别人根本没法争。中学阶段,他的课余时间不是上山摘酸枣、挖药材就是下河捞银鱼、捉螃蟹。卖到的钱就能供自己上学,除去学费,他还能攒一些。有点资本的时候,他就雇佣几个同学和自己一起勤工俭学。

有一次,他带领伙伴们每人捉了一书包螃蟹跑到县城师范学校门口叫卖,差点被城管抓住时,只好把一包包的螃蟹抛进学校院子里,这下可好,整个学校一个星期内被螃蟹所侵扰,不是楼道里跑出一个,就是课桌底下压着一个,这还不说被后勤师傅们捉住、煮了放到饭桌上的螃蟹大餐。说起来,也是他搞出的一个不大不小的恶作剧。

上大学时,他的管理能力与生意头脑就一发不可收拾。作为班里团支书那么个芝麻官儿,他把每项具体事务的功能发挥到极致,单说搞卫生一项,他制定了奖罚严明的卫生责任区,只要出现一点脏物,就毫不留情地扣分,扣个人分,扣小组分,欠一分而动全局,反之,卫生搞好的同学他给加分,期末领取奖学金时自然尝到了甜头,卫生这块硬骨头就被他轻而易举地拿下了。

大二时他办的电脑培训班竟然抢了老师的风头,只是因为他另辟蹊径,找了新路子。就在老师还在大讲特将如何编程时,他开始自学并讲解办公软件的应用,毕竟,编程只适用于少数电脑天才,而大部分同学将要面对的是走上社会处理一些具体的文档表格。这一次,他成为大学的公众人物,也因此收获了想都不敢想的爱情。

结婚时,家徒四壁,妻子任乐乐哭着说自己被拐骗到"鸟不拉屎"的地方了。走上工作岗位后,他从体育教师做起,做过团委

工作、教导工作，五年间，升任为卫河学校校长，副高级职称，正科级干部，当上了 4 岁女儿的爸爸，还开着资产十几万的电脑打印铺，种着几十亩苗圃，并以村官妻子任乐乐的名字注册开办了乐乐苗圃股份有限公司。

一个个活生生的案例呈现在我们面前，他们真的是一本本厚厚的名著，读懂他们，受益匪浅。田桃和李虞觉得自己就像冬天里的麦苗，在一场瑞雪的覆盖下，贪婪地吸取着这些宝贵的精神蜜汁。

说到教育改革时，他们慷慨陈词：

"叩问当今教育，课改成效到底有多大？"

"素质教育是一项立体的、多维的事业，如何把握它？"

"'大学无用论'是否成立？""为什么要开设所谓的'淑女班'课程？"

"就业难？国考难？幼儿教育落后谁之过？"

针对这些敏感话题，他们立足实际，分析形势，经过一番激烈的唇枪舌剑之后，田桃大呼："过瘾！"李虞感觉自己的思路渐渐被打开，一条清晰的教改航向展现在她们面前。

会议后，全校师生进入紧张的"备战"阶段。听听、看看、学学，还得亲身试试，改革的先行者当然是这些有点影响力的教学中坚力量。他们从解剖课堂开始，逐步改变学生的学习模式，有效挖掘校本课程，要探索出一整套适合本地学生的教学方法。

大山里的先行先试者，除了一两个拔尖儿的名师，如果不能在短时间内用公开课吸引大家的注意，不能用月考成绩来证明自己的实力。他们就不是英雄，他们没有耀眼的光环，他们顶着"不务正业""瞎胡闹"的帽子，默默无闻地做着自己的事。教学改革在曲折中艰难地行进着。

第十二章 白蝶迷梦

晚秋,情迷,独守空闺的冷寂是否非得经受刺骨的痛?

随着教改工作的不断深入,素质教育不仅仅作为口号存在,它已经在真实地改变着师生们的观念,改变着每个卫河人的工作、生活乃至家属们的精神面貌。

卫河学校不仅仅培养中学生,也成为年老教师不断充电,中青年教师终身学习的最佳课堂。在这个被风水宝地孕育的平台上,衍生出一批批青年才俊,很多能歌善舞、能书会画的学生被高校提前录取,很多刚毕业的大学生前来应聘,很多出类拔萃者被抽调到行政系统,很多教学能手、学科骨干成为学校的名片。

三间大的办公室墙上,"省级德育示范校""市级红色教育基地""十佳教学模范校"等一幅幅牌匾、一个个奖杯挂满了整整三面墙壁。"卫河学校"本身已成为一个品牌,一个不折不扣的人才摇篮。暑期招生工作在学校办公室就可以轻松完成,两个月的暑假,值班人员每天都会接待前来求学或是求职的人,远至省城县城,近至山旮旯儿的小村庄,陆续有人前来报名。

有人说,此时是卫河学校的巅峰时期。有人说,卫河学校能有今天,是一代代教育家辛苦操劳的结果,尤其是连任七年的李为民李校长的功劳最大。此话真真假假自有历史来公断,至少,李校长不断追逐着教育梦想,不断为高校为社会输送着一批批有用之才。他是校长的楷模,是师生公认的教育家。管理教学常规自是每日必修课,除此之外,他又风风火火的迈向一个新的高

峰，那就是，争取创建"省级文明和谐校园"。

"创建省级文明和谐校园"的动员大会是在学校新盖起的礼堂进行的，一行醒目的红色宣传带飘扬在会场上空，主席台上端坐着"文明三巨头"。所谓"文明三巨头"，分别是李为民李校长、王文王副校长和田桃田主任。

李校长一米八七的个头，体型匀称健美，神态庄重沉稳。款款的步伐，行走中折射出他从头至脚的海洋气息；宽宽的额头，无言中散发着他自内而外的阳光味道。"创文明校"的战斗打响以后，李校长几乎每天都召开一次会议，有时与专家探讨很久，有时临时召开一个简短的会议。有时甚至在资料组整整盯一天，他亲自深入测评体系内部，分析每个指标的得分几率，考虑每个权数的争取机会。

会议上，他细致的讲述和文明校相关的一切细节问题，请每个组长发言，说问题，传经验，讲道理。他讲的时候，与会人员都会静静的倾听，轮到组长发言时，他们总会尽量挖掘自己创造性劳动之后的新成果，就连司机小冬也不时凑过来添茶倒水，并提个相当惊人的建议。做会议记录的李虞更是全神贯注地倾听着，认真记录着，记录着他们的劳动成果，记录着为文明和谐校园献计献策的功臣们点点滴滴的成功与欢乐。

李校长带领全体同仁发扬"白加黑""五加二"的吃苦精神，发挥卫河人勤劳、踏实、厚道的长足优势，为创建文明和谐校园奉献着全部热情。带头冲刺、连续作战是他一贯的工作作风，老师们发现：李校长比拿钥匙开门的小冬都到得早，他会弯腰捡起草坪里的纸屑放到垃圾箱里，他发脾气训人的时候很吓人，循循善诱劝导的时候又特随和，他甚至亲自拿起水管冲洗餐厅。

他太辛苦了，时值秋高气爽的夏秋交替之际，那么壮实的人竟然感冒了,本来蛮有磁性的嗓音变得干哑了,脸色微微发白,但他依然坚持工作。师生员工都被他的精神所感染,情不自禁的加入到这场创建文明和谐校园的攻坚战中来。

如果说李校长是个远见型、民主型的领导,那么,王校长一定是教练型、示范型领导。他讲话不多,大多时候,他默默的根据成员组的特长做好相应分工,让成员的工作和学习可以有效进行。他自己的任务总是认认真真完成,随后再以自己的标准要求下属。

在他的辛勤劳作下,130本厚厚的档案全部审阅过,两本反映学校面貌的精美画册诞生了,一本《文明在我心中》的征文集也正式出版了。而他,颈椎病重犯,脖颈上经常裹条厚厚的毛巾,看样子,一点不像文人,不像校领导,更像个耕田种地的老农。他不摆谱,很少训人,很多时候,别人会把他的下属和他混淆,用他自己的话说,"副校长哪是什么官,我就是个干事,和同事一起干好领导分配的工作,对自己负责,对工作负责就好。"但他在老师们、同学们心里,却是个难能可贵的好官。

"创文明校指挥部"设在多媒体教室,办公室主任由语文教师田桃兼任。刚满30岁的田桃是最年轻的女干部,她白白净净的脸庞上架着一副黑白相间框子的眼镜,乌油油的马尾扎起来,随着她有节奏的脚步声,马尾也一甩一甩地舞动着,带动着周围的气氛。近来,她又沾了三个不大不小的毛病,嚼口香糖、说"OK"、说"好的",只要不说话,嘴就不停地动着,嚼着,说话的时候,两个词出现频率简直能超过50hz!她以她动感十足的神态做着自己的工作,也带动着同事们的情绪。

田主任不仅工作认真,还想同事们所想,急同事们所急。由于大家都在忙着上课、备课、准备资料、清扫卫生、美化亮化校园

环境,他们所在的这间办公室就变成为"脏、乱、差"的死角了,田桃不甘示弱,大家都下班后,她就忙着打扫卫生。沙发上的坐垫又脏又大,不好清洗,她就带回家去,换了十几桶水,用了两整袋洗衣粉,终于让沙发坐垫变回了本色,还多了股淡淡的清香。

同事们都太累了,吃饭时间较紧,喝水的时间也比较少。平日里,有些老师习惯上课前喝杯水、下课后喝杯水、没事的时候又端起水杯到同事屋里串门。不少离不开水的同志有了上火的倾向。田主任立刻向领导反映,很快,学校为办公室配了热水壶,有效解决了大家的喝水问题。

别看这一起身倒水,一抬头抿口水,一小时左右去趟卫生间的功夫,跑掉的是疲惫与懈怠,留下的是持续饱满的热情。水,成为大家源源不断的动力源泉,水,加强了领导与同志们的情感交流。就连患颈椎反弓多年的老牛也乐呵呵地说:"奇怪!平时一周得按摩一次,不然就头疼头晕,这下可好,一忙活,一个月没去做按摩了,竟然没头疼,自然是'文明创建'的功劳。"

学校工作本身就是千头万绪,"创文明校"又是新生事物,的确是个庞大的系统工程。觉悟高的同事不用说,可总有极个别只想得实惠的小同志叫苦喊累,大发牢骚。牢骚归牢骚,该干活的时候一点都不含糊。

又是一个李校长亲自召开的会议,他在简单通报了一下资料组整理的情况以后,强调了"三要、三不要",即要效率,要质量,要结果,不要冗工,不要怠工,不要返工,又叮嘱大家一定要注意劳逸结合。随后,田桃慷慨激昂地发表了自己的文明宣言:

"但愿文明之风从小小的校园吹出去,吹动卫河水,吹绿凤凰山。文明校起步,文明城长跑,文明国冲刺,愿文明和谐这支接力棒一直接下去,在这场全民总动员的接力赛中,让校园与水城相融,让霸权与弱势和谈,让海洋与大地相拥,让阳光与白云牵手,让所有的一切,都笼罩在文明和谐的宇宙之中。"

会后,田桃安顿好本班学生,梳理了会议总结,已是 11 点 11 分,很困,却了无睡意。打开和程铖一起买的却总是她一个人用的 DV,插入程铖送的却是陈浩民唱的《爱海滔滔》,新婚后,这机子、这歌谣陪他们度过多少个甜蜜缠绵的夜?

今夜,聆听过无数遍的旋律再次扰乱了她的情绪,催生了她的烦闷,暗淡迷离的目光落到他们的婚纱影集上。程铖每打一次电话她就细心擦拭一次,一个电话就能把她的郁闷催跑,可现在水晶底面上已蒙了一层厚厚的灰尘。今晚他还不来电话?

近来总是莫名其妙的心慌,白天忙忙碌碌很快就过去了,晚上总免不了胡思乱想,睡眠状况很糟,有时梦见自己快结婚了,嫁的人面孔模糊,有时梦见程铖已婚,她生气。

田桃拿起相框目不转睛地端详着,风流倜傥的男子俯身亲吻着娇美如花的妻子,似水柔情荡漾在唇间,扩散到全身,浸润至发梢,溢满整个画面,又飘洒到空气中来。是她自己吗?她轻轻叹了口气,躺在特意给宿舍里单人床墙根儿加了块木板改造成的双人床上,胡乱寻思着。

她本不是那种耐不住寂寞的女人,否则当初就不会接受这种聚少离多的婚姻。她坚信,女人最怕在婚姻中迷失自我,事业是女人的灵魂,没了它就少了灵气;经济是女人的四肢,缺了它就失了活力。她从不依赖程父这棵教育界的大树,也很少和程铖说烦恼,日常琐事更是只字不提,当然她对程铖的苦恼也知之甚少。"省级电教能手"、"市学科带头人"、"县级优秀班主任"等琳琅满目的荣誉证书,最近又被校领导任命为文明办公室主任,领导、家长和学生一致的好评,给她带来巨大的荣耀。家庭却无形

中被忽略了。

　　她翻来覆去难以入眠,躺着也难受,便果断地起身拨打程铖的电话,电话响过两声发出正忙的提示音,她等了一阵依然没等到回音。一丝不安袭上心头,这么晚了!莫非?田桃不敢相信也不愿相信,她迟疑了一下,终于拨通了程铖的同事小朱的电话。

　　电话中疯狂的摇滚乐骤然响起,小朱暗暗叫苦,一看就知道是找程铖的,无奈电话已接通,只得跑到幽静处,似乎自己犯了错误,点头哈腰的解释:"嫂子!你有事吗?我和女友在歌厅呢。程哥这段时间很忙,工程正紧,他每隔三天就得跑趟广州买建材。你要多体谅他啊!""你叫他马上回电话,作好准备,明天有暴雨!"田桃快快不乐地挂断电话,瞪着窗棂盼天亮。

　　小朱是和程铖光屁股滚大的铁哥们,田桃从他这里当然是一无所获。此刻,程铖去哪儿了呢?

　　他和小弟兄小朱在一起,身边还有两个女孩。和程铖相好的妹子叫慕洁秋,是他们的老乡,纯情、冷傲、洒脱,艺校毕业,研究生学历,曾跟着歌舞团四处流浪,跟了程铖才算是基本稳定下来。她是聪慧的,她明白美艳如芍药、前卫如舞娘、不要未来、不要钱权,对一个已婚的分居男人意味着什么。

　　她只有一个要求,在她面前不能沾染不能联络任何女人,包括他的妻! 而工作生活都在一起热恋的男女无时无刻不在一处粘缠。她不在乎过去也不去想将来,只追求现在拥有足够完美。她懂得抓住一根精神上能寄托,工作上能互助的稻草,对她有多重要!

　　程铖承认,他背叛了婚姻,背叛了和他相濡以沫的妻子。所以,他被迫地也是主动地选择了沉默。长期两地分居,心理兼生理需求极端压抑,身心俱疲,田桃不会放弃事业跟他满世界跑,他又不屑回到巴掌大的小县城挣取几百块生活费。慕洁秋不要任何回报的美丽约定刺痛了他,他欲罢不能。

老家的田桃,她有着众人羡慕的美满婚姻,她很快乐,至少表面是这样的。然而程铖迟迟没有回音,叫她意识到了问题的严重性。

她默默收拾行囊,她只给他一次犯错的机会,周末,两天时间,她一定要去找他。不是讨说法,不是要真相,她今生只爱程铖一个人。没有谁可以改变!她深信:程铖还是爱她的,即使犯浑也是一时迷恋而已,他会在品尝另一种水果的味道后回味甜中带酸的紫葡萄。是的,如果他不爱她,定然会提出离婚,如果他不爱她,账户上的存款怎会直线上升?

他们面对面坐下来,没有意想中的恼怒与激动,双方都出奇的平静。程铖想着,该来的总会来,但没想到来得这么快,这么突然。他本以为田桃会一哭二闹三上吊,再以离婚威胁他,那样的话,问题就简单了。

田桃一个人的时候,哭过,疯过,但当她整理好自己的情绪,薄施粉黛出现在她心爱的丈夫面前时,滴血的心一下就痛得几乎无法呼吸。她沉默着,企图把喷涌而出的眼泪逼回去。她静默了几乎一刻钟,轻轻地诉说着,似乎谈得是别人的风花雪月。

她嘴角上扬,朱唇微启,向自己的丈夫倾诉仰慕之情,"程,我爱你,从见面那一刻就爱!你的一切我都爱!无关虚荣无关财权,生老病死、喜怒哀乐我都愿和你共享,如果我有关心不到你的地方,那一定是距离造成的!你也是爱我的,不是吗?多少年才修炼成'原配结发夫妻'!你知道什么是原配?你知道什么是结发?就是洞房之夜后,我们的头发就挽在一起,打了死结,毕生相挽,至死不渝!"程铖没任何表情,雕塑般呆坐着。

田桃的语气不由变急:"告诉我!你依然爱我!我们是人人羡慕的夫妻!永远不变!程,回答我?"程铖端起精致的紫砂壶给田桃续满上好的龙井茶水,依然一声不吭。田桃抿了口水,粲然一笑:"重新开始,我和她站在同一起点上,没有先后之别,没有主次之分,但你必须作出选择。三天后给我答案。我去欣赏两列火车同时挤上一列铁轨的美景!"田桃一句话都不想说了,冷冷地盯着程铖,沉寂,死一般的沉寂。田桃甩门而去,沿着未修好的铁轨晃晃悠悠的走着。

她真想去会会他的小情人,又一转念,见了她一定会掐死她。她想到那个可恶的小妖精掠夺自己的丈夫,竟厌恶得想吐。不见也罢,但对程铖,虽说恨,却根本狠不下心来。

慕洁秋善解人意的盈盈笑脸,梨花带雨的楚楚风姿,敢作敢为敢爱敢恨的侠女风情,以及身体缠绕高潮迭起的两性生活,都让程铖难以割舍。此刻,手机那边的慕洁秋同他一般沉默,可怕的长时间的沉默,无声的对抗。

同样的沉默,却有着不同的含义。程铖无言,是他根本不会放弃家庭,他根本不会这样做,也不会这样说。而那样两厢讨好的话,他说不出口。而幕洁秋沉默,是她感到了自己的心渐渐变得冰冷,说什么都是徒劳。她再清楚不过,当最初的激情过去,随之而后的深情追随都将变为无理纠缠。

回首氓的信誓旦旦"不思其反",追忆兰芝不幸"孔雀东南飞";遥望娜拉挣扎于"玩偶之家",到玛蒂尔德低下高傲的头,直至劳拉被不值得她爱的男人主宰她的整个世界。为什么摆不脱千百年来悲剧的命运?为什么一个又一个的弱女子要前仆后继的成为时代的牺牲品?慕洁秋又何尝不是受害者,跟了程铖,也有她的苦衷,她却紧缄其口,一丝一毫也不透漏她究竟有个怎样神秘的过去。

程铖本不是无情无义之人,他沉默着,他在赎罪吗?他在等待吗?不得而知。一段畸形爱恋剥夺了他的尊严。他不是坏人,但绝对是个自私自利的人。他是个拿不起放不下,还用更冷峻、更骄傲的架势来支撑自己的伪君子!

程铖起身踱了几步,望见了窗外灰蒙蒙的天空,一只孤雁嘎嘎而过,几架搅拌车不辞劳苦的奔跑运货,一架装载机旁若无人的沿着铁路戳过来,铁轨旁掩面而泣的田桃却浑然不觉。程铖长腿一撩,跨窗而出,冲田桃奔去,不料,一截钢材脚下一绊,他重重地摔在水泥路面上。"田桃!回来!"他的呼唤大概只有自己能听到……

田桃依稀感觉到有人喊她,起身紧走几步,庞大的机器呼啸而过。她双腿一软,跌坐在路旁。程铖一拐一拐地挪过来,远远地看到田桃飘然倒下,他的心倏地紧揪起来。

世间因果轮回,总有一天会自食其果。程铖的脚伤不过是他在搬起石头砸自己的脚。

田桃因为奔波及惊吓造成的暂时性头晕昏厥,休息两天就没事了。她赢得了经济上和人格上的主动权,继续以昂扬的姿态迎接她的新生活。

慕洁秋这个可人的女子,像秋风中依然精致的白桦叶,飘飘扬扬,风起而舞,风停而止;像夕阳中依然灿烂的白蝴蝶,起起落落,缘来而喜,缘去而悲。像她默默出现一样,悄无声息地离开了她眷恋的人,离开了让她欣喜让她失望的柳州城,孕育着一个无人知晓的秘密,不留一丝痕迹,消失了。

三个月后,面容憔悴的慕洁秋挺着大肚子,出现在了她爷爷的坟头。

第十三章　红纱掩梦

水婚,哭坟,错乱终生的孽种能否抵消前世来生的债?

青青二郎,悠悠兰心,柔柔柳枝儿轻曳,轻飘飘的小游艇,如彩云般漂浮在清凌凌的湖水中。水鸟啾啾,心底的尘埃飘飞,脑际的哀怨散尽。湖的深处,一支船队浩浩荡荡而来,为首的是只雕刻精美的大游艇,伴随着阵阵锣鼓声、唢呐声、礼炮声,一对新人徐徐而来。

原来是马彪和王情正在举行简约的水上婚礼。湖面上,游艇中,新娘子着红色旗装,下摆随着清风微微飘动,五彩内衬恰似一朵祥云,托得她丰满圆润的体形有了摇曳生姿之态,妖艳的眼眸顾盼间勾人魂魄。马彪端坐船头,身着一件黄色长袍,巧妙遮掩了他的缺憾,含笑的双眼透出坚定自若的神气,一把折扇在手平添了几分儒雅。

湖光山色掩映下,他们的船队如画中之境。摄影爱好者,报社记者们都闻声赶来,他们围着县里有史以来第一对水上新人,抢拍令人艳羡的一组组绝美镜头。

午饭时分,船队驶过西子湖心,宽大的船舱内,早摆了八张大餐桌,小汽艇来回穿梭送上美味酒菜。一个不被亲人祝福的婚姻漂在水面上, 缓缓驶过暗流涌动的瘦湖,绕过犄角重生的小海,向藏礁卧龙般的卫河源头驶去。

点点击碎的残阳,道道飘渺的湖光,双双归巢的天鹅,颤颤呢喃的莲子,看那天上的风云,云卷云舒去留无意,听那水中的微波,波起波伏来去无声。

王情和马彪,这对苦命的恋人修行千年,终于如愿同船而渡,渡向爱恋之港,渡向梦想之巅。

北京,永定河沿路,代表四季风景的红、绿、黄、白四色轿车,排着整齐划一的队列在婚礼进行曲的伴奏下,跳着欢快的军纪舞,稳稳前行。

11点整,车队出现在军区连队东门。为首的白色轿车中,走下一对新人。新郎依然一身军绿,新娘子一袭洁白的婚纱,这一绿一白,恰如炎炎夏日那一缕清风般舒爽。他们脚下殷红的地毯承载着惬意与温暖背后,不为人解的艰辛与委屈,默默化作青石路上的一粒粒微尘。两旁笔直的行道树贪婪地呼吸着空气中甜腻腻的味道,夹带着的汽车尾气也不再刺鼻,得意地来回摇摆,平日用来行礼的绿色胳膊和白色五指山,高高架起的绿桥在红地毯上蜿蜒。新人紧紧偎依着在绿虹下行走,如入无人之境,又像被万人瞩目。人们在说笑些什么,音乐又怎样变幻?恍惚中,一切如梦似幻。

12点,宾客在连队食堂用餐,指导员宣布喜宴开始并请新人喝交杯酒。他们彼此相视一笑,端起酒杯,杯盏交错间,新娘子李虞似醉非醉,如幻境一般,却真实的留在了影集一角。

晚上,新人步入新房,灯一下子灭了,原来是兵们故意捣乱。他们捧出了九支红烛,燃烧跳跃着的火焰映在他们红彤彤的脸膛上,显得格外坚毅,不知谁高喊一声:"吉时到,新郎新娘入洞房。"兵们便放下红烛一溜烟跑出去。

烛光摇曳中,他们深情地凝望着对方。被单上,大朵大朵的百合开得正艳。

女生的婚礼,至少是期待了20年的梦想吧,如果把婚姻的

形式比作三军仪仗队，那么王情举行的一定是荡漾在水上的"海"式婚礼，他们携手在蔚蓝的大海中，追逐着自己的人生梦想。李虞实现了在部队上成为军嫂的梦想，算是踏踏实实"陆"式婚礼，她的选择无论对与错，都基于他对她真实的迷恋与牵挂。"空"式婚礼也正在进行中。

此刻，慕洁秋跪在爷爷坟头，带着肚子里那个不知何去何从的小生命，带着孩子父亲的衣服，久久地跪着，大声哭着，喊着。伤心的样子让人实在不忍心再去责备她。可是，口口声声不要结果，不要婚姻的慕洁秋为什么那么悲痛欲绝？在朋友甚至亲人面前，她一副无所谓的表情，是啊，她就是要爱她所爱，要她所要，有妇之夫又怎么样？年龄差距也不是什么问题，他们不是一样可以甜蜜地相拥而眠吗？他们不是一样可以孕育爱的结晶吗？就要他，只要自己足够坚强，一定会熬过去的。

慕洁秋暗暗发誓：没有过不去的坎儿，没有流不完的洪水。通往幸福的路上肯定有贵人助她一臂之力，她就是要留下这个孩子，哪怕孩子的父亲永远不要他们，哪怕从此以后的一个十年两个十年，自己的所有心血都倾注在这个小生命身上。

就算自己不要名分，孩子至少应该有个姓啊，她念叨着："爷爷，我带着女婿和你的曾孙来看你了，我知道我有错，当了第三者很不光彩，可是我为什么老有孤立无援的感觉，我不喜欢那些愣头愣脑的小后生，我再也不要被不负责任的小男人背叛，我爱成熟男人，就算不跟程铖，也会有别的男人成为我的生命支柱。"

"我爱他依恋他，我可以不要钱权不要房子车子，但我不能不要他，不能不要我们的孩子啊！爷爷，你曾孙就算有罪，也罪不该死，就算我罪不可赦，宿命中，我注定要等待一个包容我一切的男子，我不要那些用浑浊脏臭的污泥做成的臭男人，我就要一个能让我全身心去热爱、去崇拜、去追逐的真男人,哪怕只是精神爱恋,哪怕偶尔能见他一面,哪怕他只是见到我时温和地笑笑,没有精神支撑我活不了。"

　　"爷爷,爷爷你在听吗?有些话我真的不知该说还是不说,我没地方说,没人会听我这些胡言乱语,或者说这些话别人听了一定会把我当成扫把星!"

　　"爷爷,你愿意听吗? 你的忌日,也就是我的生日,也就是我和小邱的订婚日,不偏不倚,恰恰交和在同一天,7月初8,是七灾八难的含义吗? 老辈人说我命硬,难道命里注定躲不过这一劫?爷爷,你走的那晚,那样急,急得我还没有从订婚的喜悦中回过神来,还在想着爷爷笑容可掬的模样。"

　　"爷爷,你咽下最后一口气的时候,知道我在干什么吗?我在和我的恋人谈笑着下棋,被柔情充斥的头脑里根本想不到你,没有一丝预感,没有一点征兆的,突然接到爸爸泣不成声的电话,告诉我爷爷仙逝,立刻通知叔叔姑姑直接回老家办丧事。赶到你身边的时候,只有爸爸和医生抬着担架从医院楼上慢慢移下,此时,我像是傻了,只觉得头一炸,但我哭不出来。爸、小邱和我,连夜护送着你回老家,路上,爸爸说,你心脏病突发,你的假牙也没来得及在你的身体变硬之前安上,只好装在你的上衣口袋里。"

　　"爷爷,没牙你怎么吃饭啊? 饿吗? 冷吗? 你住的屋子能留下我和孩子吗?爷爷,是我们订婚克走你的吗?是你觉得孤单,要我和孩子去陪你吗? 是你放心不下我在人世间继续承受许多悲苦吗? 爷爷,我该怎么办? 记得你说过,生我的时候,7月初8,正是三伏天,妈妈生我生了两天,老话说叫'脐绞项',其实就是脐带绕了我的脖子一圈,还算命大,妈妈受了很大的苦,最终,母亲离开了人世,我平安留下。"

"可是我现在想想,老天爷留下我,是不是专门让我来承载苦难的,是不是故意叫我做反面教材的?是不是我注定就是做丫鬟的命?爷爷,我知道,咱家穷,咱家人为了改变贫穷改变我的宿命,不惜一切代价供我念书。"

"我是咱村第一个研究生,给家人增了光,可是爷爷,我也是咱村第一个悔婚的人,退婚的原因很复杂,但如果我当时坚决一点,是不是就不会发生那么多事? 爷爷,我现在成了咱村第一个勾搭有妇之夫的罪人,而且有了孽种。肚子里的孩子,我得保住,不然,我不知道我将来是否还有做母亲的机会。孩子,我慕洁秋的孩子,我早就应该为人妻,为人母了,那一个个化为血水的我的骨肉,我没理由留下他们。可是爷爷,我又该怎么做?我该再狠狠心,咬咬牙,了却对尘世的牵挂? 还是就这样带着我的孩子苟且偷生? 爷爷,告诉我,我该怎么做? "

"爷爷,你在指责我当初就不该悔婚吗?小邱,他答应给我一生幸福的,可是他家人一句话,他就丢下我不管了。尽管他醒悟之后天天到我们学校门口等着,守着,有时好言哄我,有时就威胁我,都说爱有多深,恨就有多切,我图他什么呀? "

"爷爷,他甚至以家人的人身安全来要挟我,他甚至在我流产后还要强行带我私奔。我脖子上,手腕上的伤痕就是当时拉拉扯扯中留下的。我没法想象和这样的人怎么还能同甘共苦,没法想象我如何面对背叛我之后还是满不在乎的嘴脸。爷爷,也许在一段相当长的时间内,我们是相爱的,可是那一切都过去了,心动的感觉早就被他丑恶的形象撑得远远的。"

"爷爷,你出殡的时候,我没哭,知道为什么吗? 因为他对我的好还是不自觉地挤进我的心里来,叫我没来由地柔软一下,温暖一下。爷爷,孙女不孝,如果我们不在那一天订婚,你一定不会因激动而心脏病突发背过气去,如果我们不订婚,而等我在对的时间遇见一个对的人。是否可以避免这许多噩梦?"

"爷爷,想你的每一个深夜,每一个无眠的夜,我等着夜能醒来,想你,想你在每一个漫长的夜,呆在他的怀里喊着爷爷哭醒的时候,他当时那么耐心地哄我入睡。可是,男人怎么会这样?怎么会说变就变了呢?爷爷,是我年龄太小,看不透人心吗?还是人心不古,变化多端? 爷爷,你会怪我无知么?"

"我有时甚至会怨恨爸妈为何生得我如此多愁善感、优柔寡断,怨恨数十年寒窗苦读为什么没有一个人教我怎样识别男人,怎样与男人相处?空有优异的成绩又有何用?还不是为泼辣强势者为奴?"慕洁秋跪在爷爷的坟前,狠狠的挤着自己心底的脓水,她知道,这些伤疤好了裂开,裂开了再新生,这次,似乎是挤不尽脓水便得不到重生,这样反反复复,多年之后却依然痛不欲生。

慕洁秋抹干眼泪,愤愤地说:"走到这一步,完全是我一个人的错吗? 家庭教育、学校教育、社会教育的责任何在? 为什么我会从一个泥潭走出又步入另一个泥潭?为什么?我该咋样为自己负责? 谁来为我的伤痛买单?"

怨谁? 事到如今,只能怪自己不慎重了。

她现在不知道自己想要什么,但她清楚地认识到她不能没有肚子里这个唯一的亲人,她不能没有他,而且,她的孩子一定不能再过她这样的生活。她要把自己的沧桑化为力量,好好培养他。她站起身,深深地叹了口气,整了整自己的衣服准备离开。忽然一阵眩晕,她飘然倒下了。

等她醒来的时候,发现这里真是个百花盛开的地方,墙壁上、窗帘上、就连床铺上,都是花朵充盈的粉嫩世界。还有一面像练功房一样的大镜子,就算自己躺着,也能看见自己的样子。虽

然只是自己一个人,却一点也不觉得孤单。

就在她感叹自己是不是已经死过去的时候,镜子门一开,一个十来岁的小男孩进来,呆愣愣的看看她,见她醒了,一转身跑出去。过了一会儿进来两个模样和气的女子,说话轻声细语的。慕洁秋懵了,真是死过去了,怎么见不到阎王?他们是谁呢?是到天堂了?

她听不清她们说话声,只能看到她们惊喜的表情,看到她们柔美的身姿,自己现在笨重的像头牛,但意识很清醒。她知道,这种环境,她不必害怕,没人会伤害她。于是,她放松的像只小猫一样蜷在床上,不想说话也说不出话。不管她们怎样苦口婆心的问她都不吭一声,只是眨巴着眼睛,传达着自己活着的信息。

不知道躺了几天,只知道她们隔一阵就送些好吃的过来,她们在时她不好意思吃。等她们出去了,她就喝点小米汤,吃个南瓜饼,再吃几个大大的红枣,吃几个已经敲开了皮的核桃,咕咚咕咚的喝下冒着热气的纯牛奶。她偷偷看了看镜子,虽然身材臃肿了点,可气色还蛮不错。

这天早晨,她早早就醒了,睡觉睡饱了,赖在床上也难受。但又的确不知该如何面对这纷扰的尘世,下一步该怎么办? 逃走呢?还是继续做寄生虫?她心里没底。她轻轻悄悄地蜷在被窝里,想着自己要重新开始,想着都死过一回了,为什么还被这些无聊的事情困扰?

可是程铖厚实温暖的怀抱还是那么有诱惑力,叫她一想到他就不由自主变得痴傻。可人家在做什么呢? 在走南闯北的打拼人生吧?在和家人一起共享天伦吧?在为摆脱自己可以无所顾虑的生活在阳光下而暗暗庆幸吧?自己是多余的,至少在他们那个幸福的家庭面前,自己出现得真不是时候,离开不过是早晚的事。也许，从今天开始，她真的转运了。她腾地坐起来，迅速穿好衣服，简单洗漱了一下，开门悄悄溜出去。

一面迎风招展的五星红旗和一排排整整齐齐的楼房提醒了她，应该是所学校，自己的位置居高临下，学校面貌一览无余。学校周围是蜿蜒起伏的大山，西边两棵姊妹松傲然林立，树下几栋刚刚盖起的新房包围在她们脚下。东边一个绿油油的大烟囱像岗哨一样矗立着，一排、两排、三排小楼如新兵一般规规矩矩的站着队，依稀可以看到里面的很多桌凳，不远处的操场上几个栏架静静地等待着师生们的光临。

面朝东方的大门紧闭，小门开着。这么整洁的地方与自己真是格格不入，慕洁秋突然有种想逃走的冲动，她快步走下楼道，一口气跑出校园甬道。推开小门，慌不择路的就想离开。

一个高大的身体挡在她面前，她头也不抬，护着自己的肚子就想逃离。"你好！"他的声音像磁石一般吸引了她，"好！"她一边大声回应着一边回头看，心儿竟然一下变得慌乱。真是个美男子！他是体育教师吗？他结婚了吗？她又觉得不管怎样，自己已经有了这个"怀才满腹"的大肚子，是实在不敢有非分之想的。就这样胡乱寻思的时候，那个男子似乎看透了她的心思，哈哈大笑。唉，自己总是那么透明，她还是怕暴露自己的想法，就又低下了头。

男子爽朗的笑着说："学校两个女老师救你回来，她们天天侍候你，怎么不说一句话就要走啊，准备去哪里？"一句话把她问焉了。"从哪里来，就回哪里去。"她底气不足，声音也低了，嘴上这么说着，可实在是想不出应该去哪里。但这是学校，显然不是收容所。"你的普通话很好，家在外地吗？"他笑着，但他的话依然硬邦邦的，叫人不容置疑。

"不，土生土长的本地人。"她话一出口就觉得自己说得不对，但也不敢再解释什么。"咱们学校的心理教师请假生产了，她的工作间就在你住的宿舍，每天用一个小时来为心情不好的师生分忧解难，有困难吗？""啊?!您是说我可以当老师？"慕洁秋真不敢相信自己的耳朵。"是的，你肯定行，当然，你一定得静下心来，开导别人的话首先自己要阳光，你曾经也是个单纯快乐的女孩，不是吗？"

"我做不了，我充其量能谈些儿女情长，我能说出的道理太肤浅、太幼稚了。"慕洁秋对自己的定位还算准确，她不是谦虚，她本身就是个情种，再读到什么学历都改变不了。

"你肯定行！我也当过心理咨询师，虽然学习相关书籍分析患者案例很辛苦，但是在为别人疗伤的时候，自己的心结也会被打开。人一生可能会被意想不到的挫折击倒，但只要你还能呼吸到免费的空气，能站在廉价而高贵的土地上，喝着这池没被污染的卫河水，有日月星辰这些永远不变的朋友为伴，就一定要善于总结，要不断进步。工作，家庭，人生都是一样的，至少不能被同一块石头砸两次，对吗？那个谁，从今天开始，你必须留心一下，好好生活。"

"嗯，谢谢你。怎么称呼？""我姓李，可以叫我李哥。"他面无表情的说着，眼神中忽然有种拒人千里的冷漠，看着他有结束谈话的意思，慕洁秋乖乖的跟他返回学校。

他们一前一后行走在校园甬道上，慕洁秋被他精力充沛的样子感染了，不由自主地挺直了身子大步跟上去。做早操的音乐声响起，他们迎面碰上了陆续向操场赶来的师生们，大家恭恭敬敬的喊："李校长好！"慕洁秋跟在后边吐了吐舌头，耸了耸肩，规规矩矩地端着自己的大肚子，在大家好奇的眼光中走去。

第十四章　绿萍浮梦

石花,浮萍,天马行空的宏愿是否可解意乱心迷的结?

位于县城北 20 公里的卫河村有条河叫卫河,是海河流域的西源,河水为自然泉水,之上建有卫河神庙。据庙碑和典籍记载,当年八仙之中的张果老曾长期在此休养生息、传经送道,这里的泉眼就是他自己动手打开的,因此也叫张果老庙。张果老字通玄,所以又名通玄寺庙。老百姓亲眼所见,此泉从石龙口中源源不断地流出,夏不涨潮,冬不结冰。

说来奇怪,遇个赤脚医生看不好的病,来庙里插炷香,烧些黄纸,包上香灰,再用卫河水煮沸冲好喝下,竟果真能治病。传说此泉还有长生不老之功效,所以来这里寻源的人都不忘带一瓶水回家。"长生不老"也许有点夸张,可"邻村上下的老人都很健朗"的确是事实,经常有鹤发童颜的老人、村姑、农妇前来还愿上香,老百姓迷信于此,认为卫河水是神水。后来经专家鉴定,此泉竟是钠元素含量极高的优质天然矿泉水。

那满山原生态的洋槐白杨,那一条条古香古色的石阶石路,那一篇篇苍劲清晰的题字碑文,诉说着卫河神庙千百年来的动人传奇。古朴典雅的大小阁楼,来自新加坡的汉白玉巨佛,倾斜有致的苍松翠柏、枣树榆树,自生自灭的野菊花、芝芝草在山间肆意伸展,水潭内绿萍轻轻地摇摆着身姿,那山水相偎的姿态,那清醇芬芳的气息,无一不让人陶醉。

王情夫妇是这里的常客。他们细细品味着大山间的幽静,享

受着大自然挚诚无私的爱抚,幸福在瞬间变得简单,快乐无时无刻不被他们掌控。那一块块充满灵气的石头托着一丛丛不甘寂寞的山花四处滋蔓,不仔细看,真像石头开花,开得肆无忌惮,开得畅快淋漓!

王情突然有种想表达点什么的冲动,她捡起闲置多日的画笔,挥挥洒洒之中,画作已贴满她们租住的农家小屋。山的雄伟壮丽,庙的神秘怪异,水的清冽甘甜,花的俏丽明艳,真叫人耳目一新。用马彪的话说:我老婆的画,那叫一个绝!风格豪迈不失婉约,笔法粗犷不乏柔媚!真是一组将矛盾与冲突大胆调制的色彩盛宴,能把纠结的心情表现成一幅幅和谐美好的画,我喜欢!王情也自我欣赏着,梦想似乎已经起飞。

很大很大的展厅里,满是她的画作,慕名而至的各界人士对她独特的创作风格啧啧称赞。马彪精神抖擞地陪着她一起接待来宾,一起被荣耀的光环笼罩。他一定要站起来!一定!

主意已定,王情立即向学校请了假,汽车上火车下地在各大假肢医院间奔波,最后确定了口碑较好、价格最低的"安得好"公司。从医生口中得知:现在是做假肢模型的最佳阶段,必须尽快住院。

五万元医疗费,一口气跑了十家亲戚朋友都没凑齐,王情一咬牙,干脆用工资作抵押贷了三万元,迅速办好住院手续。

半个月后,马彪有了类似肌肉的胶质双腿,王情兴奋地抱起那双足以支撑整个世界的双腿,恨不得拉着马彪立刻回家。无奈,这只是走向正常人的第一步,为了避免肌肉萎缩,他得进行有计划有规律的体能训练。

假期已到,学校不断催促,王情只好立即返校。

王情又一次悄悄去医院了。她喜欢给他一次又一次惊喜,在一次次感动中,马彪的训练效果很快凸显于病友之上。

望着车窗外普通的健康的随心所欲或飞奔或漫步的一簇簇人影,王情眼睛湿润了,她堂堂美术学院高材生,寒窗苦读数十年,二十年都没间断过追求者,可现在来往奔波的目标,竟是一个小小的要求:让老公站起来,让一家人像正常人一样生活!那又怎么样?她才不长吁短叹呢!她才不怨天尤人呢!她掏出随身带的化妆镜,冲着里面脸色暗黄的小妇人眨巴眨巴眼睛,吐卷吐卷舌头,随手拿起粉饼给两颊加了淡淡的胭粉,又描了浅蓝的眼影,顷刻间她的脸生动起来。

心情一好,她马上想起了一个人,他是来自台湾的假肢模特阿宝,初次见他就让人为之一震。略微发福的体态,稳健的颇有风度的步伐,修长的双腿在漫步行走间透出别样的气度,尤其是腋下夹着的那个鳄鱼牌公文包,展示了他虽身残但志坚心也健的人格魅力,他南来北往签单订约的丰富人生,展示了他堪称完美的生命价值。

我们家马彪绝不会比他差, 他一定在努力锻炼着。王情想着,似乎看到他迫不及待的猴急样,不由笑出声来。才两礼拜没见面,似乎隔了两年,他们种种恩爱之举再次浮上心头,王情两颊通红,心儿跳得飞快。"我要见到你!我要见到你!"她在心里一遍遍呼喊着,差点就双手合十,口中念念有词了。

王情蹑手蹑脚溜进病房,马彪的床位上被子凌乱地散着,皱巴巴的床单扭着麻花卷弯着, 蓝油油的枕巾上那个灰黑的印儿挑衅般地瞪着王情。

一缕阳光射进来,正照着床头柜上那束枯干的野菊花。王情跺着脚大喊:"马彪!跑哪儿去了?你再不回来我就砸花瓶!"她边喊边举起了花瓶,转念又想,马彪一定在健身房锻炼,她飞快地

转身噔噔噔地跑去,路过的休息室传来"五筒""九条"的吆喝声,往里一瞅,马彪正坐庄呢,他头发蓬乱、胡须溜黑,透着血丝的眼球咕噜噜转着,右嘴唇斜叼着的香烟上,烟灰已顶了老高,升腾的烟雾正好衬托着他自以为是赌王的得意劲儿。"就快胡了!"他全神贯注地盯着牌局,单等来张"通花"就可痛痛快快地把牌一推,然后把花花绿绿的钞票兜起来。

他呀,丝毫没注意到,一双火星直冒的大眼睛,正以燎原之势烧过来。王情左脚一伸,右脚又一甩,抓起两只烟雾弹抛出去,任凭两只精致的蓝色水晶鞋带着玉脚的香汗味嗖嗖飞出,在空中画了个漂亮的抛物线,一只直接命中麻将桌,另一只竟挂在壁柜上挂满东西的衣帽钩上,晃悠悠地来回摆动,像警钟,像精灵,还闪呀闪的。

王情几步冲到桌边,抬手掀翻了桌子,病友们见势不妙,不敢吱声,起身又诸多不便,只好直愣愣地呆坐着。

冷不丁杀出个孙二娘,马彪惊得一张嘴,掉下的烟头正戳在他准备摊牌的手臂上,哪还顾得上疼,他仰起脸迎着王情甩过的巴掌,低声说:"打吧,打吧!只要你能解恨,怎么都行。"病友嘀咕着:"小题大做! 住院多无聊,你怎么就不能理解呢!"

"无聊?马彪你问问自己的良心,我们是怎样走到今天的!一个正值豆蔻年华的女孩,不惜一切代价嫁给你,守着你,自以为获得一份纯真伟大的爱情,没想到你只是个身残志残的颓废男人!你竟然以无聊为理由沉迷赌场! 我东奔西跑找医院,我左说右说请事假,现在医药费还搁着,上至领导下至学生,就连经常坐车的司机都对我有意见了!你倒好!闯过鬼门关又冲阎王殿,你还嫌无聊!"王情越吼越来气,大滴大滴的眼泪涌出来,顺着脸颊漂流荡漾,那阵势,简直就是被人欺负了!

"情,怎么罚我都行,别哭！我天不怕地不怕,可你这一哭我就慌乱,你知道吗?"看到他那么大个汉子在她面前可怜巴巴的样子,王情的气已消了多半,她一抹眼泪,头一扭,哈哈大笑:"傻帽！下次再这样,绝不饶你!"马彪赶紧发誓:"不会不会,若有下次,我就头朝下给你走路!"

他们已经一起往外走了,病友们才回过神来,有个赌输的哥们儿不甘心:"彪哥,这样就被收复了?算个男人吗?嘿嘿,一刻钟不到就叫老婆把你的武功废了!"马彪用力挥了下拳头,大声呵斥:"傻大个,我的命是她捡回来的,我就怕老婆!拳头不长眼睛,你再废话,收拾了你这碟小菜!"另一个赶紧打圆场:"别斗嘴了！我们老耍下去真是自己毁自己。嫂子今天给我们上了生动的一课！走走走！都锻炼去！"

他们进入健身房,马彪穿起假腿,扶着双杠,艰难地做着机械运动,每走一步,真骨与假肢的接缝处就刀割般痛,有些地方化脓了,脓水几乎浸湿了层层缠裹的纱布,走一步,痛十分,他的脸部肌肉也一下下抽搐着,一会儿工夫就累得满头大汗。

王情塞给他块湿毛巾,又递过一瓶水:"注意循序渐进！歇会儿说说话呗!"马彪一仰脖子,半瓶水下肚了,然后絮絮叨叨起来:"昨晚我梦见观音显灵了!老人家说会有好兆头,肯定会应验的!"

他伸出一双宽厚得可以承载万千重荷的大手,拢住王情的小胖手:"你就是我的菩萨,说句傻话不怕你笑话,我觉得我离不开你,没有你我过得毫无意义!当所有人都离我而去时,只有你坚定地守着我！我也时常痛恨遭遇车祸,是它叫我丧失自理能力,只能让心爱之人为我操劳,有时又庆幸遭遇车祸,是它给了我们相爱相守到老的信念。我会把对母亲的虔诚和对妻儿的呵

护完全交付于你!下辈子,还做你的夫! 健康有力量的夫!"

"别说了,我理解! 我现在就是离不开你,一刻也离不开,想到你的伤口, 想到不知何时才能蜷在你的臂弯里舒舒服服做个美梦, 我就心生寒意手脚冰凉浑身战栗!""我照顾你是应该的,不求你任何回报,只要你奋发图强,让我坚信自己的眼光自己的理想就够了!最怕看到你玩世不恭的样子,那样我会觉得自己在追赶肥皂泡,所有的梦想都破灭的感觉,很糟糕! 你应该是拥有精彩生活的那种人。我坚信! 只要你相信!"

"情儿,我会把追求到的全部精彩和你一起分享!有朝一日,我要背着你游遍祖国的名山大川,要让你的画家梦早日实现!咱们要去的第一站是——""嘘!等等!"王情用手指按着嘴唇,狡黠而神秘地摆摆手,又扬扬笔,郑重地在手心写下两个字,马彪也写下了神往已久的一个词,他们的手"啪"地拍在一起,笑作一团。

他们要去的第一站是黄河。

不少人喜欢风景秀美的漓江, 许多人向往小桥流水人家的苏杭二州,更多的人梦回古都,魂牵五岳。马彪夫妇的第一选择是九曲十八弯的黄河! 黄河, 孕育了华夏儿女,哺育了炎黄子孙上下五千年,记录了中华儿女次次飞跃,承载了九州同胞桩桩苦难,展示了泱泱中华傲然风姿,镂刻了中华历史的层层底蕴。

黄河的飞动壮观之势, 温婉柔驯之姿,慈爱恬静之魂,咆哮怒吼之韵,5500 千米长的流程,就是 5500 幅风采各异的巨幅画卷。

然而梦想只是梦想,他们目前还在艰难的挣扎中。

又是一个阳光明媚的夏日,王情再次离校直奔医院。

病房里,马彪坐在床沿上准备穿"腿"出去散心,王情忙着整理衣物。一个面容清丽衣着邋遢的中年妇女搀着崴了脚的男孩路过,敞开的房门正好露出两截秃秀秀的大腿,男孩奇怪地看着马彪,稚气的声音毫不避讳地响起:"妈妈妈妈,我的脚没了,爸爸就不要我了。叔叔的腿和脚都没了,是不是所有人都不要他了?""别乱说,你活泼可爱,叔叔年轻力壮,大家都喜欢你们,怎么会没人要呢!"

"唉!多帅的小伙,这辈子怕是——唉——真可怜!"中年妇女喃喃地扯着男孩走远了。马彪装着若无其事,王情却受不了!"可怜"两个字时不时叫她鼓膜震痛,被人怜悯,被人轻视,对要强的人来说莫不是巨大的讽刺!他们突然就没了走出去的勇气。

出去散步又能改变什么?王情的脸上现出前所未有的严肃表情。现在锻炼效果很明显,可以出院,但必须马上付清医疗费,肇事司机承诺付的费用迟迟没有兑现,自己那点工资根本就是杯水车薪,亲戚朋友现在是一个子儿都借不出了!继续住下去,债务将越垒越大。

为了打破沉闷的气氛,马彪小心翼翼地问道:"午饭吃什么?要不改善一下?""随便,泡方便面就行,改善?那就米饭套餐吧。"又是一阵沉寂,高消费重享受的80后人群中,竟然有看似体面的温饱族在一块钱泡面和三块钱米饭中痛苦选择。

马彪两手不由自主地敲了敲桌子,轻轻地却语气庄重地说:"跟我吃了这么多苦,说实话,你就一点都不后悔?""什么?我们对自己想做的事想走的路想追求的理想都要充满信心!"王情又动了气:"我后悔了!如果我走了,你怎么办?""我会——我也不知道失去你的日子怎么过。所有人都不要我了,我就没有活着的理由了。情儿你知道吗?我离不开你,就像孩童离不开母亲。原谅我的懦弱! 舍不得你离开我,又舍不得你活受罪!""不要胡思乱

想,我们现在的任务是攒钱赚钱借钱要钱——再不行就抢钱!钱钱钱!我就要钱!"她扑哧一声,没哭! 笑了,两人傻乎乎地笑个没完。

卫河边,慕洁秋瞅着水中浮萍暗自伤神。接任心理辅导教师已将近一月,不知道是自己状态不好,还是学生故意挑衅,她觉得适应这样的环境难度蛮大。

自己真像那一条条一会儿任水上下浮动、一会儿随风左右摇摆的绿萍,无根无枝,轻轻一扯便失去依托。该和程铖要个说法吗?孩子出生后真要一个人拉扯他长大成人吗?该赖在学校,继续当自己无论怎样努力都当不好的老师吗? 慕洁秋越想越难过,他掏出手机,看着一个个电话号码,打给谁?最亲爱的爷爷走了。和爸爸说,只能增加更多的烦恼。跟了程铖后,以前处的一些朋友也渐渐疏远了。打给程铖? 求助吗? 诉苦吗? 告诉他自己一直在等他吗?以前在他身边时,生活真是简单。不行,必须杜绝这种饮鸩止渴的做法! 但现在离开他,自己好像真的一无是处,唱歌跳舞荒废了,口拙嘴笨,教导学生自己都觉得羞愧。

忽然,慕洁秋看见一条小白蛇从石龙嘴里游出,她是特别害怕小动物的,但此时的小白蛇却像神灵出现一样让她兴奋起来。她目不转睛地盯着小白蛇,只见它摇摇摆摆地在水潭里游了一圈,尾巴横扫着池里的绿萍,绿萍跟着晃动了一下,又恢复了常态。小白蛇晃悠了几分钟,在石龙嘴边试探了一下,就倏地窜进去了。蛇,想起来就毛骨悚然,但是,有关蛇的记忆却很让她为之一震。说起来,她生平见过三次蛇。

第一次是六岁时,慕洁秋放学回家后去地里找爷爷,走着走着看见一只可怜巴巴的小麻雀蜷在沙地里,小嘴儿还是黄色的,灰黑的羽毛紧紧地裹着它瘦小的身子。慕洁秋毫不犹豫地弯下身子拾起小麻雀,一边乐滋滋地抚摸它,一边哼着老师刚教的歌谣,快步在沙土路上走着。

就在她得意非凡的时候,冷不丁向路边草丛瞅了一眼,一条乌黑发亮的大蛇在草里游动着,她哇哇大哭着加快了脚步,蛇游动的速度也快了,她乱哄哄的脑子里一闪念:蛇是在追她吗? 还是在追小鸟?慕洁秋不敢多想,她放下小麻雀就大哭着跑去找爷爷。等她扯着爷爷的手返回时,发现蛇已经没了踪影,可奄奄一息的小麻雀旁边,多了个一会儿飞近一会儿飞远的大麻雀。料想:自己就像那只惊惶的小麻雀,她还有妈妈,而自己只能和爷爷相依为命。她当时下定决心:一定要好好学习,走出农村,再也不去庄稼地,再也不碰小动物。后来能够以优异的成绩考进县里的中学,以至后来上了好大学,应该和幼小的心灵立下的誓言有点关系。

第二次是上初中时,她骑着自行车上学。她的自行车有点经历,说起来是爷爷几年前去市里卖了牛买下的,自行车拉回来后,村里人像见星外来客一样看着这个构造简单、功能奇特的大机器。爷爷怕别人偷走,也怕慕洁秋不小心弄坏,就用一根很粗的绳子绑着自行车,从地下吊到了楼上,又从楼上吊到了房梁上,说要等慕洁秋去城里念书时才能用。这一吊就是三年,等慕洁秋考上初中准备骑车上学时,爷爷从房梁上卸下自行车,车胎已松松垮垮的,好多地方锈迹斑斑。拾掇了一顿,慕洁秋就骑着这辆崭新的破车上学了。

就在慕洁秋想心事时,林荫路上一条绿油油的大蛇横穿马路而过,她一惊,只觉得头一炸,一转车把绕蛇而过。后来想起来就后怕,万一手一松,倒在蛇身上怎么办?万一碾着蛇,蛇缠在车轮上怎么办?现在看来,这些事情大概是无须害怕的,但在当时,

足足有半年，一走那条路就心惊胆战。

同样一池清凌凌的泉水，可以给文化人无限灵感吧？一定会给商家几多战机吧？为什么给自己的是创伤呢？是自己的问题吗？还是池水和池中浮萍的问题？是生活本身有错吗？还是自己的思想状态严重脱轨？是啊，自己怎么就看不到青山，听不到鸟语，闻不见花香呢？生活就是这样，对对错错，爱恨情仇，很多年后，一切都如烟云。既然如此，为什么要自己为难自己？

是的，一条小白蛇警示了慕洁秋，她俯身看着水中自己臃肿的身体，思绪连篇：一定是黎明前的黑暗，无论如何得坚持！再坚持半年，6个月，183天，23岁的生命中，我已浪费了太多个日日夜夜，不过是半年而已。

等我的儿子顺利降生，等我有了最亲的人相依为命，我就不再惧怕什么。等我的儿子5岁时，我要他在泥巴地上玩耍，要教给他勇敢、大方的品质。等他10岁时，我要给他穿西装，教他像个男人一样选择自己的道路，他可以犯错，但不能错得太离谱。等他15岁时，他的衣柜中一定只有运动衣和西服两种服装，他一定要做个有思想、守诺言的男子汉。等他20岁时，要在"北上广"这些一流城市上学。20岁以后，他就是个顶天立地的男子汉了……

她不自觉地笑了，好像肚子里的骨肉已长成一个高高大大的帅小伙。沉默了许久的手机突然响起来，她赶紧掏出来看，手忙脚乱中，手机一下掉进了水池里，她想都没想就追着手机跳了下去。

第十五章　紫藤绕梦

闺怨,紫藤,攀附林木的短暂昙花怎抵自立自尊的乐?

北京,永定河畔,军区连队。红红的对联、满院的喜字昭示着军人队伍的又一桩喜事。新婚第二天,连队突然接到任务:即刻出发,到石景山区集训。杨基睿一句对不起就匆匆离开了。

新房里,长明灯红彤彤的光晕在晨光的过滤下活像个扎了孔的红气球。昨夜的喜烛已燃到尽头,一小截红色烛泥瘫在烛台上,灯捻儿还固执地挺起青黑纤弱的身姿,傲然迎接最后一线光明,以求奉献最后一丝青春。

李虞皱着眉头,眼中的迷惘掖也掖不住地在房间里追寻。自己抱着自己的双臂在窗前踌躇,不由得愁思卷上心头。是啊!没有足够的思想准备,不会选择军人,作了几次徒劳的挣扎后,还是没能逃脱伟大的军嫂称号。

她踱到阳台上,望着那一队队整齐划一的士兵们,烦乱的心稍稍平静了些。暴雪烈日中,狂风急雨中,他们挺着;偏见鄙夷下,责难误解下,他们装傻;财权酒色诱惑时,亲人爱人需要时,他们视而不见。

一旦军令下达,"啪"的一声立正,军礼,只有两个字:"到!是!"绿军装里包裹的是怎样一个铁骨铮铮的身体呀!程序单一的身体中又安装着怎样一颗刚柔并济的忠心呢?战争时期,他们是世界上最可爱的人,和平年代,他们不愧是男人中的男人!

他们是平凡的伟人,是无名的英雄,可也真苦了他们背后的

女人们。苦，无非是寂寞苦，再苦苦不过皇宫女;苦，无非是家务苦，再苦苦不过村中妇;苦，大不了双人床上孤单枕;苦，大不了家里家外一手撑。没什么大不了，开弓没有回头箭，既然选择了，那就必须做个铁血铁臂的铁军嫂。

话是那么说，可一旦孤身一人处于空荡荡的屋子里，惆怅之意却怎么赶都赶不走。

一声"报告"打断了李虞的思路。一个二十出头的小兵走进来，憨憨地笑笑，张口就叫"嫂子好!"见李虞不吭声，小兵挠了挠后脑勺，走也不是站也不是地在那儿僵着。李虞指了指他旁边的椅子，他倒没推辞，端端正正地坐下，上身挺直，双膝紧绷，双手搁在双腿上，再憨憨地一笑:"我现在的任务是陪嫂子聊天。"顿了顿又说:"杨连长是个大好人，他对我们都那么好，更别说对嫂子你了。穿这身绿军装，就得服从部队的安排。有时我们自己也不理解，可我们别无选择，只能服从。既然选择了，我就不后悔!你听说过吗? 一个男人，当兵会后悔三年，不当兵会后悔一辈子。"

小兵两手搓着，"我说这些嫂子会不会烦?"李虞被他拘谨的样子逗乐了，微微一笑道:"无非是理解和适应罢了。道理谁都懂，做起来却有点难!不过我不会给部队添麻烦的，请转告他，我决定取消蜜月，马上返校。"小兵一着急说话就打结，"别、别、别、别走!鲁班长已经为嫂子做了土豆烧牛肉、冬瓜排骨汤、鸡蛋炒米，我去给你端来，你等着我啊。我去去就来!"没等李虞发话，小兵转身就跑了。

他一出门，李虞就急急地把东西塞进旅行箱，一刻也等不得，走!马上走!李虞看也不看床头柜上两人亲密无间的合影，生怕一看改变主意。她轻轻抚了抚杨基睿的军衣，蓦然转身，拉着箱子即刻下楼。

刚出楼门迎面碰到端着餐盘的小兵，小兵赶紧央求李虞："嫂子,军人最丢脸的事就是不能完成任务,你帮帮我,消灭掉它们,行不?"

没办法,李虞在花园旁的石桌前坐下来,愣愣地夹起牛肉块,又揪了块饼,喉咙却顶着难以下咽。她夹了几筷子土豆丝,喝了几口汤后求援似的望着小兵。小兵这回乖了:"既然嫂子决定走,那我去送你。"

西客站,生离死别的驿站,人间天上的阶梯,也不知到底是什么拨动了敏感的弦,强忍着的眼泪哗哗哗流下来。李虞左拐右拐,终于甩开小兵,看看时间还早,漫无目标地在候车室里穿行,不觉到了人流稀疏的贵宾候车室,自然而然坐到多次分别的位置上。

她看看身边属于杨基睿的空椅子,轻叹一口气,跷起二郎腿,双手把散到脸上的长发撸到脑后,从手提袋里拿出果汁,抿着吸管,让那甜甜酸酸的液体缓缓流入体内,抚慰那根痛得麻木的神经。

她的目光在广告牌上飘移,终于落在那盒果汁上,都为人妻了,还像孩子一般喜欢喝带吸管的饮料,也只有杨基睿纵容她的喜爱,一买就是一大箱,没等喝完,他就又买回一大箱。

李虞低头抿着果汁,想着他的好,想着他的不好。想着就这样晕乎乎地嫁人了,想着爱情的意义,想着生命的价值,想着这些人类永恒的主题是否可以用另一种方式来升华人生? 或者吞噬人生?

一双大号皮鞋在李虞面前停下来,那股再熟悉不过的气息,让她生生压回去的眼泪又涌了出来。她想看看他又不敢看,就怕

万一陌生的脸庞，把心底残存的希望如秋风扫落叶般扫得狼藉一片。

"虞儿!灰太狼已经挨指导员训话了,现在再请李娘子训话!看看这是什么?"高高大大的杨基睿一身便衣出现在李虞的视线中,他还在笑,一直在笑着。他抖了抖手中的往返票,蹲下来靠近李虞。

心情很糟的时候,李虞一句话都不想说,分分秒秒都思念的人就在眼前,她却表现出超乎寻常的冷漠和淡然。

他深呼吸一下,突然变得一脸严肃,幽幽地说:"丫头,你后悔吗?如果哪天你有了别的想法,及时告诉我。你记住,我一定是最最在乎你的那个人。你亦不是随便之人,和我在一起你一定是慎重考虑过的。你爱我,我相信。为了我,坚强一点,对自己好一点,我无法像地方青年那样为心爱的女人做自己应该做的事,也给不了你温馨而又充实的家,可你放心,以后我会让所有人都羡慕你!丫头,你知道的,我这人一向是做到十分,只说七分,做的永远会比说的好。相信我!咱们的境况会越来越好,你要做的就是照顾好自己。好吗?"李虞点了点头。

"走吧,该进站了。"屈膝蹲了几乎一小时的杨基睿站起来,帮李虞穿好风衣,一手拖着行李箱,一手揽着她的肩膀,向人潮涌动的检票口赶去。

倒计时开始,新婚的小两口,再过八小时就得分别,可惜座位不在一起,杨基睿站在李虞身边,他宁愿就这样陪她度过这金贵的八小时。邻座一位先生看出他们的困窘,瞅瞅杨基睿腰间的军带,主动把座位让了出来。

没有太多语言,此刻,语言是苍白无力的。她靠在他厚实的肩头,享受着普通女人习以为常的幸福。静静地,不需要音乐相随,不需要鲜花点缀,有他在身边,就拥有了整个天堂,一种很温暖很踏实的感觉叫她的身体软酥酥的,睡不着却也不怎么清醒。

八小时后,他们从一个站台越到另一个站台,分别在即,杨基睿紧紧拥着李虞,李虞亦是产生了一种前所未有的依恋,她迷醉在他纯净的胸怀中,不愿醒来。

这一别,又是大半年吧？熟悉的地方再也不会有熟悉的他。杨基睿双手捧起她的脸庞,在额头上轻轻一吻,她却任性地寻着他的唇,缠着他的齿,赖在他的臂弯里不肯离开。

杨基睿深深叹息一声,扳过她的肩:"丫头,你一定要好好照顾自己,我无法给你正常的幸福,今生心中把你珍藏!"

李虞扬起泪珠充盈的脸庞,浅笑着肯定地说:"杨,别顾及儿女情长,我相信你,相信你胜过相信我自己!干出一番事业来,我不要大富大贵,不要惊天动地,只要有足够资本营造一个有你有我的家。""我会努力的。"李虞甩开杨基睿的手上了返校列车。

她此刻竟出奇的镇静,没有回头,也没再掉泪,坐在客车上,冲频频挥手的杨基睿笑笑,闭上眼睛,一幕幕甜蜜的镜头放电影般在眼前滑过……

水城,卫河学校。"省级文明和谐校园"创建迎检工作已开始倒计时,文明创建指挥部办公室,日日人来人往,夜夜灯火通明。他们加班加点,对各项检查指标作最后的准备。由于人手紧缺,李校长的妻子任乐乐正在休假, 也应田桃田主任之邀加入到这场战斗中来。

任乐乐,大学生村干部,毕业于林业职业技术学院,自小喜欢栽花种草,对苗木花卉也是情有独钟。她紧紧抓住机遇,刻苦钻研,系统地掌握了苗木培植的专业技术,刚刚获得了大学生村官创业一等奖。

三年前，任乐乐顺利通过全省大学生村官招考，成为新农村建设的一名新兵。当年，县委、县政府定下了"5年灭荒30万亩"的宏伟目标，让任乐乐受到了启发。她毅然承包了土地种植苗木。得天独厚、天造地设的生态环境给了她一展身手的平台。

然而，理想与现实毕竟是有很大差距的，对于创业的知识她还很欠缺。在迷茫中，她参加了由市委组织部、市劳动局等部门举办的大学生村干部创业培训班。通过参加培训，她认真学习了市场调查、项目选择、投资预算、生产经营等方方面面的系统的创业知识，了解了大学生村干部创业"给政策、给技术、给资金"等多项扶持政策。

有了坚强的组织后盾，有了优越的扶持政策，她在农村的广阔天地里"大胆地折腾了起来"。前年冬天，一场突如其来的大雪，无情地积压了地里的幼苗，她辛辛苦苦培育的5万株白皮松幼苗眼看着就损失了大半。她看在眼里，疼在心里，但是她没有就此停步，她告诉自己，心疼没有用，流泪更没有用，面对现实，必须迎难而上。

带着首次创业的"创伤"，她回到了离别3年多的母校，请来了她的老师。在老师们的热心指导下，她像呵护小孩一样，给幼苗施生根肥，进行雪灾冻害养护管理。经过一个多月的精心呵护，一万株白皮松幼苗终于成功反绿，长势喜人。

功夫不负有心人，去年秋天，培育周期不满两年的树苗已经有人问津了，临汾老板以每株一块三毛钱的价格一下买走了八千株白皮松小苗，任乐乐淘到创业以来的第一桶金。还没隔几天，吕梁老板就以每株一块八角钱的价格又买走了一万株白皮松小苗，她又净赚了一万八千元。接着，山东、河北等地客商纷纷与她架起了"商桥"。

短短两年时间，她就利用八分地创造了四万余元的收入，这"苗木经济"取得的成效对于靠天吃饭的老百姓来说是想都不敢想的。

自从任乐乐开始种植苗木后，周围的一些农户也开始学她的样种起了苗木，并纷纷向她请教，请求加入育苗行业，共同走上致富路。

她很快创办了合作社。今年，由五个农民加一名大学生村干部组成的"乐乐苗木种植合作社"正式成立，她们首先选择了适宜全县灭荒工程使用的刺槐苗来培育，她对农民朋友提供了"选种、清种、下种、管理、销售"等一条龙服务。

他们种植的十五万株刺槐苗以每株五毛钱的价格出售，用以全县灭荒工程。看到育苗效益后，周围的农民朋友纷纷要求跟着她发展苗木产业。后来，他们带动了全镇五个行政村、三十余名社员发展育苗产业，苗木品种也逐步多样化，在全镇发展苗木六十余亩，年产值达一百余万元。

可是，任乐乐并不满足，她又规划了将来的发展方向：利用网络，有针对性地搜集苗木技术方面的知识，组织农户参加学习，邀请苗木方面的专家和技术人员，与农民进行面对面交谈，解决苗木种植过程中存在的问题，促进苗木调整，增强苗木的市场竞争力，让乡亲们都能从土里"刨金"。

鉴于任乐乐早已是卫河学校的传奇人物，参与文明创建工作一经田主任提出，大家一致赞成，李校长也就默许了。由于田桃、李虞、慕洁秋、任乐乐经常凑在一起，在这个小圈子里，都算有点才情，就被大家戏称为"四朵金花"。

又是忙碌的一天，整个上午都被杂务缠身，午饭时分还不见慕洁秋的踪影，任乐乐就拉着田桃说笑着去找慕洁秋，可找遍了

学校也没找到。

　　中国铁路局办事处。程铖发疯似的拨打着那个好不容易打听来的电话号码，一遍遍的无人接听提示就如一颗颗隐形子弹穿透他的心脏，他痛苦地缩成一团。他知道他应该对家人负责，他知道他把所有的工资如数上交妻子，只不过是为了弥补心底的愧疚。

　　对于染指慕洁秋这个几乎还是个孩子的小女人，他从一开始就有负罪感，但既然造了孽，他至少应该知道她的死活。慕洁秋失踪后，他的确想要冷静，想要以这样一种再简单不过的方式，结束这段本来就不属于他的情缘。

　　他把自己扎在工作中不愿面对这些。可是，一天天过去，在尽量理智地处理完工作琐事后，在和形形色色的人杯盏筹斛后，在温情地问候完妻子的身心状况后，他觉得如此孤单，小慕在哪里呢？

　　他发誓，他只想知道她过得好不好，如果她足够幸福，他就放弃，彻底离开。如果她不幸，他有责任帮助她找到幸福。可是，现在看来，慕洁秋根本不给他这样的机会。

　　断！无论如何，一切都过去了。程铖眼睛红了一下，起身伸了个懒腰，叹口气，果断地删掉了这个打不通的电话号码。他不知道，慕洁秋为了接这个电话，差点丢掉两条命。

第十六章　梦探星辰

自戕,转战,从天而降的太阳神能否拯救你残破的心?

一个突然打过来的电话,搞得慕洁秋手忙脚乱。慌乱中,手机"噗"的掉进卫河潭中。她太想知道关心自己的人是谁了,几乎没有一点犹豫,小慕就跟着手机跳入水中。

虽然潭水并不算太深,而且池底刚刚清理过,但齐腰的河水,淹没一个挺着大肚子的女人还是绰绰有余的。她费力地欠身找寻着落入潭水中的手机,可是几乎摸遍了所有能够着的地方都没有找到。

手机是程铖送的。三年前刚开始交往时,他花了一整月的工资买了送给自己的。

精致的钢玻璃翻盖,黑色磨砂机身,样式很时尚,手感也很好,掂在手里像个微型小轿车。没事的时候,慕洁秋甚至会呆呆地看着手机愣上半天。她会想很多,想设计手机的人真有本事,竟然把通讯工具变成了艺术品,想这么个小玩意儿竟然实现了顺风耳的古人梦想,想手机正如程铖,他们对自己的关爱是真实而富有诱惑力的。

手机的功能很多,但她经常用到的不过几项最普通的模块。里面储存有风景照片和视频,有要事大事记载,有红粉周期记录,还有心情烦乱时写的日记,几乎就是个随身携带的小电脑。

除了程铖,就是它陪自己的时间最多了。所以,手机丢失带来的恐慌甚至不亚于失去程铖。手机丢了,无疑掐断了慕洁秋最

后一线希望。她再次弯腰摸索着，不小心脚下一滑，猛地跌坐在潭水中，一大口河水涌进她的嘴里，有点甜，有点凉。

"死去死去!"这不正是徘徊了很久想要的结果吗? 慕洁秋一动不动，她是真的连站起来的劲儿都没有了。可是当清凉的河水不客气地侵入她的鼻孔、她的嘴巴时，她的心如明镜一般透亮。求生的本能让她仰起头来，脸庞就脱离了水的侵略。

不想死的念头促使她扯着嗓子大喊了两声。再加上肚子里的小生命不服气，一下一下地闹腾着她，她奋力挣扎着起身。

刚刚顶出个脑袋，一个磁性十足的声音就在她耳边想起。"小慕! 干吗呢? 一个人躲在这里洗温泉?"很威严，似乎有点生气，又隐约有种担心的口吻。这样的声音多久没听到了?

慕洁秋惊得瞪大眼睛，小嘴微张，扬起头仰视着河岸上那个高大魁伟的身影。他身后的大太阳发出耀眼的光芒，晃得慕洁秋两眼什么也看不清，却更加努力地追寻着。慕洁秋的视线一片模糊，脑子瞬间短路，无语，亦无思无想。片刻慌乱之后，慕洁秋定定地注视着河岸上的身影。

他真像是从天而降的太阳神，浅浅的笑容散发出迷人的味道，宽宽的额头上冒出些许汗珠，笑笑的眼睛中透出融化万物的柔情。她这才发现，原来是李校长，他穿一身黑色运动服，麦色脸庞在阳光的映衬下显得愈发英俊。

慕洁秋拨拉着河水，羞愧得不知该如何是好。"大家都在忙呢，来，握握手! 回去工作。"

他朝水潭里伸出手，慕洁秋不好意思地探着拽住他，蹬住凹凸不平的河床，一点点往上蹭。他的手臂特别有力，被他紧紧拉着的感觉真好。

李校长和蔼地嘱咐:"慢点啊，慢点。"一句再普通不过的话，从他口中说出,一下赋予了自己无穷的力量,慕洁秋很享受这样的感觉,身体变得不那么笨重,飘乎乎的就像瞬间从地狱飞上了天堂。

慕洁秋坐在岸边河石上休息了一会儿,太阳照在她身上,暖烘烘的。她偷偷观察着李校长,只见他来回踱着步子,问了句:"你准备去哪里?"慕洁秋不知道该怎么回答,只好指指前方,傻哩巴唧地说:"那边。"他又问:"吃饭了吗?"慕洁秋下意识地回答:"吃了。"

李校长没再说什么,掏出电话冲对方说这边的情况。可能是这两天太忙了,一向喜欢干净的他头发略显凌乱,油油的黑发中夹杂着几根白发。衣服还算整洁,他的裤腿在拉她上岸时卷曲着贴在腿上。

慕洁秋想去帮他扯一扯裤子,又觉得这样的动作未免太暧昧了,也就作罢。她只好转移视线,脚踢着岸边的小石头,低头摸着自己的大肚子,暗暗想着:咱娘俩又一次死里逃生了。从今往后,一定要往前走,向前看。

慕洁秋恢复了常态,仰起恬美的笑脸看看山、看看水,甚至还从心底里哼起了小曲儿。那状态,好像她一直坐在河石上想心事一样。李校长刚刚打完电话,任乐乐就拉着田桃赶过来了。

看着姐妹们找到她时惊喜的表情,慕洁秋觉得自己好幼稚。无论如何,头顶上重重的阴霾又一次散掉了。"快走,李虞要回来了,我们赶紧找她讨喜糖去。"田桃拽着慕洁秋,任乐乐小心搀扶着慕洁秋往回走。任乐乐假装恭谨地走到校长面前,问声:"校长好!""你好!你们好!"李校长也一本正经地打了声招呼,大步走了。"好嘞!我们走。"姊妹仁牵扯着说笑着返回学校去。

盛夏之时,校园里青草依依,花红柳绿,几许嫣红?几多葱

郁?桃李园中的桃子已经熟透,黄白醇净的身子嵌着红艳艳的小尖嘴儿,逗引着你直想狠狠咬一口,那滋味,定是满口溢汁,汁中透甜,甜里含香。她也乐得笑逐颜开,桃甜不怕枝儿高,等不到仙客等凡夫,总有一个盘子依托自己的梦,总有一颗种子遗承自己的魂!

可那晚熟的李子,却晃悠悠地躲藏在深枝茂叶中,探头瞧瞧,又缩回去似睡非睡地养着精气神儿。或许,下次一睁眼,满树红果就在眼前?抑或,她的根系她的枝蔓,注定只能这样羞涩地留在青叶底下?

李虞提着喜糖慢悠悠地在林荫道上溜达。七天前,她还是个无忧无虑的小女生,被同事戏称为儿童团团长。七天后,校园里一切依旧,她却成为别人的妻,成为名副其实的军嫂了。

刚回宿舍,姐妹们就围拢来讨喜糖:"把新郎藏哪儿了?怕被大伙抢走?"李虞摊开糖果,笑而不答,被逼急了,只好搪塞,"随维和分队去刚果了。""厉害!出国了?""那有啥大不了的,危险着呢!""别说风凉话,人家可是千里挑一的好军人。""行了行了,用糖把你们的嘴塞上就不叫喳了!"

等大伙儿散去,校园"四大美女"留下来,田桃漫不经心地问了句:"他刚结婚就这么忙,可不是什么好兆头,你要当心啊,感情是很微妙的东西。你得打好遥控局势、抵制诱惑的双重战斗!多个心眼儿好。""他呀,全世界男人都背叛老婆了他都不会,就是那种只会说'到!是!'的机器人,别人未必看上他。这方面我百分百自信! 至于诱惑嘛,我打算来者不拒。"李虞应声答道。"啊!"任乐乐亲密地搂着她两人的肩头,嗔怪地说:"干吗呢? 干吗呢?人家新婚,别大煞风景了。你要敢出轨,看姐们儿不联合攻击你家兵哥哥!"

慕洁秋被逗得哈哈大笑，肚子也跟着一起一伏的，像只可爱的大企鹅。"就李姐那人还出轨？都订婚了，去了两趟北京还是女儿身呢，出轨？怕道行不够啊。""这可说不准，许多典型淑女婚后都特闷骚呢。""姐妹们，放心好了，本夫人可是军人家属，代表军嫂形象呢。""我太了解她了，思想前卫行动保守，就算出轨也肯定是寻找一份精神寄托。柏拉图式的爱恋是她的强项，自己折腾自己是她的拿手好戏，到时候看她怎么超脱。"

李虞赶紧打马虎眼："好了好了，闹够了没？王情呢？""她呀，真不知道该怎么说她，又去医院了！真不明白她图个甚！为了所谓的爱情，把工作家人朋友全抛到脑后了。马上就要进行教学改革了，咱们学校的招生情况不容乐观。学生少了，老师多了，知道这意味着什么吗？下岗啊，改制啊，简言之，就是打破铁饭碗了，吃这碗饭还真不容易。""走，吃饭去，现在真觉着饿了，老师这碗饭端不端，肚子总是要喂的吧。"

她们并排走在林荫道上，途中又遇到了政教主任温海波，他们就一起说笑着往餐厅走去。刚进后勤部拱门，碰到李校长和王副校长迎面走来。王副校长皱了下眉头，李校长没表态，吓得温海波孩子气地吐了吐舌头，自我解嘲道："美女们，咱校报明天头版头条一定会刊登温主任与四大美女同行的消息，如果再被县报载了去，你们可就闻名全县了啊。"任乐乐笑言："哈哈，这样富有文化气息的新闻肯定得上报，再加幅照片。整个一美好的历史场景再现。"

李虞赞同道："说到'美'，咱姐妹要归零心态，全面塑造新时期的最美知识女性，由内而外美起来，才不辜负这个光荣称号。"田桃立刻提出了特色打造方案："是啊，我们做'四季女性'怎么样？"任乐乐真是个鬼精灵，脱口而出："好啊！我说呀，一看李虞

就像春天,说话如春风一般舒爽,做事如春雨一般及时,至于走路嘛,如小燕子一般空灵,总能让人看到希望。田桃像火热的夏天,任乐乐像金黄的秋天,慕洁秋像冰洁的冬天……"说笑间,他们已步入餐厅,一人拿一个大洋瓷碗舀上面条,盛上菜坐下边吃边聊。

聊着聊着,就被邻桌同事的话题吸引了过去。看来全面改革真不是空穴来风的事。他们叽叽喳喳地议论着,有的说教改好,破除旧规矩,重立新条款好。当了这么多年老师,天天和少年儿童打交道,自己都成了儿童思维了。打破常规教学模式,摸索适合自己、适合本班学生特点的教育教学方式等等,这些新理念太让人兴奋了。

有的说,继续教育、终身学习的体制真好,不仅对教育学生有好处,对提高自身修养是最有效的办法,而且,自觉不自觉地加深了对社会问题的敏锐度,为自身成长打开了一扇诱惑力蛮大的门。也有的说好什么好,大半辈子做教育,一上课就讲,讲到下课了都讲不完,怎么把课堂还给学生?说得好听,引导学生,对大城市学生有用,就我们这些山区孩子,叫他们积极回答问题,太难了。

还有的说,现在哪能学会多媒体教学? 什么PPT,什么超链接,搞不懂。不改革不学习就得下岗? 这么大年纪了难道出去刷盘子洗碗? 难道要去别的单位伺候小年轻? 或者退居二线当大师傅、看大门? 说着说着嫌憋屈的一些人就占了上风,显然是对教育体制改革的部分内容心存芥蒂。

"放心吧,我们就算教学成绩一般至少天天上班啊,没有功劳还有苦劳呢,要说按'好、较好、较差、差'这四类分类排队,我们至少也是较差或较好一类吧? 那些整天不务正业的年轻人肯定是最差的。哼,怀了野种也能当老师?笑话。"她们愤愤地说着,还撇撇嘴,朝年轻人这一桌白了一眼。

听着他们的议论,慕洁秋心里真不是个滋味,最后一句显然是冲自己来的。专业素养较差,适应性较差,未婚先孕,单身准妈妈,虽然没犯罪,但在现实中要承受的折磨并不比蹲监狱小。

看来,脚跟都没站稳就得猴山起身了。李虞注意到她拨拉着面条不下咽的样子,就夹起盘子里的萝卜小菜放进她碗里,轻声招呼着:"快吃饭吧,饿坏了肚子里的小家伙可不行,咱得分清主次,从今天开始,你是重点保护对象。""对!领导还没发话呢,尊敬的前辈们就别乱说话啦!"田桃冲着隔壁桌的老师们大声回了一句。

丁点儿亏都吃不得的女强人宋庆芳恼了,"敦"的一声把洋瓷碗重重地搁在桌上,大声吼道:"怎么啦!我们连一点言论自由都没有了?发几句牢骚就触犯了领导们的利益了?""尤其是那些自以为了不起的女领导。别以为我们都是傻子,臭不要脸的怎么当上主任的?老公常年不在家呀!你行!你们行!什么骨干教师?挑了好学生,挑了好班级让猪代课都能带出好成绩!"田桃气愤地站起来,真想过去甩她一个耳光,但被李虞死死拉着。温海波边笑边说:"啊呀!看看咱卫河学校女教师的风采,'狗咬狗,两嘴毛。'"看着大家都冲他喷出愤怒的火苗,他端起碗边往外走边说,"鸡不和狗斗,你们慢慢发挥,我呢,出去请李校长来评评理。"他溜了。田桃倒也觉得一直吵下去没意思,可宋庆芳自认为揪住了她的小辫子,还在大声呵斥着。

"别以为自己长得一副妖精样就能一直当中层领导,山不转水转,三年后,五年后,一朝天子一朝臣,看你还能牛几天!"宋庆芳像村妇一样用手指着田桃叫骂着,似乎吵架占了上风就一定

不会下岗,似乎说这些就能掩盖自己担心排名最后的心虚。

任乐乐实在看不下去了,拍拍宋庆芳的肩膀说道:"姐!不对!婶子?还不对!按年龄恐怕得喊你一声大娘!你桌子上专门倒下的饭是准备带回家喂猫的哇?你不收拾我可拿走了啊!"宋庆芳也觉得自己实在没理再吵了,皮笑肉不笑地说:"乐乐啊,我没说你,咱李校长的人品谁不知道,他工作能力强,待人好,什么都好。我听说,这妮子和城里当官的有来往,有人亲眼见有小轿车送过她,她老公又不在家,肯定是相好的。""大娘,有朋友接送很正常的,有时候在乡政府加班到深夜,我朋友也会送我回家。再说了,田桃姐的成绩可是一天一天干出来的,她把所有的精力都用在学生身上啦。好了,大师傅也该收拾餐厅了,你们也回吧?"

宋庆芳悻悻地走了,他们一桌人也都稀里哗啦散去。这边四个姑娘闷闷不乐地一起往宿舍走,任乐乐说着:"如果改制裁员,这个庆芳应该逃不脱,可王情也实在是过分,咱们得催催她,跑医院去又一个礼拜了吧?指不定,她排名还在宋庆芳后面呢。"她们应和着,谁也没再吭声。

此时,王情正沉浸在马彪彻底康复的喜悦中,她才不管什么改制什么下岗的问题呢。五个月坚持锻炼下来,马彪已成为医院的明星,作为病友们的精神支柱,在医院 T 型台上为难兄难弟们鼓劲。明星效应出人意料地解决了他的医疗费问题,肇事司机乖乖地把所欠费用全部还清。

很快,马彪出院了,而且有了五万元资金,劳动能力基本丧失,后半辈子可全靠它了。坐吃山空总不是办法,该搞个什么项目呢?

王情的体形真不敢恭维,又矮又胖,是典型的北方村姑经劳动锤炼后,又得不到全面营养的横向发展型身材。得益于攻读美术专业,加之对穿衣打扮颇有研究,她总有办法把自己包装得得体时尚。那份随意中的雍容,那份淡然中的高贵,丝毫不比窈窕淑女们逊色。

有了!"胖女人专卖店"简直就是为她量身订制的!她和马彪一合计,很快在县城最繁华的十字街租下店面,"胖女人专卖店"即日开张。

王情越来越觉得,这下找到适合自己干的事了,她选中的款式总是很走俏。那一个个颦眉蹙目而来,款额展颜而去的胖妇人,大有相见恨晚之意。更妙的是,那进进出出的美妇人竟成为她免费画模,她的人体画一直没有灵魂,原来就是缺少这样气质高雅内涵丰富而略带沧桑的民间贵妇。

不久,王情做出决定:不等学校炒她,她先递了辞职申请。

她每走一步伴随的都是众人的怀疑与不满。王情没有疑虑,正如达尔文没有搭上"比格尔"这条船,世界上可能多了个教师,科学界却丧失了一部划时代的巨著一样,她深信:只要坚定地朝着目标前进,实现理想不过是早晚的事。她还有马彪这个坚实的后盾,支持她干任何她想干的事,不问原因,不管对错,不计得失。他还摇头晃脑地吟诵了当年朱元璋落魄时的一首诗,以示鼓励:

> 鸡叫一声撅一撅,
>
> 鸡叫两声撅两撅,
>
> 三声唤出扶桑日,
>
> 扫尽残星与晓月。

是啊,当自己还在辛辛苦苦一撅两撅打拼时,得到的只有嘲笑,成功之后,日月星辰都为之欢欣,何况芸芸众生?

第十七章 梦断简爱

为师,简爱,坚定不移的信仰可不可以成就此生的梦?

王情辞职了,她义无反顾选择了放弃,放弃受人尊敬、收入稳定的教师职业,不顾一切地奔向梦想的高峰;田桃成为语文教学的权威,多媒体课《伟大的悲剧》再次力压群雄,以不减当年的风姿把课堂艺术诠释到极致,虽然有些非议,她还是稳坐办公室主任的位置,把一切琐碎事务处理得有声有色;李虞面对姐妹们的成功,她是打心眼里佩服,可她自己工作热情已消磨殆尽,似乎习惯于接受命运的安排,任劳任怨,随波逐流。像田桃一样,安心乡村教育,也罢,像王情一样,不达目标决不罢休,也是一种人生,偏偏自己就这样麻木地踩着铃声,在三点一线间漫无目标地循环着。

铃声响了,李虞又一次夹着教案登上讲台,在学生齐刷刷的"老师好"声中努力调整好心态,微笑着环视一周后干净利落地应声:"好!请坐!""同学们,现在看到的是什么地方?去过吗?想去吗?如果真想去,我们就必须加入到探险的队伍中来。为什么这么说呢?请看大屏幕!"她声情并茂的开场白立即把学生带入到神秘莫测的险境中来。屏幕上展示着西藏地区独有的交通工具——"溜索"。

那颤悠悠的藤索,陡峭的悬崖,怒吼的激流,真让人心惊肉跳,可本地老百姓却可以背着货物,甚至拉着牲畜轻松滑行。精心设计的场景迅速吸引了学生,接着,李虞几笔勾勒出本区简图,明确了它的地理位置,找出颇具地域特色又引人入胜的几个点,然后鼓励学生采用新颖的方式,表现各地景观差异。

学生的潜力可真是不可低估,有的以话剧形式,表现了牦牛、藏绵羊、藏山羊与高原环境的关系,有的以导游口吻介绍了"日光城""羊八井""聚宝盆"等能源发展情况。有位同学利用刚学过的物理知识分析了高寒气候形成的原因。还有同学扮演了三对新人新中国成立前步行,1951年后坐汽车,1956年后坐飞机结婚的情景剧,以此表现当地交通运输的变化。刘冰洋同学还唱了首民歌:"姑娘出嫁远方,马道又远又长,飘过三座高山,趟过三条大江,走了三十三天吆,才进新郎帐房。"以此突出历史上"云梯溜索独木桥,羊肠小道猴子道"的交通状况。还有同学用记者的口吻进行了关于"中华水塔"忧患意识的采访……短短45分钟,学生即兴表演了很多内容,下课铃响起,学生们还意犹未尽。

下课了,李虞回到宿舍,托腮坐在办公桌前,看着墙壁上的中国地图发呆,目光游弋,游弋,落到刚才和学生共同探讨的青藏地区之心脏——西藏。那是杨基睿向往的地方,布达拉宫,焦黄的烤羊肉,还有环境造就的大男人——康巴汉子。

屡次听杨基睿动情地讲述那神秘的地方,李虞手中的笔在纸上胡乱地画着,潜意识中,杨之向往已成为她之向往,细看纸上留下的"西藏,杨基睿,北京"字样,李虞觉得自己的心像被小虫子蚕食一样隐隐作痛。"北京"有他有梦的地方,有家有爱的天堂,为什么那么遥不可及?"时空,时空"凭什么撕扯人们纠结的灵魂?"距离,距离"激光可否穿越你那无底的黑洞?

"嗨!想什么呢?这么入神。"任乐乐不知道什么时候悄悄溜进来的,看着李虞无辜的表情,她开始发挥自己的夸人神功,"虞姐姐的侧影特别美,你若有所思的样子特有味道。真让人羡慕,

给我一半就好了。"李虞苦笑。这样的造型可不是刻意摆出来的。如果变丑一点能让杨基睿立刻出现,她宁愿毁容。如果得一场大病,能让心爱的男人在事业和她之间选择后者,她宁愿病去死去。可是,空有一腔不知对谁使的柔情有何用?空有一个无端叫同性生忌的容貌何乐之有?

"乐乐,我觉得我快支撑不住了,特别累,心累。"李虞垂着头,声音如游丝一般,自己听着都心酸。任乐乐扒拉了一下她的头发,皱皱眉头,轻轻地说:"姐,你可以战胜的,至少你的工作很稳定,至少他不管在不在身边,是铁定不会辜负你的。你有双方老人在身边,目前他们都是你坚实的后盾。家务事你不用管吧?你过的可是公主一般的生活。""可我不快乐,有时候神经拧得像根油煎过的麻花。""唉——各享各的福,各受各的苦,有时候,真的,别人一点办法都没有的,你能保证姐夫在身边就一定会无忧无虑吗?不会的,还是会有这样那样的烦恼。所以,关键是自我调节。""是啊,有点道理。""要说最现实的解决办法也有,那就是——"李虞仰着脸等着任乐乐的答案。

"性格决定命运,心态决定幸福。人间正道是沧桑,自古英雄多磨难,坐标点是'适者生存'。""我知道,还以为你有什么好办法呢。不过几句大道理。站着说话不腰疼。""姐,人应该有个信仰,比如信仰党,比如信仰宗教,再比如,信仰爱情也是可以的,有点追求就能弱化你的相思心魔。或者说,最有效的办法应该是,应该要个孩子了。""昂,也是。"

"别想这些事了,告诉你个好消息,咱们学校被评为'省级文明和谐校园'了,下个礼拜省文明办和县教育局的人来授奖牌呢!""是吗?太好了,学校好久没有这样隆重的大会了。"李虞忘却了方才灵魂出窍的困惑,笑弯弯的眼眸中又一次升腾起对美好生活的向往。她看着好朋友笑盈盈的脸庞,烦恼减了几分。任乐乐的皮肤真好,是那种自然的白,自然的亮,三天五天不洗脸都觉得很干净的亮白。嘴唇很红,不抹唇膏都血红血红的颜色,有点诱人。李虞坏坏地想:李校长一定是被她的红嘴唇白皮肤诱惑了吧。她看着任乐乐,不言语,只是笑,笑得任乐乐不自在起来。她才说:"你这种女人,注定会活得漂亮。姐姐此生,唉——不说了。""别想那些了,知足吧,你呀,生在福中不知福。走,咱们叫上田桃和慕洁秋散步去。"

"听说教育局里刚刚上任的魏慧英魏局长会来,她可是咱县里的头号巾帼英雄。电视上她的样子特正统,这下能目睹她的芳颜了。"

"是吗?听说她也曾是正儿八经的老师,后来去了组织部,下乡挂职做了五年乡镇中学校长,后来又当选为乡镇书记,这次新一届领导班子调整,她没一点悬念就当选为教育局长了。"四个小媳妇叽叽喳喳地谈笑着,不知不觉天色暗下来。

等姐妹们散去,李虞做出了一项重大决定。

如果说人要有所信仰才会快乐,她信仰什么呢,也许是没有享受过钱财、权利的好处,名利肯定不是她的信仰。要说党啊,宗教啊,她一直认为那是男人的专利。所以,说起信仰,扪心自问,不藏不掖地回答,一定是爱情。"因为爱情,所以坚持。因为爱情,所以努力。"就算小家子气吧,就算是作为小女人的狭隘吧,管别人怎么说怎么看,也许幼稚,也许被势利的人看不惯。可这是她内心深处的真实想法,她要为自己找一条出路,这条路的出发点,抑或最原始的动力,那就是"因为爱情"。

路漫漫,情依依,何时相会?何处相逢?汪洋的书海淹没了小鱼的眼泪,小鱼的尾鳍奋力划过海洋博大的胸怀,总有一天,会

游到大白鲨温暖厚实的怀抱里。

酷热的夏夜,月光下的草地上,同事们乘凉说笑话,没有她;烦闷的午间,罗帐中的床榻上,朋友们酣睡会周公,没有她;悠闲的假日,琳琅满目的商厦中,姐妹们购物品美食,依然没有她。她的位置只有一个,就是那张油漆斑驳的枣红色书桌,桌面上,合着的、翻开的、圈过的、没动过的、半拉的笔记、稿纸一丛丛一簇簇散开在桌面上,书桌上用以自娱的东西是个地球仪,一拨拉,即看到晃悠悠的红五角。

翻开记事本,可以看到她和杨基睿在天安门前的合影。杨基睿深情注视的目光无处不在,困了,有他柔和的眼光提醒她:照顾好自己。想偷懒了,他的眼神又变得比鹰还锐利。遇难关准备退缩了,他的眼中满是善意的嘲弄,你咋老长不大呢? 他的电话总是打得很及时,李虞就在他的默默鼓励下埋头苦读着。李虞的业余生活被考上研究生去北京团聚的目标填满了。

"胖美人专卖店"着实火了一把,呈现出季季红、月月旺的佳绩。每天忙里忙外累极了,可从未有过的成就感与充实感总是把王情的身子如闹钟上的发条一样扭得紧紧的,准时以饱满的激情与力量迎接每一个新的晨阳。

王情赢了,她抽回了本钱,又净赚 20 万元。弃教从商的女老板发财后的第一件事,不是买房置产,不是购车添饰,而是匿名捐赠 8 万元,作为曾经任教的乡村中学开辟第二课堂的活动经费。坎坎坷坷一路走来,非议与赞誉对她已经毫无影响力,她想的只是孩子们的天空应该有绚丽的色彩。顾客的审美层次在不断提高,重装店面已迫在眉睫,9 万元必须投入生意扩大规模。剩下的一小笔钱,应该是踏上"黄河之旅"了。

店面整修扩大后,新聘了几名导购员。在王情的精心调教

下，他们表现都很出色，尤其是兼任形象设计的小闫更让人满意。经过半年考察，小两口郑重地把店交给小闫暂为代理。

马彪夫妇动身向黄河进发了，他们从源头约古宗列曲开始溯流而下，从各个角度审视这条壮美的母亲河。每到一处，王情作画，马彪记录见闻，真的是其乐融融，美不待言。马彪的流水账日记不妨一看。

9月4日　约古宗列曲

今天，遇到一位老藏民，他留着浓密的大胡子，肩披长发，脚蹬筒靴，很慈祥的一个老爷子，他健谈，豪爽，神侃了不少当地传说，其中关于源头的故事最让我们感动。

早先，巴颜喀拉山下住着一个年轻英俊的猎人，他和巴颜喀拉王国的公主相亲相爱。听说高高的山顶有支美丽的孔雀翎，猎人为了早日把它送给心爱的公主，没来得及告别就匆匆离开了。公主不见了猎人，非常着急，这时有人挑拨离间说猎人已经远走高飞了，不要公主了，公主就跑去找猎人。等到猎人费尽艰险取回孔雀翎准备献给公主时，听说公主去找他了，立即起身去追赶。可怜的公主，在途中又累又怕，眼泪和汗水流了一路，猎人汗水夹着血水也追了一程又一程，后来，他们累死在途中都没能找到对方。而这两条又咸又涩的泪水河和血水河融在一起，便成为黄河源头。

王情构思了一幅画，俊朗的侠客携绝艳仙女飞翔在源头活水上空，星空若海，皎月如舟，祥云朵朵，裙裾飘飘，双宿双飞。经王情细心勾勒，典雅浪漫的一幕跃然纸上。

9月6日　河套平原

羊儿叫，马儿跑，牛儿悠然觅肥草，那绿莹莹的天然床垫，让人不由得想躺下来好好舒展，让风儿爱抚每一根发丝，请阳光

沐浴每一条肌理。绿草为褥,白云为被,我们享受着这沁人心脾的纯净气息。看着情儿,她正专心描绘似温床般的河岸,河岸上两匹失缰的野马在冲撞奔突,一个大胆的想法突然冒出来。

我慢慢走到她身后,仔细端详着她,她今天真美,鹅黄外套毛衣贴身裹着她丰满圆润的身体,一条披肩围着她光滑白皙的肩,高高的发髻托起她动人的脸庞,眼神专注地盯着画板,虽胖但灵巧的手指捏着画笔在画布上挥洒着,一会儿又歪着头沉思。我悄悄走到她身后,用尽全力拦腰抱起她,以残疾之身支撑起了她78公斤的肥硕之躯,我终于可以像正常人那样承载自己心爱的人了。可把她吓坏了,尖叫一声,画笔一丢,用她圆胖胖的拳头狠狠砸我,随即温顺而乖巧地粘在我的怀里……

9月10日　天桥

情说今天是她的节日,把我弄糊涂了。原来,放下教鞭的她依然怀念那神圣的三尺讲台。她说,总有一天,她要带孩子们也来感受人间最壮观、最雄伟的奇迹。看看情,她冲流水大声喊着:"嗨嗨嗨!一切烦恼!统统见鬼去吧!嗨嗨嗨!我要快乐!快乐如昔!嗨嗨嗨!我要当大画家!最有特色的画家……"她的声音似乎淹没了怒号的河水,她完全沉浸在黄河水磅礴的气势中了。奔涌而下的狂流,狂啸的浪涛,轰鸣而过的激流,这一切,让人情不自禁忘掉一切杂念,由脚底升腾起一股可以征服一切的力量,一种舍我其谁的豪情扩充在我们的心胸中。力量之美,王情的画作又有了新的主题。

9月12日　开封

举世闻名的"地上河",黄河大堤高出地面10米以上,一旦决口,开封铁塔危机四伏。

唉,何时才能解除母亲河的忧虑?

第十八章　梦解未名

水洞,未名,奇山异水的仙气能不能照拂你前行的路?

海河之源,卫河之滨,一座绮丽迷人的中学堂在水一方;华山之巅,向阳之邻,一座奇伟壮观的大学府傲视群雄。

窗外的杨树叶枯了又绿,绿了又枯,日历一页页翻过,学校的校容校貌发生了翻天覆地的变化。综合楼拔地而起,实验楼、宿舍楼各司其职,多媒体教室、音乐教室、语音教室一应俱全。学校的教风学风得到良好的改善。学校紧缩日常开支,腾出部分资金,开展了爱国爱党缅怀先烈的活动课程,安排学生分批次游韶山拜访革命圣地,赏韶曲品位中华国乐。

田桃带领一批学生奔赴韶山,漫山遍野的红杜鹃如啼血的红缨,满目古树的乡间道如通天的虹桥。

他们穿越韶山,循入一号滴水洞,毛主席伟岸的身影似乎穿行于大家中间,他豪爽地大笑,他没日没夜地审阅公文,他镇定自若地指挥战斗,他行走万里指点江山,小小的滴水洞曾经演绎过如此惊天动地的历史,学生们惊异于一个个细节带给他们的震撼。

他们瞻仰毛主席广场的铜像,手持书卷的他多了份儒雅与豁达,他被里三层外三层的鲜花围着,他被南来北往的民众仰视着。

他们进入毛主席少年时期生活过的土坯房,那商议国事家事的小堂屋,那休养生息的蓝色印花被褥,那样简朴又那样富有

传奇色彩,小小的屋子诞生了一代枭雄,窄窄的过道走过无数仁人志士,踏入这个神圣的屋子里,崇敬之意油然而生。

他们攀登韶峰,悬崖峭壁直插霄间,势压群山。萧萧韶乐在白云间浅吟低唱,绝顶大约三到五尺宽,比天颜秀,较海天幽。有诗云:"仙女一朝去尘寰,石上苔斑发发,月挂金环森森。"真可谓:"风梳雨沐绿云鬟,万古头颅新色相。"

韶峰为韶山境内第一高峰。传说舜帝巡视江南时,看见一山峰奇丽险峻,遍地奇花异草、古树苍松,于是在此设立神殿。后来,人们在韶峰顶上建造一庙,叫"圣帝庙",也叫"仙顶灵庙"。仙顶灵庙还有另一说法是,唐朝时韶氏三女在这里得道成仙,故韶峰又叫仙女峰。

还有一种说法是,传说远古时,舜的两个妃子娥皇和女英曾寻夫而来,祈祷上苍帮助他们的夫君如期归家。他们观赏了胭脂古井,美妙之处有诗为证:"仙迹高冈,古井流香。胭脂笑问为谁妆?色即是空,空即色,春雨斜阳,一派玉琼浆,寒碧冰芒。无纤尘染影岚光。参透神仙中妇艳,红粉何妨?"此景的传说更为奇妙,据说舜帝二妃娥皇、女英在此路过,见一泉井,水平如镜,便对水梳妆,一不小心,胭脂掉落井中,顿时井水呈粉红色。胭脂古井即由此而来。据称,在这里以水照镜,姑娘变得更漂亮,小伙子变得更英俊,老年人则可返老还童。

随后,他们游览了诗词碑林、遗物馆等人文景观,还游览了黑石寨、凤仪亭等自然景观。短短一日游很快过去,田桃恋恋不舍地带着学生们离开了韶山。

返回校园,又是一节引人入胜的作文课。在韶乐悠然的曲调中,田桃以自己的感受拉开了"听韶乐、唱红歌、忆韶山、拾韶闻"的专题训练。她满怀深情、毫不掩饰地把自己的感受写在了日记中:韶山感人肺腑之处比比皆是,毛先生的雄才大略,毛先生的细腻情怀,以毛先生为中心的一代革命家舍小家保国家的高风亮节,以毛先生为首领的人民大众的同心同德都让我难以忘怀。

还有书房也是很让人喜欢的。我的前世一定属于那个世界。前世的我,也许是他身边的一纸书稿。我知道,许多时候,思吾,或者不思吾,都如蛛丝般剔透细密。你知道吗?更多时候,想你,或者不想你,恰似秒秒期盼的书宛,依恋月夜下,星光笼掩下,我的敏感不羁而伤悲无望的发丝被你轻轻捋顺。我知道,有数种杂音如千军万马般撕扯着我的魂灵,我知道,对你的爱慕对你的敬仰怎一个"想"字了得?

她的思维又信马由缰地跑了一阵,然后要求同学们加入自己的感受,描述所见所闻。

杨慧慧着急表现:湖南人喜欢吃腊肉,腊肉是怎么做成的呢?我给大家介绍一下。每年冬至开始杀猪,除留一部分鲜肉过冬以外,大部分制成腊肉。先将猪肉带皮或牛肉、鸡、鸭、鹅、鱼、兔肉等用盐或拌以五香、八角粉腌四五天,待晾干后,以锯末、谷壳、花生壳、桔皮、柚皮等烧烟熏烤,或挂在柴火灶上,让冷烟熏烤,称"冬腊肉"。色泽鲜红,味道香美,到次年伏天依然坏不了,是家人自食、待客的美味佳肴。

苏明星说:美食固然诱人。精神食粮才是最宝贵的财富。我喜欢韶乐,让我们一起来分享,一起来了解它的历史。韶乐,史称舜乐,起源于5000多年前,为上古舜帝之乐,是一种集诗、乐、舞为一体的综合古典艺术,它是早期文明时代,先民祭祀日月山川女神的音乐。

夏、商、周三代帝王均把《韶》作为国家大典用乐。周武王定天下,封赏功臣,姜太公以首功封营丘建齐国,《韶》传入齐。孔子

入齐,在高昭子家中观赏齐《韶》后,由衷赞叹曰:"不图为乐至于斯!"秦汉均曾把《韶》定为庙乐,使《韶》在国乐中的位置达到了极致。及至曹魏仍居于帝王用乐之列。

韶乐是中国宫廷音乐中等级最高、运用最久的雅乐,由它所产生的思想道德典范和文化艺术形式,一直影响着中国的古代文明,韶乐因而被誉为"中华第一乐章",然而经唐历宋,便再不见《韶》乐被使用或表演的记载,惜于近代为历史所湮没。

郭斌站起身大声说:"喜欢韶乐,更喜欢给人力量,鼓舞我们前进的红歌,下面我和我同桌来个红歌联唱。"一阵热烈的鼓掌声结束了他们的自由发言。

看看时机已到,田桃叫同学们自由发挥写文章。这样生动的课堂何愁笔下无题,学生埋头写起了作文。

北大录取通知书姗姗而至的一刹那,一条相聚之路也随之缓缓展开。走吗? 奋斗了这么久,不就是为了这一天吗? 可李虞心里,并没有想象中的喜悦。9 年朝夕相处,9 年按部就班,就要离开同欢乐共忧愁的大山了,从此以后,不再属于这个摇篮;就要离开为之悲伤为之喜悦的学生了。

从今天开始,讲台下仰慕而真诚的眼神不再属于她。心里突然就空落落的,算是懦弱地逃避吗?算是不负责任地追求个人利益吗?算是庸俗地脱离乡村教育吗?真的留恋,真的不舍,真的有着深深的遗憾与无奈。她爱母校,这份挚情从学生时代就已埋下种子;她爱老师这个称呼,这个称谓蕴含着无限的尊崇与敬意;她爱学生们,这些小捣乱大调皮的孩子们成就了她的桃李人生。

要不别走了? 现在完全来得及,循规蹈矩的生活,安安稳稳的日子,如果不是因为他,这种三点一线的简单生活,真的是女人生长的温室。如果有他在,她情愿这样一辈子呆在山里。她一直认为,为师是最适合女人的事业,可以温和,可以严肃,可以发挥女性众人瞩目的愿望,可以展示母性嘘寒问暖的本质;可以倾听,可以倾诉,可以雕刻弟子德才兼备的群像,可以重塑自身尽善尽美的修养。在这个地盘上,某种程度上,如果能守得住清贫,耐得住寂寞,那就是孩子们的山大王,真的会被学生们众星捧月般崇拜。不求回报,不要答复的特别纯净的仰慕,那种感觉,千金难求。

最后一节属于自己的课堂,李虞不断在心里叨叨:为师生涯就这样结束了,一定要给学生也给自己画一个圆满的句号。学生们并不知道她的动向,是她刻意隐瞒的。她不想把这种小事搞得全校皆知,最好等她走了好久之后,同事和学生才发现:哎,这个李虞去哪里了?等他们知道时,自己已经面对着另一重天。一想到这里,心里还是有点小甜蜜。快下课时,按照每周一个小游戏的惯例,她邀请学生们依次上讲台,在她的教科书上签了各自的姓名。最后,按照惯例,每天一句名言互勉,她和学生一起大声诵读了流沙河的《理想》:

> 理想开花,桃李要结甜果;
> 理想抽芽,榆杨会有浓阴。
> 请乘理想之马,挥鞭从此起程,
> 路上春色正好,天上太阳正晴。

下课后,她早已走出教室,学生们还在齐声朗读着,声音里带有兴奋,带有憧憬。那种特醇特有乡间韵味儿的读书声,真的很好听,听着它,心也会变得沉静。很多年后,这样的声音甚至会出现在她的睡梦中。

李虞听着听着,眼泪就不听话地涌出来。一定会有更好的老师带他们的课,他们会很快就忘掉自己吧?李虞加快脚步赶回宿

舍,一本本收拾起所有的教科书、教案。抱着一大捧书去了教导处赵主任办公室,赵主任礼节性地推辞了一回,征求了校长意见后,也就顺水推舟地说:"人各有志,祝你好运!以后记得多交流,常来常往。"连最亲密的朋友都没有说,她一个人爬上了学校东边的大山。

站在东山上,俯视山脚下的卫河学校,李虞甚至产生了一种豪迈的感觉,从此,作别。

李虞走了。不知道她将要面对什么,就眼前得失而言,她至少错过了卫河学校50年不遇的一场盛会。

远远望到了出站口的杨基睿,还是那么俊朗,那么刚毅。李虞忘乎所以地扎入他的怀抱,闻着他身上久违的味道,心跳骤然加速。

他们相拥着挤上地铁,几句简单的对白后竟然不知该说些什么。李虞注视着近在咫尺的杨基睿,他严峻的脸庞在灯光忽明忽暗的闪烁下显得愈发刚毅,那双犀利的眼眸,显然被一层淡淡的忧郁包围着。看着杨基睿若有所思的表情,李虞到嘴边的话又悄悄咽下去。

杨基睿整理好行李,腾出右手,小心护着她,轻轻地说:"丫头,别瞎想了,以后你会慢慢明白的。请你记住,也许,一张错误的船票会让我们欣赏到别样的风景,但是,也许,一个看似正确的选择依然会丢掉坚持半生的阵地。"这模棱两可的话触动了李虞心底的结,难道他在糊弄她,难道他后悔当初的选择?

成为一名真正的北大学子,李虞来不及兴奋,就投入了紧张的学习生活中。这所世界一流的大学府,不必说博大精深的名流名派,也不必说开拓创新的校规校训,单单是它清新雅致的雕楼香榭,就足以熏陶出天之骄子们浓浓的京味文化来,更别提资深教授的言传身教了。

坐在宽敞明净的阶梯教室中，斜眼瞟一下窗外参天白杨的最高枝梢，那么贴近那么随意，似乎唾手可得，风一吹却又忽地向天际涌动。不容李虞走神，讲台上风度翩翩的讲师时而大声疾呼，时而忘情呢喃，李虞突然觉得自己原先的教学多么狭隘，多么教条，原来，当老师可以这样，像演员一样手舞足蹈，像武士一样切磋技艺，像医生一样望闻问切。

一个看着斯文的女教师，在讲台上时而可以成为老子，满口之乎者也，时而又成为艺术家，让话剧表演在交响曲的起伏跌宕中开始，高潮，然后归于平静。讲台上的导师似乎无所不知，天南地北海侃神聊，名句典故信手拈来，古今中外如数家珍，面对学生的提问尤其是刁钻古怪的善意责难，他们一句诙谐俚语便博得满堂彩。不知不觉，连淋漓细雨也潜入窗棂听讲了。

又是周末，李虞撑着紫色小伞，独自漫步在梦中的圣地——未名湖畔。硕大洪圆的荷叶托着娇柔的莲花随风而颤，雨滴跌落之处，几圈涟漪荡漾开去，抚到那摇晃着的莲枝，又一层层叠加过来。几簇将败未败的凋花残叶被雨水浸透了，颤颤巍巍地像个风韵犹存而生患恶疾的青楼红妓，似乎在回想着琴房书院的温存，似乎在倾诉着前世今生的遗憾。

李虞摩挲着润泽的石身上殷红的大字"未名"，暗想着，美到极致时一切文字一切语言都显苍白？为人民安康而留为人民安危而存的美景才能成为天下奇观？无名是最好的名吗？是独一无二的名吧？是留给后人无限遐想的名。此情此景，千百年前已印入心际，大概，前世曾是这里万年修行的一块石或是一棵柳？

恍然一惊，玉佩叮当之处，一仙女翩然而至，她隐在莲花丛中，笑而不语，李虞站起身来，想打声招呼又不知该说点什么，仙

女绷起脸严肃地说:"为什么要自寻烦恼?听风的欢歌、雨的鸣唱,看燕的舞蹈、松的英姿,博阅天下奇书,详闻世界轶事。有亲人关爱,有朋友帮助。这些,不够吗?当年在深宫私苑,犹笼中鸟牢中囚的生活你想过吗?整天梳洗打扮只为君王多看一眼,为了邀功争宠姊妹们香销玉殒,魂断冷宫的日子你尝过吗?别再自寻烦恼了!"李虞向前紧走几步,仔细辨认湖面上的倩影,却空留一声长长的叹息和一个幽幽的背影。人已飘远,声音还在耳边:"虞妹妹,相信自己,快乐没那么难!"

陶醉在与仙女姐姐相会的梦幻中,不觉天色已晚。不远处的白塔下,几个男生在热烈地谈着什么。一个没打伞的男人沿着青石小路走过来,一身黑色的西服,微风掀着他的衣角轻轻扬起,他的头发被雨水打湿了,有点凌乱却让他那国字型的脸愈发棱角分明。他总是这样悄无声息地出现,不打电话,不约时间,他是一根筋,很多时候,呆板得像头大黄牛。然而他着意要做的事,一定办得漂亮。

就如这次浪漫邂逅,浓眉朗目,额阔颈挺的他,那酷酷的模样加之军人骨子里透出的沉稳气质,他一出现,假山下的几个青年学生就停止说笑,朝这边张望。他似乎没发现李虞,往前走的步子停下来,双手插在裤兜里往那一站,做出一副打持久战的架势。以前类似这样的情形,李虞一准会一倔到底,甚至藏起来。这次,她没有犹豫,随着白裙翻飞,高跟鞋"噔噔噔噔"地踏在青石板上。杨基睿一脸坏笑,张开双臂,李虞打伞的手一松,被紧紧地拥入静谧安逸的世界中。

一个深沉伟岸的亚当,一个温柔可人的夏娃,他们用一个拥抱,完成了骨肉交融的使命;他们用一个拥抱,找到了生死相随的理由;他们用一个拥抱,达到了身心愉悦的满足。那种灵魂之间的相融契合,远远超出了身体绞缠的温存。

"真的想我吗?""嗯。"

"哪儿想?""哪儿都想。"

"你瘦了。""爱不是等待。"

"好男人不会让心爱的女人受一点点伤害,对不起。""我已经习惯了这样的生活,等你是一种甜蜜的守候,我喜欢。"

"谢谢。师长已经下了命令,我得去执行一项特殊任务。明天出发,目的地还没通知,可能会走很久。而且,任务期间不得与外界联络。但我一定争取早日回来。你相信吗?""嗯。"

谁知道,他这一走,再没音讯。

第十九章　梦会铁塔

　　古桥,铁塔,德才兼备的品行能否助你跨过此生的劫?

　　桥,连接了两岸,沟通了彼此,似水上飞虹,如空中彩练。巴黎的桥,姿态各异,美轮美奂,完全是一种艺术的城市符号。

　　每天,李虞都会穿行于米拉波桥,倚着古老厚重的桥身,欣赏那典雅的桥墩,抚摸那精致的桥栏,看云朵飘飞,听水波吟唱,思沧海桑田,这样华美的桥,如空灵的乐符,若舞动的水袖。每天, 她都会穿梭于战神广场,欣赏遭受过无数非议的埃菲尔铁塔,黝黑高大而强壮的体魄,沉稳霸道而雅致的内蕴,以不容置疑的格调势压全局。

　　埃菲尔铁塔中有 1710 个台阶,相当于脱掉帽子仰头九十度才能望到顶的高度, 这样的高地, 对任何身强力壮的人都是挑战。李虞特别喜欢登台阶,儿时的老家在半山腰上,石头凿作的台阶足足有三百米高,一蹦一跳甩着羊角辫儿回家,成为当时最大的乐趣。初恋时愣是在中外游人的诧异下,蹬着高跟鞋爬上了居庸关,只不过因为虚荣心作祟,缩短与他的海拔落差。埃菲尔铁塔的台阶,依然是她乐此不疲的成人游戏。然而它实在是太高了,几次试图登上塔顶,都眩晕得半途而废,是否,有个向心力十足的灵魂可以陪她了却这个心愿?

　　流连间,天色已晚,她出神地盯着战神威武的面庞,又一次把不想对任何人说的心事,讲给这个铁疙瘩听。她心底有个声音在升腾:"铁哥哥,你好吗? 一年,很快的。可是,三年过去了。你为何迟迟不归？"

一天,战神竟然微微一笑,开口说话了:"姑娘,你家战神和我一样,很好。我自 1889 年出生以来,什么事儿没见过?我相信你,也相信你的铁哥哥。1984 年 4 月 18 日 11 时,一对英国恋人阿芒达·杜卡和米可·麦可卡迪从三层平台上跳伞而下,成功降落在广场上。我见证的爱情奇迹多了,每天 1.7 万参观者中,70%以上是恋人。至今已有 2 亿人登上我的巅峰,情侣占 80%以上。别难过了,爱的力量可以战胜一切! 你家战神离你并不远,相信我。"

战神广场上,一个神色凝重的中国男子踱着方步,低头沉思,想着那句字字穿心的话:"杨,我爱你,我依然爱你,请允许我用另一种方式来爱你!"一字一句像枪子儿打在他身上,眼睛不争气地湿润了。"虞,告诉我,什么方式?是折磨人的方式吗?知不知道,没有你,我是个不会笑的人;知不知道,没有你,一切的一切又有何意义?"

夜深人静的时候,杨基睿会经常端详李虞的照片,她坐在河边的石头上,甜甜地笑着,眉心间的黑痣轻轻上扬,长长的发在风中飘舞,她的长发拂过他的面颊,痒痒得让人感觉舒服。他浏览着网上的散文天地,一篇《含泪的战神》让他大吃一惊,那娓娓道来如同清泉流过的文笔,那如诗如画的意境,除了她,谁还会把普通的生活调出如此清幽的色彩? 文中的战神,莫不是自己?他一遍遍地诵读着细腻的文字,有个清晰的声音在他耳畔回想:巴黎有佳人,英雄无语空悲却。

米拉波桥上,人影绰绰,一个穿米色风衣的女子由远而近,杨基睿追随着那朵浮云,喉结动了动,却喊不出声音。她却浑然不觉,顾盼间,风衣飘飘,脚步匆匆而过,眼看再次与他擦肩而

去，杨基睿失声喊道:"李虞!等等!"

三年，每一晚，她独坐孤灯下，想着他点点滴滴的好与不好。她等着，他也许会推门而入？每一天，她行魂一般地飘着，她等着，也许偶遇的某个身影会是他?她等着，等着电话会突然响起，等着走路间突然有人叫她的名字，倏然回头，是他吗？无数个日日夜夜过去了，唯有空等待，唯有空伤怀。

就算欠他一笔感情债，如今也用无尽的泪、无边的等待还清了，她要把关于他的回忆统统抛去，她如白网中吐丝自缚的蛛儿，如空巢中啾啾哀鸣的雀儿，一串哀乐般的字符从心底通过指尖，轻轻地击打在黑色的键盘上:"杨，我爱你，我依然爱你，请允许我用另一种方式来爱你……"那声再熟悉不过的声音响在李虞耳边时，她以为是幻觉，她加快脚步，慌不择路地匆匆逃去。

她幽怨的表情证明她没有忘掉他，世界上只有一个她，他只爱过一个人，他的爱深沉而热烈，她的爱持久而炽热，只不过时间和距离这些冤家横在他们面前，用冷漠掩盖了她的真情。

杨基睿快步追上李虞，堵在她面前的刹那，四目相对，他们找不出合适的语言来表达此时的心情。

李虞冷冷地问:"你是谁？"

"丫头，我知道，我知道世界是物质的，物质是运动的，世界万物是变化的，宇宙万物都是发展的。可是再变，三年而已，我头上没长角，身上没长翅膀，多了两条皱纹，少了一点勇气，仅此而已。你呢？我看着变化也不是太大，但更成熟了，更优雅了。"杨基睿不带标点，不加停顿地喊出了这些话。

"行了，贫嘴的话少说，有事儿说事儿，没事儿走人!"

"三毛和荷西之间隔了六年、一场大雪、千万座城和一片沙漠。六年后，三毛重回马德里。荷西在背后紧紧抱她，三毛问他:

'现在,如果我跟你说我要嫁给你,是不是太晚了?'荷西满眼泪水望着她:'一点也不晚。'"

"丫头,一点也不晚,我们不能输给等待,不能输给似水流年。"

"是吗?人生有几个三年?像个幽灵般徘徊守候的日子多少年可以穿越?等待中老去的容颜,等待中无奈的沉默,你懂吗?你当然不懂。你认为这些是理所当然的,你认为选择了你就得一切以你为中心。你得服从上级的安排。对啊!你多么高尚,多么伟大!"

杨基睿的眼睑跳了两下,他把头深深地埋在两臂间,双手插进浓黑的发中,这个驰骋沙场流血流汗不流泪的血性男儿,嘴唇嚅动,双肩剧烈地起伏着。

李虞心软了,眼泪又来了,她轻轻整理了一下他的领带,这条领带是她送给他的,洗得发白了,可还是妥帖地伏在他的胸前,叹了口气说:"是我不好,是我不够坚强,我经常想,我们是夫妻吗?如果我死了,你一定是最后知道的那个人;如果你离开我了,我连知情的权利都没有。我们之间有什么维系证明我们夫妻关系的存在?"

李虞迟疑了一下,又甩出几句硬邦邦的话:"当你的好军人去吧,我们之间,无论爱与不爱,我都无怨无悔。"

杨基睿伸出右手缓缓地敬了个军礼,转身,离开。

他的背影依然挺拔,脚步却有些飘。他再也不会回来了,这是自己想要的结果吗?她有点害怕,这个倔汉子,一旦做出决定,九头牛也拉不回来。

他站住,没回头,吐出一句李虞张张嘴想说却没说出口的话:"可以抱抱你吗?"

李虞迟疑了一下,扑入他的怀抱,一任眼泪肆意横流。

他们肩并肩行走在异域他乡的街道上,不发誓,不表白。他们手挽手攀登,登上埃菲尔铁塔的顶端,置身于灯火阑珊的夜色中,伸手似乎可以触到天,低头寻找那点点为你,为他,为我们中某个漂泊者亮着的灯。

总有一盏为你导航的明灯,总有一个为你痴守的灵魂。夜晚,可以没有宽大舒适的床,可以没有精美别致的帘,但怎么可以没有你的相拥而眠?可以不做爱,可以不吃饭,但怎么可以没有你的故事做伴?重温我们的功课,重读我们案头的典籍,在塔的顶端,在桥的怀抱里,一起期待黎明,一起迎接东方的第一缕曙光。阳光如期而至,耀眼、舒服的光芒又一次毫不吝啬地播洒在我们周围,世界上最宝贵的东西是如此廉价,上帝的施舍是如此高贵而美妙,艳丽的巴黎城又一次展现在我们脚下。

轩昂、气派的巴黎桥,迷人、纤丽的塞纳河,桥下,似女人般轻柔欢悦的河水淙淙流动着,敲打着岸边的石头;桥上,似流水般轻盈洁亮的女人飘逸着,装点着林立的高楼。桥与河,人与物,凝聚为一种天然和谐的神韵,让人不由得走在桥头,乐在心头。

古往今来,多少情侣为桥而疯狂,多少文人为塔而痴迷,上至帝王路易十六、拿破仑将军、白娘子许仙,下至成群的舞者、寻梦的艺人、漂洋过海的学者,在这因桥与水的增色而波光潋滟的舞台上,在这因塔与灯的闪耀而扑朔迷离的阁楼间,涂抹靓丽的色调,演奏明快的旋律,演绎时代的变化,他们一起承载世界的发展史,一起见证宇宙的轮回路。

静止的桥,流动的水,沉稳的塔,闪动的灯,不变的情愫与变化着的憧憬、希望都在这里起飞,让所有的历史变迁都成为桥永恒的拜谒者,成为塔恒久的瞻仰者。

两重世界两重天。卫河学校顺利通过"省级文明和谐先进学校"评审以后,召开了全县最大规模的"文明和谐宣传工作现场会"。此次会议有四项议程:第一项是李校长汇报工作。第二项是教育局魏局长重要讲话。第三项是局领导颁奖。第四项是全县乡下中小学观摩活动。

李校长的汇报材料是他亲自起草的,校委会讨论过三次,六易其稿,用掉整整一包打印纸,历时整整一个月,一篇长达17页的纲领性材料终于定稿。草稿上,标准的修改符号勾画出他不断趋于完善的思路和扎实有效的措施。大到开篇结语的表现方式,小到字眼与标点,他都细细把关。有些点子会在散步时突然显现,他就立刻折回办公室修稿。有些措施会在他忙完工作琐事,躺在床上休息时想得很通透,他就立即起身整理成文。

有时已经忙碌一整天了,看看稿子又有了新的想法,他就大段大段地删掉,再把新的模块不着痕迹地糅合进去,经他这样一调整,内容总会显得丰满而大气。

最忙的时候,他一天开五六个会。先是班主任晨会,他得说晨读注意事项。然后是政法委召开的校园安全会,他得签订安全责任协议。再次是教育局安排的食品安全会,他们学校被定为示范单位。紧接着便是召开全体教师会,安排加强卫生工作的同时,常规教学工作一定要做好做实。末了,还迎接了党的纯洁性教育活动、基层组织建设年活动、学雷锋活动"三项活动"开展情况的督促检查。最后,应检查组要求,全体师生员工召开了一场警示教育大会。

等赶完会已是晚上11点,忙来忙去,大家都散去时,才觉得肚子抗议了,但餐厅早已熄灯,只好煮了袋方便面。

白茫茫的灯光下,心目中的"太阳神"端着碗呼哧呼哧拨拉

着吃方便面的情景,被晚睡路过的慕洁秋逮住了。那样子,叫小慕又心疼又敬佩,不由得责备餐厅师傅怎么能这么粗心,又觉得李校长对任乐乐真好,舍不得吵醒她做吃的。小慕佩服得就差五体投地了。

会上,李校长字正腔圆的标准普通话一出口就震慑了全场。近日忙碌操劳,他的嗓音因感冒稍稍带点鼻音,但与平日讲话相比,更增添了几分磁性,实事求是地说,这样富有魅力的声音,与电台主持人相比也毫不逊色。

总结过去工作部分,他讲得简洁明了,只寥寥数个段落,就叫同行们为他带领的团队所取得的成绩连连叫好。展望未来方向部分,听得大家热血沸腾,尤其是"东山文化创意园"的创建和"留守儿童基金会"的成立,更是让大家为他超乎寻常的思路与开阔的胸怀大声鼓掌。最后,他归结为:红色——红色教育基地、绿色——环保护绿卫士、土色——坚持农民本色、水色——上善莫若流水、古色——经典成就未来,"五色校园文化"体系成为大家争相效仿的核心经验。

表彰会的四项议程接近尾声时,在一个名叫佛岩学校的山村小学,他们参观了学校的"荣誉室"。一间小小的房子,摆满了金灿灿的奖杯,这个山涧中的小学堂带给大家很多感动。小学校的校长是个擅长文艺的中年人,他精心筹备了一场舞会。这个四面环山的打谷场被他布置得美轮美奂,踩着快乐的节拍,这些平日里治学严谨的老学究们,彻底被乡间优美而纯净的环境融化了。他们踏着舞步,唱着经典老歌,俨然一伙精力充沛的小后生。跳着跳着,大家就被李校长精准的舞步和健美的舞姿所吸引,纷纷称赞,堪称专业水准。

李校长呵呵笑道:"差远了,当年上大学时那交际舞很受同学追捧，要不是牵念这疙瘩土，说不定真专修舞蹈了。"魏局长连声夸赞："舞得好！若能高歌一曲，不如推荐你参加中青年文艺大赛吧，说不定会得奖呢，再给咱教育界增点色彩。"架不住大家左右邀请，李校长一曲英文歌曲唱得大家沉默、点头，进而雷鸣般的掌声久久回荡在山谷中。

表彰大会以后，田桃被组织部任命为副校长，年仅30岁的田桃成为卫河学校历史上第一个副科级女干部。有时候，人的劣根性就这样爆发出来。有句老话叫"枪打出头鸟"。田桃算是领教了。他们知道你什么地方长，什么地方短，他们生生地推着碾子，碾着日日相处的人。别人当再大的官，发再大的财都与己无关，但身边一个似乎和自己不相上下的人上个台阶，他们就受不了。

不可否认，也许是性格因素，也许是真缺根弦，以致领导分配的任务从来不问什么、不挑轻重、不计得失就呆愣愣地完成。压力很大时，有时也会发点小脾气，言语中可能会得罪人，但从小到大，一直都是能忍则忍，能让则让。一点小摩擦，如果她这种老好人都能动怒，谁对谁错就值得推敲了。

可是，随着不加工资只加班的副校长头衔的到来，田桃承受了她有生以来最为严峻的一次考验。网络这个21世纪的新媒体在他们这个小县城有了帖吧，有了大家比较关注的帖子。于是，在一段相当长的时间内，田桃成为帖子上的明星。重伤帖子条数之多，持续时间之长，甚至超过了县里一个据说贪了钱的官员。伤害力之大难以想象，甚至街上遇见陌生人都会莫名其妙地对着她不屑地笑。

在这样一个十几万人的地方，对她这样一个以从不设防的心态对待一切的小女人来说，这样的舆论氛围差点淹没掉她。压力最大的时候，晚上回家时，田桃蹲在家附近的公园里号啕大

哭,然后没事人一样回家对着父母亲笑。熬不过的时候,她整夜整夜失眠,泪水浸湿了枕巾,枕巾捂红了眼睛。第二天,田桃又若无其事地挂着笑脸上班去。

甚至程铖从朋友口中听到风声,也耐不住性子了,千里迢迢专门回来了一趟。虽然他说过,可以给她一次犯错的机会,但当他紧张地看着她的眼睛,希望听到她真实的答案时,田桃清楚地意识到,再开放再混蛋的男人都无法容忍自己妻子的不忠。女人行为不检点就如梅毒一样让人们深恶痛绝。值得庆幸的是,通过一次长长的谈话以后,程铖最终相信了她,并且给她套上了婚后三年的纪念戒指。

那是一颗金冠形状的黄金戒指,款式简洁大方,很好看。结婚时有一颗,可田桃心里对这些金属抗拒,不喜欢戴这种像老辈人做衣服用的顶针一样的铁圈圈,也就一直藏在抽屉里没戴。这次人生低谷中爱的重生,让田桃坚信了自己的选择,危难之际见真情,她发自内心地感谢上帝给了自己这样的爱人。田桃终于在老公的掩护下,躲过了这些致命的炮弹,爬出战壕,满脸炮灰地迎接着下个生命高峰的到来。

多年后,田桃的生活圈子扩展以后,见到了听到了好多故事以后,才真的感谢对手给自己上了一堂生动的课,以至于使自己多少改变了一点单向思维的简单逻辑,改变了我行我素的自由行为,谨小慎微的同时,注意说话办事的方式方法,避免再度陷入人生困境。

第二十章 梦集芳菲

长发,无语,铁骨柔情的芳菲会不会改变你自毁的命?

又是一年春来早,弹指一挥间,李虞的求学生涯已接近尾声。根据导师安排,李虞和几个主研古典文学的同学,确定了"居草堂,循杜甫,做导游"的社会实践活动。

他们一起乘车到了青华路西草堂路,经管理员允许在草堂内蛰伏一周。偶然遇到几个外国朋友,他们对草堂一无所知,但对中国文化,尤其是杜甫诗歌十分喜爱,李虞就和同伴们用最浅显的语言给他们解说,并准备了较为流利的英文讲解。

同伴刘艳首先叙述道:"杜甫草堂,是中国唐代大诗人杜甫流寓成都时的居所。公元 759 年冬天,杜甫为避'安史之乱',携家由陇右,也就是今甘肃省南部入蜀到成都。第二年春天,在友人的帮助下,于风景如画的浣花溪畔修建茅屋居住。第三年春天,茅屋落成,称'成都草堂'。"

老外好奇地用蹩脚的汉语问道:"我读过他的诗 '万里桥西宅,百花潭北庄。'桥西宅和草堂有关系吗?草堂是杜先生亲自盖起的吗?"

刘艳耐心地讲解到,这首诗歌描写的正是草堂,位于浣花溪畔,是中国唐代伟大现实主义诗人杜甫流寓成都时的故居。

杜甫在成都寓居交游,赋诗题画,精彩之作层出不穷。如《春夜喜雨》、《蜀相》等名篇。比如"两个黄鹂鸣翠柳,一行白鹭上青天。窗含西岭千秋雪,门泊东吴万里船"这首《绝句四首》生动形

象地描绘出诗人在草堂所见的春色暖阳。

杜甫草堂，又名杜甫草堂博物馆。乍到殿宇大院前，会非常惊讶，这分明是寺院，哪是纪念堂？懵懵懂懂跨进草堂大门，在右侧的记录匾上你会找到答案，这建筑考究的殿院实际上为宋代建造的杜工部祠，清代1811年重建，整个布局古朴而典雅。院内有两株苍劲的罗汉松和一株古老的樟树，大约有四五百年树龄。檐下有一副对联："锦水春风公占却，草堂人日我归来"，为清咸丰书法家、诗人何绍基所题赠。

杜小康把手中的地图卷成喇叭状，夸张地大声介绍说：我查过家谱了，他是我的祖师爷，我是他第189代弟子。可惜，师爷命短，他仅活了58岁。公元759年来到成都，在寺堂的浣花溪畔建起草房。后来，一阵狂风卷走了他的屋顶茅草，便有了《茅屋为秋风所破歌》："安得广厦千万间，大庇天下寒士尽欢颜。"这一唱绝千古之名诗。 到了公元765年4月，杜甫因其朋友剑南节度使严武病死而心生悲痛，5月便惜别成都，再也没回过曾居住了3年9个月、作诗240多首的草堂。7年后，他流落湖南，死于水灾中的小船上。现在祠里除供奉诗圣杜甫外，还供奉着客蜀的宋代外地大诗人陆游、黄庭坚等人的神像。

杜甫离开成都后，草堂便不复存在，五代前蜀时诗人韦庄寻得草堂遗址，重结茅屋，使之得以保存。杜甫草堂是经宋、元、明、清多次修复而成，其中最大的两次重修，是在清嘉庆十六年，基本上奠定了杜甫草堂的规模和布局，演变成一处集纪念祠堂格局和诗人旧居风貌为一体的博物馆，建筑古朴典雅、园林清幽秀丽的著名文化圣地。

小武继续解说着：杜甫又称杜陵野老。汉族，河南巩县人，原籍湖北襄阳。是现实主义诗人，生活在唐朝由盛到衰的转折时期,其诗以古体、律诗见长,风格多样,而以沉郁为主,显示了唐代由盛转衰的历史过程,被称为"诗史"。因其在诗歌创作上思想与艺术造诣极高,取得了辉煌成就而被后世誉为"诗圣",诗作流传至今约 1400 多首。

常丽接着讲述:成都杜甫草堂正门匾额的"草堂"二字,是清代康熙皇帝第十七子果亲王爱新觉罗·允礼所书写。诗史堂是杜甫草堂纪念性祠宇的中心建筑。诗史堂正中是雕塑家刘开渠所塑的杜甫像,堂内陈列有历代名人题写的楹联、匾额。工部祠内供奉有杜甫画像,并有曾经寓居蜀地诗人陆游、黄庭坚陪祀。

杜甫草堂还有一处位于红墙夹道、修竹掩映的由碎瓷镶嵌、古雅别致的"草堂"影壁。在盆景园内有"杜诗书法木刻廊",陈列着百余件杜诗书法木刻作品,是从馆藏数千件历代名人手书杜诗真迹中挑选出,用楠木镌刻而成,颇具观赏价值,其诗歌、书法、用材、工艺有"四绝"之称。

万佛楼矗立于草堂东面楠木林中,复原了历史文化名城成都"东有崇丽阁,西有万佛楼"之风貌。凭栏远眺,美景尽收眼底,是杜甫草堂又一标志性建筑。

还有"情系草堂"文献图片资料展览,展示了国家领导人、外国贵宾、海内外知名人士到草堂参观留下的图片、签名、题词及礼物。

"唐风遗韵"游客服务中心,是一个以杜甫草堂特色旅游、商品开发和销售为一体的规模化市场。杜甫草堂诗书画院与"唐风遗韵"相邻,集书画展览、交流、购销、收藏为一体,是开发传统优秀文化、发展文化产业的高品位平台。

唐代遗址陈列馆位于草堂东北面。2001 年底,在草堂内发掘出大面积的唐代生活遗址和一批唐代文物,它丰富了杜甫草

堂的历史文化内涵，印证了杜甫当年对居住环境及生活情景的描写，澄清了古今草堂寺位置之争，增加了杜甫草堂的历史厚重感。

公园内处处有诗，景景入画，就连脚底下的井盖、廊檐中的靠背、指示标上的方位都被赋了诗，题了画。甚至，连卫生间的墙壁上，舆洗的水池上，都有文化的符号。李虞在这里，第一次神交了杜甫老前辈，第一次拜谒了"千古第一才女"李清照。站在李清照的雕像前，李虞深深地鞠了一躬，并给姐妹们介绍了一下她认识的李清照。

李清照的人格像她的作品一样令人崇敬。她既有巾帼之淑贤，更兼须眉之刚毅；既有常人愤世之感慨，又具崇高的爱国情怀。她不仅有卓越的才华、渊博的学识，而且有高远的理想、豪迈的抱负。她在文学领域取得了多方面的成就。在同代人中，她的诗歌、散文和词学理论都能高标一帜、卓尔不凡。

而她毕生用力最勤、成就最高、影响最大的则是词的创作。她的词作，在艺术上达到了炉火纯青的境界，在词坛中独树一帜，形成了自己独特的艺术风格——"易安体"。她用白描的手法来表现对周围事物的敏锐感触，刻画细腻、微妙的心理活动，表达丰富多样的感情体验，塑造了鲜明、生动的艺术形象。在她的词作中，真挚的感情和完美的形式水乳交融，浑然一体。

她将"语尽而意不尽，意尽而情不尽"的婉约风格发展到了顶峰，以致赢得了婉约派词人"宗主"的地位，成为婉约派代表人物之一。

李清照作为一个士大夫阶层的大家闺秀，由于封建礼教的禁锢，不可能像男子一样走出家门，接触整个社会。但她毕竟出生于城市，不像乡村地主家里的女子那样闭塞。她不仅可以划着小船,嬉戏于藕花深处,而且可以跟着家人到街头,观赏奇巧的花灯和繁华的街景。这一切,陶冶了她的性情。

说着先祖们的故事,想着他们当年的情状,穿行于他们当年种下的桤木、桃、松、竹之间,仿佛自己已置身于世外桃源,眼看那青瓦飞檐、朱栏花窗的水榭,清池里长满的红荷,早已取代了繁杂的人间烦恼。

实习完毕后,李虞暂时没有合适工作,只好把学习、考试、再学习、再考试当成事业。还好,这段时间她陆续取得了几个红本本:驾驶证和文艺创作结业证等。

看着这些红艳艳的小本儿,李虞依然觉得生活很空洞。为什么在别人眼里拥有很多的时候,自己还是觉得一片空白呢?如果一直留在学校,现在也会傻乎乎地乐呵吧。

真想念在学校的日子,他们还好吧? 这个田桃,当了副校长以后电话明显变少了。是脸高了吧?还是忙得连说说话的时间都没有? 想到以前姊妹们的亲热劲儿,李虞拨通了田桃的电话。没想到田桃一点得意劲儿都没有,反而吐了一肚子苦水。

自己不过是个副校长,就是个跑腿的干事而已。连教育局魏局长都大发牢骚,教育局管不了拨款权,管不了人事权,给不了职工优越的福利待遇,给不了教师生活上的关心与帮助,不少山区寄宿制学校的老师家在北乡,工作在西乡。敬业没的说,百分百以校为家,可是他们不仅是课堂上的老师,还是课余时间的保姆,同时又担负着家庭责任,如此重负完全靠的是责任心来完成。说得难听点,少数地方就像沤麻一样,把人困在一个地方,没有激情,没有动力,个别同志比喻说简直像驴转磨。某种程度上是保持了教师队伍的稳定性,但也磨损了斗志,失去了奋斗的动力。

说着说着，田桃又转到了对魏局长的崇拜上。魏局长教育管理出色、多才多艺等等，扒拉着指头数，数完了双手都没数完她的优点。

作为一名女性干部，她的着装打扮高雅大气，她的言谈举止和蔼大方。最让田桃欣赏的是一次在楼道间偶然相遇。田桃隔着一层楼就听到了那颇有节奏的脚步声，她刻意放慢步子等着她的出现。她穿一身浅灰的西装，笔直的裤缝，庄重的翻领，利落的短发干净整齐得似乎是刚修剪过，又没有刚剪过的突兀。一件浅绿的纱织衬衣轻轻一笔点出女性特有的妩媚。

看着她一步一步地走过来，田桃有种错觉，她见到的不会是中国的温莱斯基吧？

田桃一贯是很傲气的，虽然她只是个小小的副校长，但她的眼光蛮高，她不喜欢那些靠发嗲取悦民众的美女政客，也不喜欢那些太过强势，自以为很了不起的女干部。可眼前健步走来的魏局长，叫她服服帖帖地停步、让路。她不打算打招呼，因为她觉得魏局长肯定记不起她这个无名小辈，而且她也不想这样攀附局长。如果局长有一天认识她，她希望自己以精明强干的形象出现，希望自己取得一些成绩时再被她发现才好。

可喜的是，魏局长很快认出了她，并且亲切地握手招呼："田桃，卫河学校文明创建的功臣。先进个人颁奖时我们握过手。"田桃激动得声音都明显变高了。"魏局长好！""来吧，过我办公室坐会儿。"在魏局长狭小的办公室坐下，魏局长自己动手用电热水壶烧好水，沏了两杯菊花茶后，就亲切地询问学校的情况，田桃一一作了介绍。

聊着聊着，不觉已到黄昏时分。趁魏局长起身开灯的间隙，田桃观察了一下这间不足 10 平方米的办公室，一桌一椅、两个书柜两个沙发就是主要物件。蓝色的百叶窗和青翠的君子兰为陋室添了点色彩，不远处时而忽上忽下闪动、时而七彩旋动的饮料公司广告在夜色笼罩下，犹如一艘巨轮航行在大海上。这间陋室也似乎披上了梦幻的色彩，叫人的心儿也随之荡漾。

办公桌的玻璃板下，压着一张颜色泛黄的集体照，田桃禁不住低头仔细看着。叫田桃不可思议的是，眼前这位叱咤教育界的女性政治家，以前竟是个长发及腰的大美女。魏校长笑笑说道："留长发是为了一个人，一个一起偷鸡的人。"

魏慧英局长很健谈，而且毫不隐晦地谈起了自己的初恋。说起来，他们都是卫河学校的校友。上高小时，学校伙食不大好，每天早饭是比米汤稠比米饭稀的小米糊糊，有时还会出现只苍蝇或者老鼠屎。而家里又很穷，穷得连黑面干粮都带不起。有一次，学校里自养的猪掉进水井里，那几天的饭中总能跑出几根猪毛来。魏慧英想着就恶心，但不吃又饿得心慌。

同桌高文看出了她的窘况，就热心地筹划着找点吃的填肚子。他们找了几个玉米棒子，撒上蒙汗药，然后就偷偷跑到学校的水道口等着偶尔闯进的鸡。下课时间轮流守着，守了一天都没有鸡进来，气得高文大骂传说中的猫鬼神不开眼。眼看天黑了，高文只好从水道口爬出去寻找，还真叫他找着了，等他抓着鸡烧好带到魏慧英面前时，天已蒙蒙亮。

就这样，一只偷来的烧鸡俘虏了魏慧英。高文看着她大口吃鸡的样子，不温不火地说了句："慧英，留长发好吗？"说完就一直盯着她看。

魏局长当时没有吭声，但是小男生那种迫切的眼神鼓舞了她很多年。一直到大学毕业，她为他留的一袭长发，成为自己标志性的装扮，赢得了很多男生的告白，独独没有等到他。

她对自己说:"归零心态,改变自己。"魏慧英剪掉了一袭长发,卖了二百块钱。她告别了长发飘飘的自己,告别了等不来的高文,也告别了单纯快乐的小女人生活。此后,每个孤身躺在床上的夜晚,她梳理工作思路时,不止一次为自己的成功转型喝彩。她逐渐醉心于处理完一件件棘手问题之后的成就感,醉心于各类人群对她绝口盛赞的满足感。

这一醉,从政15年弹指一挥间。当地有句老话,"看你能晕几天,再晕也就三五年。"3年、5年,或者8年、15年,尤其是女人,能持续15年之久的政治生命,很难。魏局长重重地说:"有时觉得特别累,心累。"

看着有些伤感的魏局长,田桃想劝又不知如何劝,其实,道理都懂。不如化作今后扎实的工作吧,不折不扣地支持她、关注她、维护她。田桃拿起桌上的一本书,题目是《芳菲》,看看作者,竟是魏局长本人。田桃鼓起勇气索要,魏局长展开扉页,提笔写下了"请田桃老师指正"的字样,并题了自己的名字,喜得田桃连连称谢。

说到"芳菲",魏局长大发感慨。一段短暂的婚姻带给她的除多了个儿子以外,生活几乎一成不变。困惑最大的莫过于经常有人不怀好意地追问:

"要当一辈子修女啊?"

"你这芳菲,多少男人品尝过?"

"拉倒吧,年轻轻就当上干部了,不被潜规则才怪呢!"

"难不成修炼成尼姑了?"

时间久了,这样的话听得耳朵都起茧了,也就笑而不答。为期一年的婚姻生活曾带给她无尽的快乐。婚前婚后的一两年中,她爱他,他的身体他的灵魂都叫她深深迷醉。可是,自己对他无条件地服从，似乎纵容了他的任性。

他"红旗不倒，彩旗飘飘"的信仰伪装了一年多之后，终于憋不住了，习惯吃腥的猫改吃素显然太委屈他了。离婚离得特别痛快。很多人想不通的是，离婚后两人竟然都未再婚。婚后的18年单身生活，她是怎么走过来的，语言表达的确有些难度。她逐渐养成了一句家常话也不谈的习惯，钉是钉、卯是卯的讲话风格就是这样练出来的，以至于在很多人眼中，多少有点神秘。凭他们猜去吧。

所谓潜规则，她的理解是，人与人之间一定有某种相吸或相斥的因子。自己优点多，一定会吸引到更优秀的人，在欣赏别人与被别人欣赏的时候，某种被别人帮助和帮助别人的冲动就产生了。

这种冲动，无关情欲，无关交换，只是惺惺相惜的缘分。生活不顺时，她会跑到大街上找算命先生，先生一扒拉，开始评说："姑娘，下个月就没事了，会有贵人帮你的。"后来，先生说道："您是贵人面相，现在帮帮身边的人吧，会给您带来好运的。"自己人生中的几件大事还都被算中了，所以，她明知是迷信，还是要相信。

用她自己的话说，"修女"之身虽然浪费了大把青春年华，醉人芳菲可以远观，可以欣赏，但绝不容臆想之人妄动。如果心态足够好，大概会在年老时，依然可以用棒棒的身体素质来维持自己的优越感。

情

篇

第二一章　梦留灵溪

　　烟花，无悔，依然美丽的过往成就你粲然转身的资本。

　　魏局长的好，每个与她打过照面的人都可以感受到。她待人谦和，处事低调。她提拔干部总是超出常规，然而总有点石成金的功效。别有用心的人挑拨说："鱼鳖虾蟹都成了精了。"可是随着时间的推移，闲言碎语没了，取而代之的是大家一致被她的凝聚力吸引。有些人感激地说："她是老天爷专门派到人间来拯救瓮中人的。"其实，主要原因是她看人精准，育人心诚。她能发现每个人的隐性优点，进而激发、培育。在她的点化下，年轻干部的成长速度很快，中年干部也可以顺利转型。

　　许是同为单身母亲的缘故，许是真看重慕洁秋的才气，在她的推荐下，经组织部门考察，慕洁秋被任命为灵溪小学校长。把个小慕喜得整天有说有笑，再也不是那个左也不对、右也不是的未婚准妈妈了，转世投胎般的小慕沿着那条逐渐清晰的路前行着。

　　慕洁秋经常和魏局长交流工作体会，慢慢地，她们成为无话不谈的忘年交。接触多了，说话也就随便起来，有时候畅谈理想，有时候感叹人生，有时候聊八卦、服装及美食，说着说着，关于灵溪学校的一切都成为五彩的记忆，小慕埋藏很久的初恋，也浮上水面。

　　那时，她刚刚大学毕业，经朋友介绍在灵溪小学实习。又是周末，学校放假了，学生们和离家近的同事都回家了。慕洁秋照

例留在校园里值班,她仔细检查各班门窗,发现有个班的灯还亮着,就通知了班主任来关灯,又从教室到食堂巡查了一遍,觉得没什么异常情况,便哼着小曲儿在校园甬道上溜达。

这是个教师不足十人,学生不足百人的乡间小学校,整个学校就像一家人口多的农户那么大,两排砖墙房子半新不旧,一个100多平方米的土操场看起来很空旷。一个花菜兼种的小园子是师生们的乐园,两扇沉重的铁大门和四面写有校规的围墙把小学校紧紧封闭起来,那面总是红艳艳的五星红旗,远远地就昭示了学校的存在。

俗话说:"麻雀虽小,五脏俱全。"小学校的基本教育机制还是比较完善的。基础设施虽然很简陋,但倾注了师生员工大量的心血。取暖锅炉是田校长自己花钱安的。校长大概40多岁,经常带副黑边框眼镜,管理严格,对人和蔼,教学工作、德育工作抓得很紧,小小的学校各项工作都不落后。

宽大的土操场上,有个看起来蛮标准也蛮结实的篮球架,那是田校长和三个男教师亲自动手做的。三个男教师均是班主任,邱浪是个分配不久的大学生,另外两个是熬了十来年才转正的民办老师。

那一行行郁郁葱葱的青松,是师生共同劳动的成果,学生的课余时间在这树下待得最长,就由学生每人承包一棵树,树上挂有学生自制的小树成长日记,树下埋有学生不想被别人知道的小小隐私。用洋槐树枝围起的菜园子里花菜相间,女老师们在这里逗留的时间最长,在她们的精心养育下,花儿姹紫嫣红,果儿满园飘香。小番茄成熟了,圆溜溜的惹人喜爱,慕洁秋进去摘了一把装在口袋里,又把多余的枝节摘了去,把黄瓜蔓子搭在架子上。

　　不觉天色已暗下来，她便回宿舍准备晚餐，打开录音机，任它翻来覆去地唱。她开始煮方便面，先荷包了个学生家长特意送的土鸡蛋，又在煮开的面饼上加了几个切成两半的小番茄，撒了一把青葱，滴几滴醋，一碗香喷喷的面做好了。吃完面后锅碗都懒得洗就钻在被窝里，一边看杂志，一边听着录音机里不断放出的优美音乐，很享受这样静静的夜晚。一碗面、一本书、一首歌相伴相随的日子简单而自在。

　　很晚了，但她了无睡意，随即起身，准备找本哲学类的书催眠。素淡的毛巾被一滑，露出白皙的胴体，只穿内衣的慕洁秋在白茫茫的灯光下，愈发显得玲珑可爱。她有点自恋地扫了一眼镜子，也被镜子里的自己迷醉了，短短的头发精神利索，枫红纱面胸衣，酒红带暗花的短裤，她洋洋自得地在镜子前舞动手臂，轻扬脖颈，很臭美地摆了个"孔雀飞"的造型，还不过瘾，又换了首古典音乐，随手拿起粉色长丝巾搭在臂上舞了起来，直舞得她香汗淋漓，气喘吁吁。

　　就在她自我陶醉的当儿，门突然被推开，闪进一个男子。

　　慕洁秋一下蒙了，她就这样赤身裸体的，面对一个突然闯进来的同事。他大概也没料到会是这样的情形，愣了一下，呆了一阵。慕洁秋赶紧拽了毛巾被裹在身上，大声喊着："出去！你出去！"有了毛巾被掩护，慕洁秋大胆地打量起这个和她同时来到灵溪小学的代课老师来。

　　他脸红得像关公，眼睛不看她，身体却一起一伏的，手里的书一本跌落地上，一本被他用胳膊捂着，头低得快弯到腰间了，像个做错事的学生一样。

　　他怯懦地嘀咕道："我走，那我把书留下了，《苏菲的世界》、《查拉图斯特拉如是说》、《第一哲学沉思集》，总有一本你喜欢

的。""带走书和你，把门关上，从外面！"不知为什么，想起他平时走路时，一贯昂首挺胸的样子，小慕竟然呵呵笑了一下。

她如果知道这一格式化的表情会带来那么多挥之不去的麻烦，她就是被打死都不会笑的。可是偏偏她有点傻乎乎地冲他笑了。既然看都看了，她难为情地说："你见过别的女孩这样吗？"他连连摇头。"看够了没？快走吧。"他转身，脚却一步也挪不开。

他眼中满是她袒露的身体和浅浅的微笑，他晕乎乎地小声解释："我不会伤害你的，不会，一定不会。"他猛然回头，迅速抱起她，轻轻地放在床上，盖好被子，又把窗帘放下，依然低着头，自言自语地说："你不怕吗？我就在椅子上坐着保护你，行吗？""你觉得我是随随便便的女人？"

他抬起头，轻轻地说："从见你第一眼开始，我就喜欢你了，我不会伤害你，请相信我。秋儿，你是我的公主，让我守着你好吗？说实话，我在你窗前待很久了，每晚我都来。有点不道德，但我只是静静地守候你，没有偷看你，没有。我只是等着，等你有危险的时候保护你，等着你失落的时候陪陪你。我喜欢你，很喜欢，却一直不敢向你表白。"他温柔的眼神开始融化掉她的戒备。原来他是很健谈的，从家世变故到男女心理，从上古神话到国际局势，从家长里短到学生管理，他像给学生上课一样，讲得一套一套的。

慕洁秋看着草绿色的窗帘，听着耳边的故事，有种被幸福淹没的感觉。他俯身吻了吻她的头发，轻声说："睡吧，我走了。"

许是她已丢掉所有的戒备，许是她并不讨厌眼前这个憨实可爱的男子，许是冥冥中她也在期待点什么，慕洁秋顺口说："再讲个故事。"

他一下子俯身吻上了她的唇。她躲闪着，企图逃走。许是初吻的滋味背叛了她？许是这样的夜发生这样的事是再正常不过的?许是脆弱的内心根本经不起一点诱惑?他轻轻地像呵护婴儿一样爱抚她。他的身体那么烫,几乎把她点着了,看着熟悉的他做着不熟悉的一切,心头的不安被更甜蜜的滋味冲淡了。他轻轻吻过她的每一寸肌肤，她反抗了一阵，怎奈抵不住荷尔蒙的作用,她无法抗拒。

皎洁的月光透过窗帘洒在他们的爱床上，像被蒙上了一层浅浅的光晕。他起身倒了杯水喂她喝，两人赤条条地相互依偎着，很快又沉沉入睡。

次日清晨一醒来,慕洁秋就后悔得要命,自己到底做了些什么呀？今后可怎么办？她的书桌上留有一杯冲好的槐花土蜜水,还有几行规整的字:秋儿,请你放心,我会负责的。

慕洁秋慵懒地躺在被窝里,任思绪胡乱地飞,想着自己的不慎重,想着如何面对同事,想着他们会不会有将来,直想得她头发晕,想着想着又睡了过去。

等她再次睁开眼睛，发现桌上多了两个夹肉干馍，一碗冲好的鸡蛋汤。她起身穿好衣服,整理床单时,那一抹殷红又叫她失神了很久。想着他彪壮结实的臂膀,想着他细腻温柔的爱抚,想着他满身满脸的汗珠,想着他伏在她身上气喘吁吁,想着他也会如孩子样枕着她的胳膊任她抚弄,一丝甜蜜浮上心头。

好在之后，邱浪每天都来照顾她，他们开始筹备婚礼，看起来一切顺利，组织他们的小家庭过他们的小日子似乎是水到渠成的事。可是,偏偏在订婚之后的一天,邱浪突然被他叔叔接走了,听说是当兵了,也有人说接他走的是他刁蛮女朋友的叔叔。

事后,慕洁秋不说话,只字不吐,她像一株被霜打的小草,蔫蔫的,灵魂飘移。她只穿黑色的衣服,连袜子都是黑色。她等着,

也许野火燃烧中成为一只火凤凰？一定只能等着雪被下掩埋残骸了。她能做的，大概只有离开，暂时地或者永远地离开。

这些事，似乎是上辈子的沧桑。

翻过这些尘封的老皇历，慕洁秋自以为也能如魏局长那般超脱。可是，一闲下来，自己仰慕的人总在她脑海里晃。升任校长以后，她想向原领导李校长汇报一下工作情况，又完全没有头绪。真是个发育不好的情胚子，好了伤疤忘了疼。

想他，想他沉思时眉头微皱的样子，想他说话时嗓子微哑的声音。在一起，她以为自己仅仅是崇拜他，分开来，才知道自己的非分之想是如此强烈。亏得有一张初三学生毕业时的合影照。慕洁秋又痴痴傻傻地迷上了这个相隔很远的人。很多时候，她是理智的，她不能再犯任何错误了。冷静，再也不能胡思乱想了。

可是，当她紧裹自己的心事时，他们相处的机会就这样突然降临了。

几天前，她灰头土脸地背着一包作业本，领着个准备去县关工委参加演讲的学生在路边等车。这里太偏僻了，路很窄，公交车都通不了。除非有路过的驴马车和拖拉机，否则，等到天黑都去不了，更不用说参加下午的演讲赛了。好不容易过来个面包车，慕洁秋和学生使劲挥手。

面包车特别破，车身分为齐整整的上下两节，上面是偏亮的银白色，下边是稍微发白的暗灰色。发动机的声音快超过拖拉机了，嗡嗡嗡的很刺耳，但慕洁秋很兴奋，她扬起手臂使劲挥舞。车却在扬着尘土的路上突突开过。学生着急了，追着汽车跑，车在十来米外才停下来。她俩赶紧过去，慕洁秋使劲推着车门，车门纹丝不动。一个矫健的身影下车，他搬着车门往上抬了抬顺势一推，车门就听话地打开了。

慕洁秋这才发现，原来是李校长。李校长微微一笑："刹车不大好，不害怕就请吧。"李校长招呼她们上车后就很用心地开车，时不时问几句话，却从不回头看。这样也好，慕洁秋第一次在这样一个相对私密的空间里，大胆地看着他帅帅的背影发呆。学生倒是出奇的能说，一路上不停地介绍山里的好。

是啊，虽然交通不便，但春天山花烂漫特好看，秋天各种瓜果特好吃。山里人天天吃的是纯天然绿色食品，天天呼吸的是最纯净的空气。学生继续大肆渲染学校的好，慕老师的好，说着这次参加演讲比赛一定要拿个奖回来。说到比赛，她又大大咧咧地呼叫时间快到了，该不会迟到吧？随即提议穿行过路边的村子走近路。

听着她的海侃，浏览着路边的美景，沿着乡村间的单行道呼呼前进着。走着走着，路边一个年轻后生招了招手，说了句什么话。因为急着赶路，他们也就没回应。

乡间路很窄，路面凹凸不平，路的一边是纵深千米的沟，另一边是刚刚修过的河道。继续走了一段路程便发现了端倪，前方正在施工的牌子堵住了去路。李校长下车走到前方查看路况。他目测了一下车身，又向工人借了把铁锹整了整路，显然路太窄了，在这里掉头肯定是不可能的。要他们三人填土垫路，起码也得不停地干一整天。看来，唯一的办法是倒车原路返回，但倒车返回难度相当大。为了保险起见，李校长提议她们下车走一段，自己慢慢地倒车走。

她们强烈要求呆在车里。生命中第一次，也是唯一一次，慕洁秋和自己的亲人、学生、崇拜的人，三个人、四条命一起呆在破车里倒着走了19里单行路。

事实就是这样，开着一辆接近报废面包车的李校长，载着

偶遇的小女人与小女孩，命运悬在一个方向盘和四个车轱辘上。

如果不幸遇险，不知道会引起怎样的揣测。学生紧张得不再说话，慕洁秋却一点儿都不害怕。她坚信他的把式，这样的人干什么都是一把好手。她坏坏地想着，就算出点事也好，感谢上天给了他们一次生死相依的机缘。而且她痴痴地想，能和他一起死，死而无憾，就这样走上一千年才好呢。十年修得同船渡，百年修得共枕眠，同车生死相随的缘分大概也得修炼五十年吧？在李校长左拐右拐的后退中，车乖乖地返回了原路。

同车事件之后，慕洁秋的敬意又多了几分。每次局里开会，她就特别期待能碰见李校长，她知道，即使碰见了也是简单地问声好，可是这样的问好声又能激励自己很久。即使有见面的机会，慕洁秋也不敢多说话，生怕一张口泄露了自己肤浅的认识。虽然每天都在提醒自己放下，放下，无奈心里那根敏感的弦总在不停拨动着。后来，他们之间又发生了一件不大不小的事。

那个时间，夕阳特别绚烂，淡粉色的小西服映衬着自己白白净净的脸庞，慕洁秋能明显感觉到晚霞带给自己一圈红彤彤的光晕，特牛特美的感觉，很好。惬意舒服的心情叫她又好生自我陶醉了一番。她乖乖儿地站在教育局综合楼门前，等着早已约好的魏局长，见面好向她汇报一下学生入学情况。

就在隔着玻璃门打电话的当儿，她看到李校长提着公文包匆匆向门这边走来，如果没有猜错，他是打算直走进门的。在思考怎样与他打招呼时，慕洁秋清楚地看到李校长也许是刚刚看见她，也许是有其他什么事，竟然拐了方向向左走，走了两三步的样子又拐正朝门这边走了。

她突然意识到：他是在躲她吗？想躲却又不躲了？这样的举动意味着什么？他厌恶她，她给他带去了不想面对的情绪？她一下子想要逃走,等他快到门口时,她赶紧溜到一面侧墙后,藏起来偷偷看他。

她看到李校长掀门帘进门,他进门后意味深长地四下看看,就大踏步地上楼去了。这个举动叫她纠结了很久,她上网查了很多相关问题。男子躲一个女子,情况有点复杂,不同情况有不同解释。女子躲一个男子,却一定是芳心暗动了。这种暗恋之情不远不近地牵念着,成为小慕破冰前行的动力。

渐渐地,小慕校长终于将自己的爱慕之情深深地埋在心底,一头扎入了工作中。

要说职务,农村小学校长也算是个芝麻官儿。她手下管理着3个年级31个学生,3个40岁以上的中年老师。怎样搞好这个上有老下有小的大家庭呢? 小慕摸索出了一点门道。

陶行知先生曾经说过:"校长是一校之魂。"也有人说:"有了好的校长,就有了好的学校。"小慕认为一个好校长应该是德才兼备,具有高度事业心和责任感的高素质人才。校长的思想观念、品德风貌、道德情操、知识才学和领导艺术,在学校工作中具有极大的影响力。

校长首先要有自己先进的办学理念。"理念"就是一个人具有的准备付诸行为的信念,它是一种观念,是行动的指南。校长要把自己的"理念"明明白白地告诉教师、学生和家长,并在工作中得到有效的实施。

在实施素质教育的新形势下,校长要有"会当凌绝顶,一览众山小"的视野,以便为自己的学校确定高远的办学目标和正确的办学方向。只有站得更高,才能看得更远,也才能更好地把握未来,拥有未来。要有虚心向人家学习的态度,在向人家学习先进的管理经验的同时,还要根据本校的具体情况,因地制宜地突

出自己的优势,加强自己的弱势,办出有自己特色的学校。

其次,校长在管理上要做到人性化与制度化相辅相成。人性化管理无论是作为一个口号,还是作为一种理念或是一种管理方式,都是符合现代人心理需求的。人性化管理充满魅力,它最大限度地去满足人们的需要,使每位教师感受到人文关怀,而这种关怀又成为连接学校、管理者与教师情感的纽带。实施新课程改革,教师面临着前所未有的压力和挑战。

如何使教师缓解这种压力? 如何使教师的喜怒哀乐得以释放?人性化管理起到重要的作用,让老师们都能亲身体验到来自基层领导的关怀。

校长还要有凝聚力较强的人格魅力。体现在具体工作中,就是"六要定律",即:一要提高为师生服务的热情,增强干事创业的责任感;二要抛开功利意识,提倡脚踏实地的作风;三要知人善任,在思想品德、道德修养上做教师的楷模;四要时刻用苛求的眼光看待自己,用欣赏的眼光看待师生,做师生的知心人;五要善于思考总结,把学科知识转化为实际的能力,使决策达到科学化、最优化;六要有自己独特的思路和独到的见地。总之,要把学校的目标化为全体教职工的共同行动, 这样才有利于校长意图和学校整体目标的实现。

她的体会简言之就是:责任心、爱心最重要。在这种偏僻的山间小学校,的确如此。她想努力做个好校长,也想努力做个好妈妈。

转眼女儿都快三岁了,乖巧的女儿、懂事的学生和慕洁秋一起在这个山间小学校,快乐地生活着。慕洁秋真希望就这样平平淡淡度过一生。

第二二章　梦续前缘

雕琢,永恒,前世今生的爱恋刻画你优雅从容的风采。

　　做服装生意小赚了一把,又生了一个白白胖胖的儿子,对于一个出生农家的村妇来说,也算是个小资产阶级了。这种生活蛮好玩,得过且过的念头也就自觉不自觉地滋生了。辛苦赚钱的想法淡了,悠闲自在的日子多了。看店的时候,王情不再热心张罗顾客,有人问价钱看质量,她就简单应付两句。见随便逛逛的顾客,她索性待理不搭。有时候,带儿子出去看看山、看看水。

　　和马彪在一起时,左手牵右手的感觉早已取代了当年生死相随的爱恋。更多时候,她就沉浸在描描花草、画画人物的艺术境界中,痴痴地描摹着瑰丽的风景。她知道,艺术是人类的梦,是对宇宙万物的情怀。她不知道,不知天高地厚地追逐梦境,追逐随时会消失的肥皂泡,后果会很惨。可是,她没法停止自己的脚步,得不到大家的认可,自娱自乐一把也好啊。

　　一个电话,罗东一个简短的电话,搅乱了王情安分的生活。

　　她站在自家的露天阳台上,迎着清新的晨风,望着山与天交接的地方,一个从熟悉到陌生再到熟悉的男人渐渐消失,闭上眼,他却生生地挤入脑海中来。

　　她转身回浴室想冲洗一下,希望把一切杂念冲刷干净。一不留神,水温被她调得老高,差点被自己烫伤。老高的水温击打在她还算紧致的肌肤上,有那么几秒钟,她竟然迟钝地不想躲开,也不想费心调节水温。不见他吧,那么多年都过去了,何苦呢?

　　她审视着镜中的自己，一袭宽大的浴衣裹着她肥胖的身子，脸蛋红彤彤的，头发湿漉漉的，故作镇静的眼神遮挡不了她那颗充满渴望的、骚动的心。她必须听从心底的声音，否则这辈子都不会安宁，指不定出什么幺蛾子呢。见他有无数种可能，不见他则只有一种结果，那就是生死亦不复相见。这样的结果，她不想要。

　　王情拿起毛巾刷刷刷地甩干头发上的水珠，又拿了大梳子梳理着烫过的头发，心不在焉地梳着杂乱的卷发，一不留神梳子竟然"噌"地被梳断了。这是不祥的预兆吗？王情不愿相信这样的预感。她低头看着掉在地上的两截莹白色的宽齿梳子，不想再去捡它。

　　可头发还是要梳的，她拿起了枣红色的一只。这只梳子马彪用得多一点，还是那样的色泽，还是那样的细小梳齿，上面沾有几根细碎的短发。王情捏起梳子轻轻一吹，短发滑下去，刚好落在断掉的梳子上面，似乎是一小撮揪着青藤不放的小蚂蚁，可笑之极。

　　她对镜整理着一头乱发，去还是不去呢？不去还是去呢？不管她怎样为自己找借口，去见他的念头还是那么强烈地催促着她。甚至不惜搭上自己的婚姻吗？王情激灵灵颤抖了一下，可镜子中还是无端多了个眼神忧郁的大男生。瞪着她，等她做决定。

　　王情决定赴约，她扎起高高的马尾，精心挑选了一件红衣黑裙的套装，穿上又脱掉，换上一件蓝裙子，对镜描摹了差不多一个小时，给6岁的马欢穿戴整齐，遥控着载有宝贝儿子的汽车，兴致勃勃地赶到他们的约定地点，也是娘儿俩几乎每天去的后花园——东海文化创意园。

　　东海是她家附近的一个文化园，怀马欢欢那会儿，还是一片杂草丛生之地。怀胎九月，天天散步，她亲眼看到县领导来过，指指点点中，工人进驻了，没多久，挖土机开来了，杂草被清除了，小山堆叠起来了，人工湖开挖了，小桥在搭建，青松翠柏如观音娘娘播洒过甘霖一般很快崛地而起，这些能工巧匠不分白天黑夜地雕塑。休完产假以后，王情第一次来这里，竟然以为走错了地方。

　　亭台楼榭布局齐整，小桥青径处处喜人。湖中高高的芦苇招摇过市，空中叽喳的鸟儿欢歌艳舞，灰白相间的文化长廊上，数百幅水城画卷展示着八湖环绕的独特景致。空灵的雁，鲜活的鱼，美妙的舞姿，锻炼的老人，读书的孩子，散步的情侣，徜徉在这个从天而降的园子里。

　　王情溜达在公园里，如果偶遇自己的初恋情人，应该也是很正常的事吧？她自作聪明地笑笑，想要做出轻松的样子来。一个骑着单车的男子进入她的视线，王情闪身躲在假山后偷偷地看。他一身休闲打扮，黑白相间的格子上衣衬着他俊美的脸庞，蓝色的牛仔裤如同身后那一弯映着蓝天白云的湖水，很干净，很温情，蓝底白面的运动鞋，蹬着车轮慢慢地碾在岸边凹凸不平的石子小路上。

　　一阵风吹来，柳树枝沙沙作响，几片树叶掉在湖面上，恰好赶上成群游过的草鱼，它们四处散开，一圈圈水纹就那样不断地散开去，又合拢来，随即又散开去，直等到太阳从云层中露出半边脸，树枝停止飘摇，水中的蓝天白云才恢复平静，继续等待慢慢戏水的小鱼儿，等待着它们重新回来，在自己宽阔的怀抱里遨游。

　　他不紧不慢地支好车，又吹起了口哨，像邻家大男孩一样亲切可爱，岁月没在他身上留下一点痕迹，少了点犹豫，多了分阳

光,还有一种叫她心动的东西,说不清是什么,反正少女般的羞涩与激动突然涌上心头。真后悔穿这身衣服,紧绷绷地裹着圆胖胖的身体,皮肤暗淡了,体形不敢恭维了,往日自信一扫而空。罗东打了几声口号后,竟扯着嗓子喊起来:"蓝色妖姬!"

王情站在他背后,感觉自己像大妈,这些年来,为了养育小欢欢,为了让马彪有足够的时间和精力去打拼事业,自己的画家梦只能埋藏。六年,流年似水,她的才气在尿布、抹布、拖布中挥洒,健壮的儿子、事业有成的老公是她最大的成就,并一直以此自豪。可此时,深深的自卑感叫她很想逃走。

罗东一回头,发现了她,俩人都吃了一惊,她掩不住的伤怀和他眼底的霸气都让对方始料不及。他变了,那种纯净忧郁的眼神那么遥远;她也变了,岁月对女人真不留一点情面。罗东大方地伸出手:"我曾经的蓝色妖姬,终于见到你了,我很高兴!"王情没吱声。

罗东掏出纸巾,细心地擦拭着后车座,轻轻拍拍车座,手往腰间一背,歪着头恭谨地做了个邀请姿势,王情乖乖就范。随后,罗东也没怎么说话,蹲下身子逗马欢欢玩。他变戏法一般从口袋里掏出两个微型汽车,一本正经地对孩子说:"这个白色的汽车叫贝瓦,这个蓝色的叫丽莎,贝瓦是男生,丽莎是女生。他们俩是很好很好的朋友,可是有一天,丽莎跑丢了,贝瓦非常伤心。宝宝你猜猜,贝瓦能追到丽莎吗?现在我们来赛车,看谁跑得快,好不好?"

他把两个小车上好发条往前一滑,真奇了怪了,老是丽莎在前边跑,贝瓦差一大截。马欢欢开心地拍手大笑,不一会儿便抛下自己的大汽车,拿着两个小汽车在地上玩起来。罗东还是那么认真,那么投入,就连和一个陌生小男孩做游戏,都做得那么好,似乎他生来就只能做些一本正经的事情。

王情和罗东有一搭没一搭地聊着，说到伤心处，王情低头沉思，说到畅快处，她就放肆地哈哈大笑。他们之间，此刻无论有没有爱情都无关紧要，毕竟，岁月沧桑才是最厉害的上帝，虽然主宰不了人类的生命，但它一定可以雕琢人类的灵魂。或纯净，或热情，或冷酷，或温情，除了生性中的志趣，王情觉得，是时间赋予了他们这样的交流方式。也许和爱无关，只是为了解开心底的死结吧？

"夜十二点，咱们在青纱帐相见好吗？"也许不是发自内心，但罗东的语气非常诚恳。

"午十二点可以考虑，你想约的一定是当年的我。"王情闷闷不乐地回答。

罗东眼睛一弯，乐呵呵地说："我的意思是梦里相见。"

王情捶了他一拳，责骂道："原来你在取笑我！情曾幼稚过，但不管别人怎么想怎么看，依然是风风火火中的纸灯笼。纸虽薄，命运中的大海水还是会拢住不安分的心，挡住不该犯的错。"

"对不住，我欠你太多太多。常常想，至少可以还你一个拥抱，至少我们此生还能有一次敞开心扉坦诚相对的机会；常常想，有一天找到你见到你，一定在你家门前盖一座属于我的房子，这样不管你去哪里，都得经过我家门前。"罗东很严肃地诉说着："有些话总想对你说，不吐不快。等我们老了退休了，你可以去我家串门，我也可以和你的爱人孩子一起享受你做的手擀面。然后我们可以天天去野外钓鱼，得买副好用的渔具，带上帐篷，带上炉具，钓到小鱼就放回河里，钓了大鱼就一起吃好吃的烤鱼，一起煲好喝的鱼汤。遇到好客的老乡，还可以邀请他们一起吃鱼喝酒，品位老乡家的特色小吃，嫩玉米、青豆角、新鲜土

豆……"

　　一席话说得王情咯咯咯直乐,很久没人对她说这样的话了。老夫老妻7年的平淡生活,似乎从来没有过此刻轻松畅快的感觉了。王情沉醉了,沉醉于自己挖下的酒瓮中。有些人的魅力,就那么大得叫傻傻的小女人无可抵挡,伤害了她那么多年后,她就那样轻飘飘地,再次被他二两拨千斤地拉过来。天地间仿佛只有他们在神聊,罗东就像个演技不错的影星,在王情倾慕的眼神中,放肆地表演着情圣的角儿。

　　不知何时,马彪铁青着脸横在眼前,他狠狠地瞪了他们一眼,破口大骂道:"你这个恶毒的女人,约会还要拉上我儿子,居心何在?别指望我再相信你!"王情赶紧解释说:"是以前的同学,只是说说话而已,咱回家好吗?"马彪眼睛瞪得老大,甩下一句:"成全你们!滚!"就拉着吓呆的马欢扬长而去。

　　王情的脸色刹那变得苍白。苍白,爱情死亡的颜色。她只字不吐,两行泪滚落下来。不安?愧疚?抑或是自责?或许,她连自己都搞不懂此刻为什么突然泪流满面。是他揭开了自己虚伪的面纱?是他刺激了她掩藏心底的痛?是她爱的人一个个弃她而去?

　　她丢下目瞪口呆的罗东,漫无目标地行走在熟悉的小道上,裹在陌生的人流中,失魂落魄的感觉像蚕茧一样紧紧束缚着她。雨没完没了地下,路无边无际地延伸。

　　当揪心的痛和无言的泪在黑暗中无助地挥洒,当愧疚的叶和无奈的树在风暴中被无情地砍杀,心雨飘零,泪海汪洋,守着一份空洞虚伪的高傲,又有何用?

　　爱过他,一直以为依然爱他,曾经坚信,矫健、挺拔的身影是她一生的期待,光洁、温热的眉宇是她一世的牵挂。但是爱又能怎样?如果有可能,他们十年前就偷渡了,如果有机会,他们会不顾一切地追寻对方,但是,一切都结束了,十年前就结束了。她选择了一个干干净净的地方,想有个干干净净的念想,但是,与她共度七年夫妻生活的丈夫,自以为了解她信任她不亚于自己的丈夫,就以这样的形式连他们之间的感情一并埋葬了。

花落了,铺满了苍凉的大地,再也听不到花儿开放的声音,在每一个清晨和黄昏,再也无法肆意纵情地与最原始的生命,进行最亲密的交融。太阳落山了,月光洒了一地,只留下个失落的人儿,抱着一颗落寞的心,在满地花瓣堆积间继续寻寻觅觅。

王情一身疲惫地流浪在大街小巷中,该去哪里?哪里才是自己的安身立命之地? 家,漂亮的大房子不过是空旷的古堡,没有人间烟火,缺少家庭温馨;画家梦,谈何容易,只能做做梦罢了。短暂的为师生涯那么久远,仿佛是上个世纪的事,自己为什么变成这样了?

"为什么会变成这样?""因为宿命?""不是哦。因为环境影响?""不!因为追求的目标不同。"田桃和任乐乐待在宿舍里,喝着凉白开,一屁股蹲坐在裂开口子的红色皮椅子上,跷着二郎腿,不管外面的阳光晒得有多毒,她们对现状的抱怨一堆一堆地吐出来,如果那是一根根细丝,一定能织成一张铺天大网,如果那是一朵乌云,一定能汇成一场瓢泼大雨。

鹅黄色长木桌子的两端,两个对现状不满,又不知该如何超脱的小女子对峙着,叽叽喳喳地谈论着,争辩着。"为什么会成为现在的样子?""俺曾想要豪车,想要别墅,可却被个农家苦后生给骗走了,跟他来到这个小城,骑了三年破摩托车。现在终于有了车,可还是公家的,而且没有空调没有音响,车窗玻璃该亮的地方不亮,不该亮的地方亮闪闪的。想跟着老公去郊游吧,又怕

担上私用公车的罪名。俺也曾想要凭自己的努力做生意发财致富,偏偏被你们骗到学校来,一呆两年,除去滋生了一身惰性,没有任何长进。俺还想有个一官半职的,可是只当了一年官——村官。唉——世事难料啊。""那还是没有付出足够的努力吧。"

"不是努力不够,是因为爱情,女人的生活往往决定于爱情。每个女人选择适合自己的爱情时,也就基本上把生活基调的色彩调配好了。"

田桃对此津津乐道:"对啊,的确是因为爱情,制服一个女人用爱情,拯救一个女人也用爱情。比如我吧,如果不是选择两地分居的婚姻,也就没有更多的时间和精力投入工作,如果没有千里之外默默鼓励支持自己的老公,无论如何都当不上副校长的。"

"可是如果因为这样的生活沉沦下去,后果也是非常可怕的。真不敢想,熬不过那道坎儿会成为什么样子。比如李虞,简单的生活经历、善良腼腆的个性,如果不是军嫂生活的锤炼,断不会有今天的果断与坚韧。再比如你吧,你这个古灵精怪的任乐乐,本来就是个天生的强势女人吧,可有李校长这样一个知冷知热的好男人在身边,慢慢也被温水滋润得甘当小女人,相夫教子成为你的天职喽。"任乐乐不以为然:"就算有他在,我也不是小女人,给我一个月,我就能叱咤政坛你信不信?我想做个出色的女政治家,我坚持认为确定目标以及为之付出的努力决定一切。如果我想要,如果我决定要,没有什么可以阻挡我的脚步。"

"我不信,只两年,只在学校住了两年,你的村官梦,你的生意经是不是已经被淹没了呀?比起政治野心,比起多赚些毛爷爷,学生们崇拜的眼神,老公罩着你想咋样就咋样的生活就满足了吧?"任乐乐沉默了。

想想自己这两年来的生活，究竟做了点什么呢？权当体验生活了。之所以成为今天的样子，只是因为自己想要这样的生活。可是现在她不想这样过下去了，她的理想不是他的附带品，她要体现自己的价值，她要趁着自己年轻，在事业上好好燃烧一把，只有这样，年老以后才不会成为只会喋喋不休抱怨琐事、只为老头子和儿女悲喜的小老太婆，而是那种可以谈天说地，可以悠闲度假的优雅老奶奶。

她这样的想法一出来，屁股就坐不稳了。正赶上在编在岗人员排查大行动，她和夫君李校长商量了整整一周。经过她的身体与语言的软硬兼施，以及床头床尾的小打小闹，终于达成共识，任乐乐返回乡政府继续干她的村官老行当。

卫河乡政府与卫河学校只隔着三里路，骑着自行车10分钟就能打个来回。任乐乐曾天真地以为这是夫妻间的最佳距离，她不知道，这样一走，呆在老公怀里做个乖女人的日子一去不复返了。不是老公移情，也非自己别恋。到底是什么原因，几句话根本说不清。或者说，复杂多变的心情与单打独斗的经历，让她的心态与言行不自觉地发生了变化。她不知道自己有什么错，只是慢慢地，她感到学校同事们对她的态度也变了。

可能是人走茶凉的尴尬？可能是上了个台阶，有了高处不胜寒的孤单？可能是同事期望她帮的忙她什么也帮不了？总之，这种感觉叫她感到不安。其实，也许仅仅是因为她太多疑了。

第二三章 梦回故里

阳春,白雪,继续前行的脚步搏击你冷若寒冰的心脏。

在慕洁秋刚刚睁开欣喜的双眼，仰着头羞涩地看着男性这种不一样的人类时，邱浪以残酷的柔情，点燃慕洁秋又瞬间熄灭。他死了，据说当村支书得罪了人，是被人害死的，也有人说是被他妻子毒害的。追悼会遵照邱浪的遗愿，在灵溪小学召开。看着黑白无常狰狞的面孔，慕洁秋的神经被无端牵扯着，脑袋像被斧头劈了道缝一样，从生疼到麻木再到生疼。

慕洁秋日记：

周末　阴

又是周日，那个荒唐的夜还在眼前晃，你怎么能说走就走了呢？当故事已久远，当爱恨都自以为烟消云散，当你高大的形象被那一点点风花雪月所掩映，我的心怎么还是那般刺痛?还想你的邀约总会来，还想你的誓言总会坚守。街道上，残破排房已被高楼大厦代替，一汪清泉映照着繁花似锦的小巷，一派繁荣景象怎么就驱不走四年深深的落寞？

你知道苍穹之下唯独没有骄阳的光辉是一种怎样的失落怎样的缺憾？你知道草原之上单单缺少骏马的驰骋是一种怎样的寂寥怎样的惆怅？

一切早已随风入梦，一切早已化做过眼烟云，而我也早已习惯了在无奈中把一切铭刻在心，习惯了在步履匆匆风雨兼程中忍住泪如泉涌，又在夜深人静的时候翻开尘封的记忆，不待细看，已眼泪纵横……

你是我生命中灼人的阳光——宠着爱着呵护着我，承诺给我做嫁衣的未婚夫，是曾经老实正派的代课老师，是保卫万家平安的兵，是摸爬滚打历经枪林弹雨的中国军人，一个铁骨铮铮的军人，一个有知识的文化人，怎么就当不了村长？怎么就会被一个垃圾样的女人毒害呢？

你，让我爱不能，恨亦不能的邱浪，还是触动我久埋的心事。记得那天早晨，如潮般涌来的乌云挤掉最后一丝残阳。腆起的肚子里，你的，我的，那个一定调皮、一定可爱的小东西，它已经长出了粉嘟嘟的胳膊腿儿，有小手指样儿的小鸡儿，在阵阵绞痛后成为一摊褐红污血中静止的残体，几块肉片，像标本，像魂灵，粉嫩嫩地顶着我的心。你呢？你在军营吗？还是你们已经在一起厮混了？

我要一直追随你到天涯海角，哪怕是地府天国。冥冥之中，阴阳交错，如梦亦幻。眼前是陡峭的擎天冰柱，面目狰狞的敌兵押着你游向云端，身后蝗虫般的敌兵席卷而来。生死相随之信念助我火速征服了脚底下的冰柱，登上巅峰的一刹那，转身之际，竟然幻化为盛装唐袍的公主，铿锵之辞掷地有声："战争是人类的罪恶！战争是危害祖国背离人民的卑劣行径！不要战争！不要自相残杀！"

敌兵向我冲来，我还是我，一个手无缚鸡之力的弱女子。手持刺刀的敌兵逼过来，我怕极了成为他的刀下鬼，梦呓般呼唤："兵哥哥！我爱人是兵哥哥！先生，你的妻，你的人民此刻也面临同样的危险！我爱他，爱我们华夏所有的子民。你呢？"

敌兵一怔，刺刀还是向我戳来……

就要死了！死亡的滋味！面临死亡，我们人类如此无助。死神逼近了,渗入躯体了,一切又有何意义?我突然出奇地冷静,一种超脱的快感溢至每一根末梢神经。这是生命的另外一种形态,灵魂与躯体分离而已,我的身体将住进精致的小屋,魂儿将自由飞向绮丽的梦想王国。

仿佛只是几秒钟,又像是穿越了几个世纪,敌兵拍拍我的肩,郑重地说:"我们的武器是高科技成果,它利用了战争双方的仇恨心理,恨愈深,刀愈利,威力愈强,反之,会被真挚的爱消融得没有一丝杀伤力。我妻子与你同龄,我爱她,爱我们祖国所有的人民。你我的爱足以融化天寒地动中的冰刀。"

我打起精神,厉声质问:"为什么要战争?为什么?""中国的军嫂,向你致敬,真诚希望同贵国友好相处。""希望如此,古往今来,战是为了不战,不战而屈敌之兵是兵家之上策!我们会永远立于不败之地!"敌兵脚步飞快却是倒退着返回来,留下你倏然消失,人去楼空,物是人非,恍如隔世,可生活还在继续。

我胜利了,我战胜了一手导演南京大屠杀的日本兵;我胜利了,我以为赢得你就赢得了整个人生。可是,为什么?为了一个毒蛇样的女人你会离开我,要我撕破脸皮与她相争吗?可是这样的争取又有何意义?

猜想,在我之前,你们是好过的。这些我可以不计较,可是为什么我们已经订婚了你还不决绝留下?为什么你可以和一个卑贱残忍的女人步入婚姻?是什么力量促使你娶她进门的?是什么?

她用什么魔法降住了你,叫你背叛等你归家的未婚妻?是什么?我在战场上奋力解救你的时候,你在做什么?在与她缠绵吗?知道我的战场吗?知道为了你,我可以怎样的英勇无畏吗?知道为了你,我甚至可以替你去死吗?我的心声你几时能听到,黄泉

187

路上为你讲述吗?地狱之中给你追忆吗?还是把满腔爱恨化为一撮黄土?

仲夏的清晨,一株柔弱的打碗碗花,微微张开楚楚笑靥,哀乐声声中,小喇叭轻轻战栗,一串血泪之音在梅雨霏霏中久久回荡:

你好吗? 你失落了我一世柔情,你让我曾经柔软的心扉变得坚如磐石,你欠我,至少欠我一个拥抱。不是吗? 什么时候偿还? 什么时候? 你到底要我等多久?

曾经的我的浪,千难万难,我决定原谅你。你要走好,也许,很快我会随你去,也许你得等等我几年。会等吗? 会在我们即将相聚时还被狐媚女人诱惑吗?

为了你,为了一个一而再再而三欺骗我辜负我的男人,我还是决定留下来。这里至少曾经有你的气息你的踪迹,有我们曾经温暖的回忆,有一起种下的青松一起教过的学生,有我清晰的梦我的盼头我的归宿。

除了你,只有学生可以平息我心头的创伤,和孩子们在一起是我此生最大的幸福。

邱浪的葬礼结束后,慕洁秋毅然决然地把一生托付于山村教育,她甚至发誓此生不再嫁人,要把所有的精力用在学生和自己的女儿身上。

虽然她已认定脚下的路,但艰难的路程怎会那么长,长到一年中几乎经历了一辈子的痛,长到一夜间,她就觉得自己成为苍凉悲冷的独行老人。她有着年轻的生命和还算娇美的脸庞,却有一颗实在不相称的心脏,跳动有力却冷硬若寒冰。

与她相比,另一个被理想驱赶的女子是如此幸运。

转战行政的任乐乐,像一颗快乐的乒乓球,左右逢源、上承下应成为她的生命底色。再度返回乡政府，有她经营苗木的成功典范为光环，大家对她抱有相当高的期望。虽然她只是个抄抄写写的小秘书，但是大家对她还是出奇的好。

在这样的氛围中，任乐乐像只煮在温水中的鱼，享受着无冕之王的待遇，迎接着大家对她的尊崇与喜爱。慢慢地，这种受之有愧的恭维，逐渐演化为一种叫她心里不安的东西，到底是什么，她实在搞不懂。只好沿着她还算清晰的足迹走走，再想想，或许能有点结论。

为了能实现自己重返政坛的梦想，任乐乐坚持看新闻频道和本地新闻，还搬了将近一年的本地报纸认真阅读了一遍。装扮上也用了点心，不能幼稚，不能俗艳，要大气，要精神。精干利落的短发，一款荷叶青蓝小翻领西装，简洁的灰白长裤，衬托着令人生妒的身材，她的谈吐虽说算不上锋芒毕露，可还算伶牙俐齿。两个月的苦功她没有白下，她相信自己此时是自信的，她没来由地有种优越感。

可是当他信心满满地推开吴书记的门后，这一切发生了变化。她有点拘谨地站着，觉得太生分，坐下又有点不够恭敬。拿捏不准说话还是傻呆着，她甚至不知道自己的手是放在沙发扶手上合适，还是放在自己膝上合适。吴书记和她的谈话相当简短，顶多三五分钟就决定了她的工作方向。有人敲门进来找书记谈事情，任乐乐也就退了出来。

虽然和吴书记说话很局促，但一种叫如沐春风的感觉让她既想躲得远远的，又期盼着下次有机会，可以大大方方地走进来，像那些成熟女人一样，熟练地处理各种事务。走在回廊间，任乐乐听着自己的鞋跟嘎达嘎达地踩在地板上，身子有点飘忽忽的，想着就这样走上了所谓的仕途，是不是太顺利了？

有人说:"美女搞政治,就是一条不归路。""不归"的结果有两种,一是花费大量的时间和精力熬个职位。重心转移后,无意中就会用简单粗暴的方法对待老公和孩子,这样的家,作为女人永远的大后方,久之只能成为相互伤害的冷宫。比起那些家庭主妇刷锅洗碗的生活要复杂得多,幸福感会低得多。

如果工作中稍有不慎得罪了人,那就真有了世界都会毁灭的危机感。如能修炼成八面玲珑的铁娘子,情况则另当别论。二是整天做些琐碎繁杂的手头工作,业务一般,人脉一般,造福不了百姓,也就一辈子打杂,自然没什么出路。但如果能享受平平淡淡的人生,则能品出另一番滋味。也有人说,白猫、黑猫,抓着老鼠就是好猫。"老鼠"的收获不是谁都能有的,不发展,不进步,不用说同为猫族了,连老鼠都敢猖狂叫嚣。

还有更难听的,说什么"身也卖了,性也败了"。一种称之为官场潜规则的东西叫人不寒而栗。自己到底想要什么?追求高官厚禄吗? 前拥后呼可以让自己快乐吗? 不是的,她骨子里是低调的,她是个如此简单的小女人。她希望在老公面前,永远是个小女孩;在孩子面前,可以像个女神一样高洁;在其他人面前,不知为什么,她特想做回爷们儿,女人们只有在拥有爷们儿的感觉时,才算是不白活,才算是有种昂首挺胸、当家做主人的劲儿!对,她要的就是这种"爷们范儿"的感觉。她要老公孩子,也要做顶天立地的人。这辈子,这条路艰难也好,复杂也罢,走定了!

一想到这个,她就挺直腰板,脚步刷刷刷地走出去,她有坚定的信念,她要忠实地追随党和政府,她要打造个内心柔软、处事硬朗的"乐爷"。她要走的路就是从"淑女"到"熟女"的华丽转身。温柔贤淑的女人也可以搞定职场的一切,以她的智慧,以她细腻温情的优势,以她果断坚决的勇气,处理工作中方方面面的事,应该没有多大困难,她一定能行。

挑战很快就来了,在县委、县政府的积极支持下,乡政筹划了开展"首届卫河文化节"活动。

因为从来没有搞过如此大规模的活动,从头做起真是一项庞大而复杂的系统工程。整个节庆活动的策划方案,由吴青荣书记总负责,分管宣传工作的副书记段剑虹承办具体活动,除了处理日常事务,乡政府全部人员都参与进来,某种程度上说,这个活动的成败直接关系着卫河的命运。卫河能否在继承传统与创新格局之间达到最完美的契合,就看大家的能耐了。

文化节总方案从起步到初步成型,足足花了一周时间,大会把关小会讨论,经过一周逐项逐句的推敲,终于确定下来。整个活动包括龙舟赛、钓鱼赛、水上集体婚礼、卫河书会等19个项目,涉及到海事办、综治办、环卫中心等106个单位。光是协调一百多个单位的配合参与就是一项不小的工程,从撰写文件明确各单位职责开始,到一个接一个的电话通知会议,再到一项一项地分析如何下手,如何找准着力点,每个细节都要付出辛苦的劳动。会议一个接一个地开下来,吴书记不停地说着,讲着,强调着,嗓子都哑了。

方案发到各参与单位后,领导组的同志便开始按各自分工有针对性地督促协调。各项活动有条不紊地进行着,任乐乐也暗自为活动的顺利开展激动着。她一边做自己的手头工作,一边向同志们学习。

工作上都挺卖力,用老张的话来说,那就是:"全家人打只死老鼠,哪有不成的道理。"他整天扛个摄像机,时刻准备着把重要的会议和活动拍下来,以保存丰富翔实的资料。他是个乐天派,虽然50多岁的人了,骑个破摩托出出进进,但丝毫不影响他对工作的执著和热情,只要他在的地方,总能听到欢笑声,工作再苦再累,一张张笑意盎然的脸,或一副副严谨认真的表情留在了他的镜头里。

小王是个不大不小的官儿,毛病也不大不小。他喜欢指使人,喜欢挑肥拣瘦。他会对老同志指手画脚,会自己打团团说散话,把东家长李家短搬来搬去,把捕风捉影的恶心事全部安到不喜欢的人身上。他的本事蛮大,可以自己做些轻巧活,再指挥村官们做杂务,然后自己向领导汇报请功。

副乡长史小君是个少年老成的干部,他应酬不喜欢带女同志,和男同志说话总是客客气气的,但总能把大伙儿拧成一股劲。有空的时候,他喜欢和投缘的人说点经验谈点教训。他也乐意做些服务性的事,这些琐事和指导、督促工作来得一样痛快。算个年轻有为的好领导。

除了些鸡毛蒜皮的小毛病,大家的素质还是挺高的。谁都想证明自己的卓越才华,所以各项工作在大家的通力合作下,有条不紊地向前推进。

看着大家跑来跑去忙乎,任乐乐莫名其妙就激动。一想到这样一些人,就可以组织一场大规模的文化活动,她就感叹人的潜力真是不可小觑。开会时,她做会议记录,一些捧茶递水的事儿就落到她头上。任乐乐喜欢上了这种小事,每每召开的大会小会上,吴书记和大家分析谈论活动议程时,分配任务时,任乐乐为他们添了水,便坐回她一贯坐的位置。她老觉得自己这个位置是比较隐蔽的,既能欣赏他们的姿态,又能听到他们的高谈阔论,还不易被他们发现。听他们讲到兴奋处,她也跟着开心,听他们说到难点上,她就苦思妙计,总想提出个出人意料的见解,可她的阅历实在是太浅了,脑袋也变得迟钝。

她走神的时候，就想着，自己是苏麻拉姑，是上官婉儿，平日做些文案工作和细碎的杂务工作，到关键时刻，她就做件惊天动地的大事儿，然后大家为她的壮举称赞不已。慢慢地，她才知道，自己的想法是多么幼稚。久而久之，很多人都知道了卫河乡政府有一个"雅妹"，管它是哑巴的"哑"还是雅致的"雅"，她不想计较，至少在这个过程中，自己思想的细小成长就这样累积起来。

不开会的时候，任乐乐负责和赞助企业沟通并收集各种资料。经过仔细筛选，他们确定了维斯饮料、老实酒业等十多个赞助企业。从报名参与到洽谈合作事项，任乐乐和企业家们沟通渐渐增多，所以，一些优秀企业也逐渐成为她关注的焦点。

老实酒业是一家从手工作坊一步步成长起来的大公司，正如它的品牌一样，"老实"成为贯穿始终的一条主线。酒业的工人全部是村上的老百姓，经过培训后，用传统工艺做酒。这样一伙淳朴细致的人，和老板一样有忠实、厚道的高尚品质。虽然是手工流程，但每一道工序都经过了严格消毒处理。从人品到酒品，"实在好，实在醇"的美誉是高端客户和日常用户的口头禅。从产品到包装，"实在真，实在严"的感叹是参观他们工厂后口口相传的免费广告。

于是，一个初中毕业的当兵小子，携手青梅竹马的女朋友，把一个小小的夫妻店，从只有图便宜的人才来买的酒摊摊，硬是发展成一年创汇两个亿的大企业。是什么让这个曾破落的小院子走上风生水起的富康大道？是什么让这对小夫妻能风雨同舟，荣辱共享？只有两个字："老实"。老实酒业的产品从散装到精装，适合不同阶层的人们使用，光县里就有两个专卖店，后来上了各大超市的卖场，再后来，在北京、成都等几个大都市都设立了办事处。

　　老实酒业做公益一点不含糊,文化节期间,除了慷慨赞助经费以外,所有接待活动和部分贵宾礼品赠送都有它的参与。老实的老板是不吃亏的,"不怕不识货,就怕货比货",用过他们酒产品的人就成了一批批忠实的客户。在老板憨实的经营中,很快赢取了更大的市场。

　　说到和政府的交往,他一脸真诚地解释:"我们就是农民,地地道道的土巴生。企业再大,钱再多,还是个小老板,做的是简单的重复劳动。可政府不一样,那是国家机关,是个神圣的地方。我愿意为政府做点能做的事,什么也不为,千金难买我愿意。"

　　谈到文化,他满是向往,他没文化,所以对文化及文化人的向往,超出了任乐乐的理解。他对文化的虔诚,甚至达到了顶礼膜拜的程度。他少年时文化的缺失,造成了他今天生活的缺憾。他是富有的,在投资运营中钱算得很精确。他也是贫困的,但在文化方面,可以不皱眉头就一掷千金。

　　这样一个执拗的企业家,或许他的生活中缺少一些色彩,但并不影响远远地欣赏他的真、他的诚、他的实。他和他的酒必将走出一条农民企业家的标杆道路。

　　任乐乐盘点着这样的小念头:他的精神是不是值得所有企业,尤其是食品工业人学习呢?一些人为了盈利不惜一切手段造假的风气已经严重影响到我们的生活,孩子们喝的饮料是化学作用调配的药水,有些蔬菜可以在一夜间胀大成熟,有些面粉竟然倒进很多水都和不起来……这些触目惊心的事时有发生,让大家对食物产生了过敏性怀疑,那些已经曝光的东西和还未被发现的"糖衣炮弹",正在以相当大的杀伤力,侵害着我们的身体。她又冒出个想法,一个人的灵魂可以警示一批人。什么时候,这个没文化的小子,能有福气遇到真正欣赏他精气神的人呢?

第二四章 梦醉云端

云端,油烟,醉生梦死的人生苍凉你老来凄楚的光景。

当教师好,肤浅的认识便是有个长长的假期。相信这是很多人眼馋的事。长假怎么过?是充电进修、履行家庭义务的好机会,当然也是踏山戏水、修身养性的好时光。

每逢长假,田桃便要搬一摞书回家细阅。管理类的、文史类的、育儿类的、菜谱类的、情感类的,甚至风水算命之类的书,她也会研究一些。书和抹布填满了她的生活,她乐此不疲地待在家里当起了快乐的宅女。

李虞愿意过诗意的生活,她平日里总把自己囚在一个固定圈子里。她的人生经过了长久地"装"之后,显然会呆板些、无趣些,可是生活中总有难得的色彩来填补空白。

杨基睿背着挎包,捏着两张薄薄的机票,等待着那个老是姗姗来迟的人。

她终于出现了,不管等多久,看见她,杨基睿总是会心一笑。干净清爽的纯白色收腰小西服,乳白低胸小背心,收放着若隐若现的玲珑双峰。白、绿,一圈更深一圈的长裙一漾一漾的似清凌凌的湖水,白色的鞋子如滑过水面的双桨不紧不慢地划过来。依然是一袭规矩飘逸的长发,依然是一身不戴任何饰品的简单妆容,浅浅地笑,羞羞地撒娇。她平日说话不多,在别人面前,她多半会封闭自己。

只有在杨基睿左一句右一句挖好的掏心"陷阱"下,她才一本正经地说起自己的生活,讲述师生间大大小小的趣事,漫谈对生活的一些感悟。有时候,她也会问他些对国家大事的见解,或者,说些前世今生不着边际的梦话。牢骚她已懒地再发,多年分居生活,已养成她默默承受一切的习惯。

这么些年走过来,从牢骚满腹到不屑一提,她才理解只要自己用心,老天总会让你收获超越磨难本身的财富。不顺心时不争辩、不强求,只是转身离去,留下辜负她的他,也留下自己娇柔可爱的身影。

他也许不会永远宠爱她,但她转身而去的招儿,总能征服这个刚强的铁汉子。他知道,她不会真的一去不回,但一定很生气很伤心,一定在暗处折磨自己。她从不提过分的要求,从不泼辣取闹,只会隐忍地咽下抑制不住的伤悲。

当她转身离去时,一定已泪流满面,当她款步离开后,一定会走向书房,在书籍中,在音乐中,在自弹自娱的钢琴声中,在敲打键盘流出伤情文字的叙说中,安慰自己,沉淀自己,升华自己。不知道书中的"黄金屋"含金量有多大,但"颜如玉"非常真实,李虞就是个活生生的例子。

他了解她,胜于了解他自己,特生气的时候,只有书籍可以抚平她的创伤,在文字中沉迷一阵后,他和她的朋友们总会发现她愈漂亮了,正可谓"腹有诗书气自华"。听别人夸她气质高雅、侠骨柔肠、才财兼备,他也美滋滋的。是啊,这些内功是名牌衣装取代不了的,是任时光流逝愈久弥新的真功夫。

明知道李虞转身不会走远,但杨基睿总会很揪心地追逐她,她的背影那么单薄,那么让人心疼,不能给她机会遛走。

杨基睿紧紧搂着李虞的肩头,催促着:"走了,今天没惹你生气吧? 10点的机票!""去哪儿呢?"杨基睿躲闪着故意不让她

看,"保密! 但保准是你喜欢的地方。""讨厌! 那我不去了。""呵呵,你跑不了。"杨基睿牵着她的手,快步走向机场。

客舱里,杨基睿谈着自己生活、工作中点点滴滴的喜怒,谈着对生命对人生长长短短的感悟。李虞静静地听着,他的话总是那么深刻,总如师长一般导引自己的航向。他不在身边时,她会想很多很多,想他说过的话做过的事,想他承诺过的未来违背过的誓言。在他身边的短暂时刻,她什么都不想,甚至不去想将要去的地方,管他去土匪窝呢还是敌占区,反正身边有特警呢。

李虞慵懒地躲在万米高空上的"诺亚方舟"中,靠在他厚实的肩头,听着他蛮有磁性的声音,看窗外伸手可触的蓝天白云,她有点醉了。层层厚重的积云托着她轻巧的身子,朵朵飘忽的浮云轻抚着她的长发,一条长长的齐整的直线划开了云界。云界内,云山雾罩,有高高的丛林,有浅浅的湖水,还有戏水的鸭子。云界外,万里无云,蓝如锦缎的无缝天衣舒展在她眼前,她贪婪地触摸着这丝滑清凉的冰丝料子,霸道地拥抱着这没有一点瑕疵的青蓝软玉。

云界内外都是她的,起码在这一刻,天空,是完全属于她的。她忽然想起一句禅语:"空,就是一切。"有那么一瞬间,她想着掉下去时,杨基睿会不会紧紧地抱着她?虽然那时一定已经没什么温度,没什么知觉,也什么都不想了吧?一切挣扎都只是徒劳,一直掉下去,掉下去,在无底的黑洞中,旋转、扭曲,时间定格在儿时醒不来的噩梦中,就此,永恒了自己年轻的容颜,兑现了他同生同死、终生不渝的戏言。想到这儿,她不由皱起眉头。

她的手被他的双手轻轻地捧起放在胸间,看着她诧异的表情哈哈大笑,笑完了才问她:"刚才灵魂出窍了吧? "李虞冲他嫣然一笑:"讨厌,你惊了我的梦,醉卧云端的梦。"她再冲窗外看时，已经没了先前的感觉，取而代之的是满眼苍翠，大概是嫦娥辛勤耕耘的菜地？或是勤劳勇敢的吴刚砍之不尽的桂树？

敢情飞机的速度是这样，高高低低、错落有序的盆景飞快地向幕后退去，逐渐清晰的太行山脉，以他稳重踏实的臂膀拥抱着他的儿女们。山间，一条蜿蜒屈伸的道路盘山而上。李虞恍然大悟，原来天路是直的，沿着笔直的路一直走，神仙才会知道能去了哪里。而山路是弯的，可以看风景，可以练体魄，但必须不断地拐弯，再拐弯。只有人间有笔直的公路，有弯弯的上坡路、下坡路，只要我们有足够的勇气，可以到达任何想去的地方。

"回来了，回来了。"杨基睿提醒李虞的时候，她腾的就起身，趁着他收拾行李的空儿，偷偷随着一起"升天"的旅客走向舱门。她迎着清新的风下了飞机，迎接他们的机场工作人员频频挥手，她也冲他们挥了挥手。

机场的安排还真是别有用心，登机时挥挥手，下来时再挥挥手，为了避免那万分之一的坠落几率，他们不知付出了多少艰苦劳动。李虞快步走上接机大巴，等杨基睿东张西望走过来时，她已经悠闲地坐在一个显眼的位置上冲他傻笑。

有特警在身边，李虞偶尔会玩玩捉迷藏的小游戏。她那点小伎俩，根本逃不出他的手心。喜欢看他突然发现她时惊喜的表情，或是喜忧参半的复杂眼神，或是想教训人又忍住、嘴唇动动又抿住的尴尬。她每每发誓不再玩这种小儿科的游戏，他就憨憨地笑了："好在我们只在陆地上打转转，万一哪天想去地宫拜访，谁打前锋呢？如果有一天，永远找不着对方了怎么办呢？"

唉，总被一些莫名其妙的想法困扰。生命生命，生死由命，长长短短不过百年，现在最开心的事，就是牵着心爱之人的手向前走，还是珍惜当下吧。

他们去的地方当然不是巴格达,更不是菲律宾,是他们思念已久的故乡——水城温泉郡。

魂牵梦绕的地方就在眼前,艳阳、草地、蓝天、白云、湖水、雕舫,遍地横生的古树林木,瓮山下雅致而清净的仿古窑房,瓮山间豪华而精美的欧式别墅,一切透着处子般原始而淳朴的气息,像谜一般吸引着天南海北的大批游客,他们孩童一般雀跃在温泉畔。

温泉,位于县城西南,弯弯曲曲的河道状似葫芦,据说当年铁锅老路过此地时,把自己饮酒用的葫芦留下了,河因此得名。窄窄的葫芦颈部,水流潺潺,平稳而悠然,两岸长满名贵药材的青山秀丽而幽静,逐渐放宽的葫芦肚子里,可容纳万千吨湖水,可并列同开百艘游舫,水流像入睡了一样,轻轻的浪涛声,如母亲的催眠曲,若爱人的呢喃语。此湖平,此湖并不算太大,但湖水极深,若开闸放水,下游的天津、山东等地怕也是一片汪洋。它蕴藏着自己内敛的力量,造福于这方缺煤少油,但依然美丽的热土,造福于这些才多志长,却依旧质朴的百姓。

瓮山,在阳光的照耀下,如仙境般让人迷醉。成群的骏马在草地上驰骋,几簇鲜亮的水红花,几片淡紫色的芝芝草,几棵盘虬繁茂的皂荚树,大块大块青嫩嫩的苦苦菜,几处农舍里升起的袅袅炊烟,高尔夫球场里传出的阵阵欢笑声,好一幅画笔难绘的美妙景致! 似北国之春,又如江南秋景;像都市,没有都市的喧嚣,像乡村,没有乡村的粗俗;如唐代圣殿,没有宫殿的戒备森严,如美国白宫,没有政界的尔虞我诈;若空中楼阁,没有悬壁的惊异险恶,若水中龙宫,没有深海的阴暗生冷。站在瓮山之巅,缥缈的白云似乎在身边游动,闭上眼,它们拂过面颊,棉花一般,冰丝一般,羽毛一般,软软的,轻轻的,柔柔的。

在这里,可以尽情拥抱大地,未开发的处女地静静地等着贵客临门;在这里,可以肆意接受湖水的洗礼,源头活水以它从未被工厂染指过的洁净之身与来宾交融;在这里,可以真实感受人间天堂的温馨,瓮山之中四季恒温的天然氧吧,滋润着旅人的身心。

千载难逢的好时节不能错过,何必舍近求远呢?九年间,憧憬着,困惑着,迷茫着走出去,采集过五岳大山的仙气,造访过鄱阳湖洞庭湖苏必利尔湖,为了走出大山几度拼搏,为了工作和生活几载分居异地,在不同的城市间辗转,在驰翔的列车上、飞机上漂泊。此时,李虞感觉到留下来的心愿如此明晰而强烈。一曲由著名青年歌手演唱的《水城之恋》回旋在耳畔,拨动着每一位在外游子的心弦……

> 回家回家　我要回家
>
> 回家拥抱故土　故土沁州
>
> 回家享受天然　天然氧吧
>
> 回家亲吻水城　水城风韵
>
> 回家　回家　领略五千年古城风华

家乡正是寻求人才共谋发展的大好时景,在朋友和亲人的劝说下,杨基睿最终在留与不留的徘徊中选择了前者,这意味着他将告别钟爱的军人生涯,从零起步,开始从社会第一课学起。

在恩师推荐下,李虞担起了文化宫"宫主"的重任。适逢首届卫河文化节正在筹办中,文化宫理应全力支持。她开始为这次盛会做准备。

为了体现卫河文化特色,着力打造精品活动,吴书记带领乡政府一班人马做着各项细致的工作,"卫河首届文化节"的筹备活动逐步向前推进着。

有空时，吴书记和文秘老韩韩庆功聊得最多。聊工作，聊人生，有时也会聊聊女人和酒。老韩今年55岁了，19岁那年懵懵懂懂地，就被父亲送进了乡政府，从年轻时的胆小怕事，到年老了一切看淡，他的生活几乎一成不变。四十年如一日奉献在这个默默无闻的岗位上，他从来不争利益，也不要荣誉，更不要什么劳心费神的职位。

老韩最大的乐趣是喝酒，自斟自饮好，饮到半醉不醉时，一首自以为绝妙的诗就诞生了。和人对饮也好，边喝酒，边天南海北地神侃，不怕天皇老子，也不惧阎王小二，只有兄长弟短的哥们儿情分。他也喜欢一群人在一起喝酒，有他在的场面气氛总会更活跃些。他喝酒从不计较菜，一碟花生米，或者一碗酸菜、咸菜，或者从地里摘根黄瓜剥瓣蒜，都能成为他的下酒菜。有时，甚至在人家的葬礼上也会喝得不亦乐乎。总之，有酒的地方他就能待得住。酒到酣处时，对组织的感恩、对家人的愧疚，以及对儿女们的担忧就一股脑涌出来。

他是感谢政府感谢党的，就凭他那一星半点的文字功夫，一个只有高中文化的庄户人，就端上公家的铁饭碗。凭着他还算丰厚的工资，养活种地的老婆和三个儿女，日子过得紧紧巴巴。

后来，孩子们相继飞出了他的草棚屋，大闺女上了大学在北京当了外企工人，二闺女读了研究生考取了长沙市的老师，小儿子在南京考上公务员。为此他一度成为同辈眼中的"金牌父亲"，他自己也觉得，肯定是积了德。三个儿女相继有了如意的工作。他津津乐道了很长时间，孩子们是他最大的骄傲。可是，这样大的成就竟然经不起时间的推敲，孩子们有出息成了他和老伴的心病。

三个儿女一个比一个远，他们是死活不愿到外头去生活的，在土疙拉里活了大半辈子,享不了大城市的福。在家里蜷着吧,无限伤悲自觉不自觉地就涌上心头来。他经常说着说着话就低落起来:"唉,我倒送魂了,他们还不知道在哪了。"

邻家老两口媳妇做饭,儿子挑水,闺女时不时地送来些时鲜蔬菜,带老两口逛集市、买衣服,有时小吵小闹些,真叫一个踏实。老韩看着人家其乐融融,自己心里那个酸呀,孩子们在大城市虽说都有个工作,可也是刚刚顾了自己。小儿子快娶媳妇了,在老家办场风风光光的婚礼,在南京有个家,这辈子的任务就算完成了。

就算有再多想不通的事,老韩从来不发火,就是一杯接一杯地喝酒。有时会从中午喝到晚上,再喝到深夜,还死活不叫人送。他的本事也在这儿,半辈子"酒"经沙场的,倒也没出过什么事儿。他能骑着自行车歪歪扭扭地往家走,偶尔在路上摔倒,还能爬起来继续骑车走。偶尔被树枝什么的刮破脸和胳膊,他一点都不知道。等回到家倒头便睡,睡饱了醒来怎么也想不起自己是怎么回来的。不过在酒场上,他绝对说不错一句话,醉与不醉的火候把握得很好。久之,"酒仙"的名儿就传开了。

至于他年轻时的酒后诗作,后来连自己都觉得酸文假臭,也就慢慢不再作诗,在外时装模作样地顶着文秘的规矩劲儿,回家就放开了,唱两句京腔,吼两嗓子花儿。老婆忙前忙后给他端茶换衣服,收拾呕吐物。醉得多了,老婆懒得搭理他,他就和老婆较上劲了。

他老婆说话得理不饶人,年轻时不计较的鸡毛蒜皮现在都成了不过关的大坎儿,老两口就今天吵明天好地唱开戏了。

不管在家里吵得多凶,一到单位,他就恢复了老好人的模样,不管大事小事,只要他知道的、发现的、能办的事,就不遗余

力地去完成。最让大家敬佩的是，只要不是刮风下雨的特殊天气，他就每天早早起床，义务打扫乡政府的大院子。这一扫，扫了40年。

老韩的故事无意中被任乐乐听了去，这无疑是公益劳动最典型的标杆。她眉头一皱，和一帮好姐妹合计着，写了份事迹材料报到县里，老韩竟被评为"卫河好人"，成了方圆几十里的名人。

田桃听说了，十分受感动，她立即和校长商量，请老韩到学校作报告，同时抽课余时间安排学生到老韩家做家务，给老两口讲些学校的趣闻乐事。老两口的生活充实起来，这个空巢家庭终于恢复了欢笑声。

老韩喝起酒来，笑得更欢了，扫院子的劲儿也更足了。他走路嗖嗖嗖地，看着就是个有福气的长寿星。

第二五章 梦展宏图

青山,神殿,出人意料的取舍度量你有限生命的厚度。

她就像一只升在高空中飘着红色条幅,画着美丽图案的超大氢气球。阳光下,她高高在上,悠然自得。为了表现自己的娴雅,她冲着太阳笑,因为阳光赋予了她蓝天白云的晴好天空;她冲着仰视她的人们笑,因为在这样的位置,从哪个角度看,都应该是披红挂彩的美好形象。为了保持自己的艺术范儿,她摆着各种标新立异的造型,因为鸡立鹤群或者鹤立鸡群同样有存在感。

她明白:群鹤中的鸡如小丑般可笑,群鸡中的鹤要冒着被啄死的风险。所以,每每有用意不纯的人挑衅她的自尊,她就自我解嘲地在空中转几个圈儿,显示高姿态,也不失为一种以不变应万变的好方法。怕被啄死时,忍无可忍时,她冷冷地摆出酷毙的架势,但等准备狠狠回击时,命运之神总是先她一步,给对方以致命打击。所以,当她忍别人所不能忍,坚持别人所不能坚持时,老天总会特别眷顾她。

即使她整日低眉蹙眼的,还是会有人群中的窃笑、恶心的流言来冲击她的底线。可神圣的梦想、虔诚的玲珑心、忠实的追随者,还是以更加鼓舞人心的气度,充盈着她那并不十分结实的身体,飘飘忽忽地在天空中轻歌曼舞。因为有阳光相伴,即便孤单,她还是能超乎寻常的冷静,拒绝诱惑。

夜幕降临时,光鲜而神气的力量倏地消失,瘪瘪的身体瘫在泥土地上苟延残喘,心脏似乎被钢针穿透了一般,十面漏风,苦

寒袭人。破碎的玻璃碴侵犯着她曾百般爱惜着的细腻肌肤,时不时地,一群不安分的小蚂蚁试图钻入她的口鼻。头脑中像被灌了铅一般,沉重而生疼。土地上的沙石子儿肆虐地戳捏着她的肌骨,夜色中的黑子肆无忌惮地蚕食着她的脸庞。开始是瘆得慌,然后是巴不得变成一股青烟散了去,最后是垂死中的挣扎不断延续,魂飞魄散的味道不断重复。等到黎明前那段回光返照般的时日,想死不得想活活不好的麻木感扭曲着原本纯净的身心。生命中一幕幕让她悲伤的镜头就会清晰地放映一遍,叫她愁闷,叫她幽怨,继而叫她衍生深仇大恨。看着天空由黑变白,再由白变黑,再泛起一点潮红的色彩,她才沉沉睡去。

一睁眼,艳阳高照,她将重新升上绚丽的天空,隐晦的心情便随着夜幕一起被拉去。此时,她无比快乐,她和朝霞较绚,她与晨阳比肩,她与清风细雨嬉闹。就算来一场雷电交加的暴雨吧,她无所畏惧地期待,那场走上生命历程中更高一个台阶的人生洗礼。就算风霜冰雪一起来临吧,被这些大自然恩赐的冰清玉洁的神物所掩埋,她死而无憾。作为一只气球,她没有被人们牵在手里赏玩,没有被人贴在腮帮子上轻易地鼓起再瘪下,没有被吹得太大时啪的一声粉身碎骨,多么幸运,又多么令人敬仰。何况,俗人不曾到过的晴空,她触摸过,俗人不曾舔尝过的暗夜,她亲历过。同样的寿辰她拥有了多一倍的阳寿,赚大了!

再度拥抱阳光,拥抱晴空,一切的一切,那般缥缈,曾经的刺痛竟然也可如此轻描淡写。忘记了忘记,记忆了记忆,她如此超脱,如此淡然,又如此恬静,她拥有了一个近乎清空的头脑和饱满结实的身体。她是大自然的宠儿,她是南海中的龙女,她只属于这片青山相伴绿水偎依的水上神殿,她就是她自己,她是王情。她疯了一般端着自己的理想坐在神殿宝座上,开始筹划自己期盼了三十年的画家梦。

遇见那个拨云见日的贵人是在一次晚宴上。

对待宴席,她有种莫名的期待,她喜欢看见大家放下身价哥长妹短地坦诚相对。有时,又有种无以言表的抗拒,不停地劝酒,不停地恭维,兴致高的时候,恨不得把所有完美的形容词都堆给一个人,心情不好时,一群大老爷们儿,比家中主妇都唠叨。叨叨中,喝高的、微晕的、装醉的、清醒的人便不必排练就上演一场好玩的闹剧,像祥云中的神仙,像玩泥巴的孩童。这种矛盾促使她表现出一种时而冷漠,时而热情的复杂表情。

作为一个经营服装的女老板,这样的应酬她见惯了也就无心责备他们。男人们的游戏心结,大概只有在酒场才能充分发挥,人生在世,老醉着或者老醒着,未免有点乏味了。所以,能推掉的宴请,她总是婉拒,由他们闹去吧,她去多么不合时宜。但架不住朋友一直催促,王情也就匆匆赴一些宴会。

她一露面,一个初次见面的小老板就兴致勃勃地敬她喝酒。王情才不吃这一套,她不紧不慢地给每位来宾续上茶水,既然来了水城,一起喝一杯好水才算给力。还好,准有盟友买账,也就同饮了一杯正宗卫河水。小老板转移了注意力,接下来的场面就好应付多了。一圈一圈敬下来,一圈圈回敬过去,大家的劝酒之功看起来都很了得。而她自己,虽不胜酒力但被大家捧着,坚持不喝未免太扫兴了。

这一喝,飘乎乎的感觉就来了。头已经很晕很晕,晕到不用手撑着就抬不起头一般。几个朋友还算不错,看她有些醉态也就有意无意地替她开脱一下。可总有不过关的坎儿呀,一些人是喝不倒对手就不过瘾。她只好硬撑着,她不喜欢喝到嘴里再吐到茶水里的花招,也不喜欢主动找人替,万一被拒绝,多没面子呀。喝

到这分上了,她的思想还是如此僵化。

不小心筷子掉地上了,她弯腰捡起来想用纸巾擦擦了事,细心的东家赶紧给她换了一双。虽然晕,可那种被人关注的感觉还是蛮受用的。趁着大家向另一位大老板进攻,她托着脑袋观察着他们的表情,也能趁机稍稍歇一下。

一群闹哄哄的人中,他儒雅的样子在醉与非醉之间摇摆,比孩童懂事,比神仙佛知人间烟火。稍显秃顶的头上薄薄的头发虽然不怎么好看,但却展示着他的博学与阅历。眼镜下一双小眼睛老是笑眯眯的,他即便不说话,笑笑的表情还是很会感染人。花衬衣、牛仔裤搭在一起,加上他幽默的谈吐,一副大师做派。

大师接了个电话就要撤退,看起来那边的人很着急。可是,这边他一走未免冷场,大家纷纷起身留他。见他执意要走,王情站起夹起一筷子青菜要往大师盘子里放,大家就哄吵着要她把菜直接送进大师嘴里。这样的玩笑开得有点大了,只见大师的脸竟然刹那就红了。

王情一笑,连声说道:"大师请坐,大师请坐,等你吃完青菜,我保证画一幅人物速写。谁当画模?请咱们最尊敬的一位老先生好不好?"大家一致赞同,王情就拿出包里随时携带的眉笔,在烟盒纸上刷刷画起来。一幅速写画完,大家评头论足,竟然都要求给自己画一幅。大师也特别感兴趣,当下亮出了自己的招牌:原来他除了做醋厂老板,还是县里书画协会的会长。他邀请王情参与卫河文化节的书画展演,不等王情表态,他就兴致勃勃地谈起了卫河文化节的筹备情况。

他说了一堆文化大发展大繁荣的表现,又描绘了自己的理想:"恰逢龙年,我们要画龙、写龙、赞龙,让'龙文化'生生不息。龙文化一定要成为文化节的亮点,民众在享用文化盛宴时,我们的传统艺术也自然而然地传承开来。当然，这是个怀胎十月一朝分娩的事情。为了迎接自己创造的新生命，我们理应竭尽全力完成自己的使命。"大家也都附和着说起文化节的事来。不知不觉又几杯酒下肚了，肚子胀得慌。王情就大大方方站起来，装模作样地走出去，她相信自己走的还是直线。

上了卫生间之后，王情找了个隐蔽的角落拉了把椅子靠墙坐着。她有点渴，又懒得起身倒，幸亏过来个服务员大姐。她一把抓住大姐的粗胳膊，救命似的冲大姐一笑："姐，帮我倒杯水，谢谢。"她不忘看着大姐的表情，还好，没有鄙夷之色。

水刚端来，大师就来了，他留下张名片，轻轻说了句："喝到一定份上，还是撤吧。"她如梦初醒一般，起身提了包就走。她觉得自己走路还是很稳的，只是找着车钥匙后她发现她的坐骑"小白马"被个大卡车和一个工具车堵在路边，留着的空隙，目测的话，大概刚好能过去，她开着"小白马"慢慢挪过去，往回掰了一点反光镜，轻轻转了一下方向。还好，顺利过关。

等她开着"小白马"回到家，一下倒在床上就再也不想起身了。这样睡觉质量倒是蛮高的。躺下后，接打过几个电话，声音飘渺得像是从另一个世界传来的。

一觉醒来，王情开始构思自己的作品。

她把早些年创作的姿态各异的黄河图找出来，不同的黄河景观衍生出不同的龙图，一幅幅描摹下去，竟足足展出了60幅新作。她叫上田桃和李虞一起为龙图题诗，田桃又发动学生们赋诗，竟然成为画展中最大的亮点。那一条条似龙似河的庞然大物，或莽莽腾腾得叫人震惊，或乖巧温顺得让人疼惜。题诗贴合图意，书法笔力苍劲，整个一副龙图腾的壮观景象。

画展上，王情和她的画作一起大放异彩，成就了她当画家的

梦,也成就了大师扶持新人的愿望。王情一时成为大家追捧的美女画家。成为众目睽睽下的大人物之后,王情愈发自信。

坚持画画,即便保持现状,她都会拥有不错的前景。为师、从商、成名,她的选择注定了她的丰富经历,谁都不知道她心里到底在想些什么。按照常人理解,都成画家了,那就画吧,随便画一幅都能糊弄很多人。但她是王情,不是别人,画画事业如日中天时,她一个转身,回到了原点。王情决定返回卫河学校带美术课。

要说累,那是真累,脑袋不是考虑服装的搭配技巧,就是思考如何能卖出更多的衣服,虽说钱是身外之物,但挣更多的钱还是能证明自己奋斗的价值。而此时,金钱已经完全引不起她的兴趣,她只想着自己的画儿,把画作提升到一个更高的层次,这是她迫不及待想要完成的使命。此时,她的创作生命似乎到了瓶颈阶段,任凭她怎么突发奇想,画出的东西还是没有新意,连自己都不满更不用说付之于众了。但要放弃花天酒地的老板生涯,放弃她坐收名利的大好前程,她也失落了很久。

白天一想起失去这样的生活心里就冷飕飕的,晚上一觉醒来想起自己的决定就倏地刺痛,但为了突破艺术低谷,为了在校园中、大山间寻找属于自己的生物电力,她勇敢地面对了自己的选择。做决定之前,她做了个奇怪的梦,一向镇定自傲的她竟然梦见抬着棺材发丧。梦境不言而喻,她在为即将失去熟悉的一切担心,她也在憧憬另一个世界的美好。

再也不用为得罪商场中人而小心翼翼,再也不用在工作和陪孩子之间作艰难选择。她可以培养一批批有画家梦的家乡孩子,她实现不了的理想让学生去完成,她拥有了更加充足的时间和空间进行漫无边际的构思。

放下,放下那些生命过往中最灿烂的烟花,那些看似尊荣的名利与殊荣,那些曾以为失之将死的人生重负。放下它,轻装前行,将会赢取更多。从此,王情回到开始起飞的地方,准备再一次飞翔,按常规讲,她没有理由不能飞得更高。

王情的儿子马欢欢已经是个七岁的大小伙子了,长得高高的、壮壮的,大大的眼睛和两道浓而挑的剑眉很像他爸爸,宽宽的眉宇和蒜头般的鼻子有点像王情。

马彪不在的日子,儿子便是她的支柱。有时,她会有意无意地把儿子当成她前世的情人,对他说些大人的话,比如难以取舍的选择,比如搞不定的难缠琐事等等。虽然他的粘人程度一点也不低于吃奶的婴儿期,但出奇的懂事,也特别会照顾人。出门前,他会挑剔地告诉王情:"妈妈,这件衣服不好看,换一件。"王情会乖乖地换件儿子挑好的衣服。他大声叮嘱王情:"妈妈,路上慢点啊,我在家等你,你要早点回来啊。"一会儿又撵出门吩咐:"妈妈要小心啊,千万不能掉在厕所里,早点回家啊,你不回来我就不睡觉。"

开车带他出去游玩时,有些难走的巷道,王情谨慎得不敢前行,小家伙还会大声鼓励妈妈:"往左点,往右拐一点点,再往右,对!好了!"顺利通过后,小欢欢就拍着手,歪着脑袋,看着王情表功:"我说能过去就能过去嘛。妈妈最厉害!我超厉害!是不是啊?"每当这样的时候,王情总会忘乎所以地感谢上帝赐予自己一个如此完美的小情人。更让她感动的是有一天晚上,小家伙竟然说了句让她掉泪的话。

慢慢的,马彪的人和他的心多多少少往外飘,王情不是没有察觉,也不是刻意不管,只是那份曾刻骨铭心的感情,也会走到今天,王情早已不屑于用软的或硬的手段来赢取他的心。难过时,王情不再像以前一样大吵大闹,也不再追根问底,淡然的态

度下包裹着她极度敏感的内心,如此疲惫又如此无助时,她习惯性地在画作中表达她的愤懑与孤独。

那是一个马彪不回家的夜晚,带儿子看完跆拳道表演,又一起练完琴以后,孩子很快就进入了梦乡。王情翻来覆去难以入睡,就起身作画。也不知过了多久,卧室里传来了儿子叫妈妈声,王情跑回卧室,儿子腾的就坐起来,迷瞪着眼睛说:"妈妈,妈妈。"王情答应了两声,儿子没有应声。

等她抱着儿子睡好的时候,儿子清清楚楚地说了一句话就接着呼呼大睡。那是一句王情一辈子都忘不掉的话,他搂着她的脖颈说:"妈妈,至少还有我和你在一起。"一个七岁的小男孩,在她困顿交加的午夜,梦呓一般说了这句让她感动得顷刻间泪流满面的话。王情发誓,不论多难,都要把儿子培养好。男人多负心,只有儿子有一颗纯粹的心,也许有一天,他的媳妇和孩子会侵占她的位置,会把她赶到边边角角,但有他们的血肉承接,有这句午夜承诺,他们的母子关系,除了与生俱来的亲近,又多了份相濡以沫的真情。

儿子是她此生最好的作品,她还有什么疑惑呢。给孩子一个良好的环境最要紧。回学校,对儿子对自己都好。

带孩子回校任教的王情,站在校园中的五星红旗下,想起自己刚毕业走进它时的懵懂,想起以前打打闹闹的幼稚,想起她一段段无疾而终的感情,想起她和学生一起捏蜡像刻版画的情景,王情的心里感到从未有过的踏实。这个不大不小的学校,给予她的太多太多了。

据外界传闻,三到五年内,所有的乡下中学都将合并到县里的教育园区,整合教育资源,优化教师组合,为的是山区教育更加有活力,这一点本也无可厚非。也许若干年后,她的母校,改写她生命的学校将不复存在，只有一个永存的名字在华山脚下流传，在卫河河畔蜿蜒。她的无限热忱将和学校生死与共，她的生生世世都将和卫河学校留下不可磨灭的烙印。

卫河学校的历史上，曾经有过一位才情过人的女画家，放弃名利，放弃城市诱惑，在母校最后的时刻，陪它走过百年寿辰。在众人都盼着回城的时候，她将成为校史中唯一一个坚持用自己的心、自己的眼睛、自己的彩色画笔，描摹它无限风情的女画家。

怪的是，马彪这个狼挖了心的负心汉子，在七夕情人节那天，也就是她返回学校的第三天，背着铺盖卷儿跟她到了学校，做保安，或者电工什么的他一点也不计较。

夜晚，她的床上终于睡齐了三个人，她终于有了家的感觉。由于血液循环系统不大好，她的手脚总是很凉，想起怀孕时马彪用手为她暖脚的片段，她的脚试探着伸向自己的丈夫。马彪竟触电般弹开了，还大声说了句："有暖宝不用，偏偏来欺负我。"王情不想和他争辩，但此一时、彼一时的强烈反差，让她的眼泪喷涌而出。

马欢欢开心得不得了，他抱着王情的双脚拥在自己的怀里，奶声奶气地说："妈妈，我给你暖脚，我怕你的脚冻成冰块了。"王情再次感动，抱着儿子一吻，喃喃道："妈妈爱你！"小欢欢也不含糊，在王情的脸上连亲几下，说道："我和爸爸都爱你。"没法儿，王情又被融化了。

夕阳下的校园甬道上，便经常出现他们一家牵手散步的身影。王情的色彩总是那么浓烈，她的超短黑纱裙，洁白的内衣，内衣中挤出血红的小外套，黑、红、白，她就喜欢这样浓艳的色彩，散发着她的霸道与豪迈，展示着她的超脱与热情，紧紧的衣服中凹凸有致的身影在两个男人的紧紧相随下嵌在了落日余晖中。

第二六章　梦幻嫣然

嫣然，天使，为人师表的风范带给你无法考量的功德。

讲台上，一个黑瘦但精神十足的老师在抑扬顿挫地讲解着。厚厚的讲义整齐地摆在讲桌上，他的左手不断做着手势，粉笔头夹在手指间，挥在空中抡出美妙的弧线。

他时而躬身检视，时而昂首呼喊，讲到高潮处，扬起手臂在空中挥舞，讲到抒情处，低头沉吟，讲到关键处，转身利索地在黑板上留下洋洋洒洒几行大字。高高的鼻梁上，架着一副黑边框的深度近视镜，激情讲解时，总会习惯性地用右手的拇指和食指捏着右边的镜框往上推一下，然后露出欣慰的笑意，样子非常儒雅，非常潇洒，像极了有重大发现的考古学家。他的板书简洁明了，左边习惯书写文章的框架结构，右边书写精彩句子与绝妙词汇，漂亮的行楷在他笔下鲜明地嵌入黑板，潜入学生心里。

学生们聚精会神的表情，似乎不是在听讲，而是在欣赏生动的话剧表演，他们眼睛一眨不眨地盯着讲台上全力浇灌他们的田楷诺副校长，生怕一眨眼错过他的精彩演绎。窗外闻声驻足的老师们踮着脚尖看着他露出满意的神色，有偷偷听课的同事看一阵、评一阵，说他像三国时愤懑而起的义士，如五四时慷慨陈词的书生，若白宫内力辩群雄的议员。

看起来老成的田楷诺其实刚刚三十出头，任教学副校长、班主任，兼语文课教学，上大学时就有过辉煌战绩。

据说，当年就读于石家庄机械学院的他带领舍友们编排了长达十集 4500 分钟的历史剧《西柏坡》。从编排剧本到演员造型，从艺术剪辑到灯光设计，包括道具的收集与制作，包括主题曲的谱写与演唱，事无巨细他都亲自执导，有些关于嘉兴南湖的历史片段是他跑到北京历史博物馆，从当时实景拍摄的影像史料中汇集的。更让他想起来就自豪的是：在片中饰演了一代伟人毛泽东主席。

经过一年多的排演，剧本在全校五千余人的师生中得到赞许。校宣传部长决定将此片送到省文化部，考虑到片子知名度较低，演员都是草根出生等不利因素，他决定请当时任书法协会顾问的著名书法家张松题词。这个艰巨的任务又落在田楷诺身上。

他当时还是个刚满二十岁的愣头青，想都没想就一口答应了。没想到连跑五趟，都没见着人家的面，不是去欧洲考察了，就是去外地办书法展了。名人真忙啊，忙得抽不出十分钟时间来会见他这个无名之辈。第六次去他压根儿就没抱希望，刚进书法协会大楼就听见有个刚劲有力的声音在讲课，他寻声走进书法培训班，坐到阶梯教室的最后一排，听老先生讲述写字要诀。

课间休息时间，老先生走下台来，亲切地问："小伙子，你有什么事吗？"田楷诺就从实讲来。老先生笑着说："我帮你写行不行啊？""多少钱？"生性直爽的他张口就问。"哈哈，一字不足千金，就一字一万吧！"田楷诺呆愣愣地不说话，质疑的眼神透过眼镜片偷偷斜瞟着老先生。

老先生随手拿出自己的宣纸，端来学生的笔砚，问道："说来，写什么？""西柏坡。"他不敢多说一个字。老先生挥毫泼墨，三个流畅豪放、古朴生动的大字跃于纸上，随后又写了"天道酬勤"。写完了拍拍田楷诺的肩膀说："一文不收。去吧，看你是个人才，老夫愿给你做一回义工。坚持自己的选择，在你认定的领域，

好好奋斗吧。后会有期!"不等他张口言谢,老先生早健步走上讲台,继续给学生讲解书法之精妙。

事后,他才知道,给他题词的是大名鼎鼎的书法家唐魏然老先生,河北唐山人,中国著名书法家、书法教育家,中国书法家协会创始人之一,享受国务院授予的政府特殊津贴。他的书法大多能展示中华书法艺术的璀璨,他的书法总是能彰显永恒的艺术魅力,同时,为参观者打造高质量的视觉盛宴。

有了唐老的精彩题词,加之他们对片子重新审视,精益求精地严格把关,片子在河北省电视台黄金时段连续播出。不久,中央电视台打来电话询问,可否购买版权? 田楷诺高兴极了,立即答应。因此得到了第一笔工资,一万元呢,当时老师的月工资也就几百元,最多千余元。此后,片子在央视晚间播出,好评如潮。

毕业后,田楷诺从父母之愿回到家乡,一面教书一面学习,等待合适的时机考取公务员。恰逢行政事业单位都进行改制,机会很多,他报考了学校教学校长之职,随后又受同学怂恿报了乡镇副镇长之职,两次考试他都突围了。一进入社会,他就在"校长"与"镇长"两个职位间取舍,教育局长找他谈话了,政府任命干部的公示也贴在校门口了。

论前途,乡镇干部肯定略胜一筹,能在行政部门讨个饭碗是求职困难的今天,多少学生踏破门槛也找不到的好事,何况一入行就是独当一面的乡镇干部,发展好的话,今后将成为黎民百姓的父母官。

可是,归根结底,自己还是属于技术型人才,搞教研,管教学,配合校长工作,关注教师成长,培养学生成才,这些更是自己熟悉的,是自己拿手的,是自己可以满怀豪情、毫无顾忌地去追寻的事业。还有个原因,说起来话长。

当年,他像自己的学生一般大时,三年初中曾换过六个学校,几乎把县里的中学都住遍了。原因是,他不是被人欺负就是欺负别人,要不就结伴上网吧玩游戏,不是被学校开除了,就是自己死活不去学校了。当时玩电脑游戏是相当上瘾的,三天不玩就难受得要命。

熬不住时,他就歪歪唧唧的装肚子疼。看他真是疼得又呕吐又冒虚汗,老师就允许同学送他回家。机会又来了,他便和同学们到处捡垃圾卖了去上网,一钻进网吧就直等花完了钱才往出走。玩电脑游戏中,可以连续三天不吃饭、不睡觉,等出网吧时,十来岁的孩子,脸上的胡茬茬就长了一层,脸瘦得像非洲饥民,看见阳光时不由自主就两眼冒金星。老师教训了几次,都不管用,就吓唬他说再不听话就开除。

他才不怕呢,他认为学习并不是唯一的出路,打游戏未必不是一条路,他相信自己可以练成游戏高手,甚至有一天自己也可以开发电脑游戏。迷在游戏中,打打杀杀的刺激,血淋淋的残缺肢体紧紧抓着他的心,叫他对现实中的一切充满厌恶。

最厉害的一次,是他爸爸撒网式地找了一个礼拜,才发现他呆在菜市圪廊里的小网吧战斗。他正战得眼睛都发红的时候,他爸爸从天而降,愤怒的爸爸暴打了他一顿,还把电脑砸了,当时的电脑还是稀罕东西,气得店主要和他爸爸拼命。幸亏公安人员及时赶到,才避免了一场现实版的喋血战。后来,店主竟然纠集毛后生,在半道上等住他爸爸打了一顿,他爸爸卧床休息了一个月才起身。

血的教训终于叫他有了心气儿。爸爸给他最后一次机会,转到乡下的卫河学校学习。这是他初中生活的最后一站,也是改写人生的一站。

当时,学校条件是相当苦的。早晨吃的一律是三两饭票一份的米饭,也就是两勺子像粥一样的小米稀饭,再加上两毛钱菜,一拨拉就知道菜里有几块山药蛋、几根粉条、几片菜帮子。中午和晚上都是汤面和馒头,他们都能不吃菜直接吃馒头。有细致的男生煮了方便面后,把调料撒在馒头上吃,就成了美味的夹馅馍。这还不算汤面里,偶尔额外增加的老鼠屎或小虫子什么的。虽然如此,都说集体饭养人,同学们一个比一个胖。都是些能"吃穷老子的半大小子",不到饭时肚子就饿得呱呱叫。这样,住宿生的干粮和咸菜就像中东的石油一样,自然而然成为他们争夺的对象。刚开始,田楷诺的干粮只有被抢的份儿。

全班31个男生挤在两间大的宿舍中,抬起头就能看见灰黑的房梁和一根一根的椽子,墙壁上刷了灰又脱落了的斑斑蜕迹像地图一样。还有个公开的秘密,就是有一块砖松动了,他们干脆抠出个大口子,隔壁住的是高年级的大女生,他们就一拨一拨地偷看女生宿舍的风景。其实那时候,女生大都很保守,大夏天还穿衣服睡觉。他们其实是看不到什么的,但依然是他们乐此不疲的小伎俩。铺位分上铺、下铺和小铺三类三个等级住。一般来说,上铺住的都是老大,下铺住老大的哥们儿们,小铺就住入不了团伙的零星人员。轮到每个同学,也就是一个褥子折起来的空间,仅供晚上睡觉使用。晚上睡觉时,呼噜声、蚊子嗡嗡声、起身小便的凌凌声一会儿响起一会儿停歇。

从城里来的孩子自以为高人一等,酸文假臭了一段后,就背过老师进行他们"男人间"的较量,几次争斗后,一个白白净净的外来户竟然打败了地头蛇,成立了以自己为王的"四大金刚"组合。成为大王后,他的行为就更加出格,起床后从上铺就直接跳到下铺,"咚"的一声就两脚踩在小男生的床铺上,那感觉,特豪迈。小男生不敢吱声,等他走后才骂骂咧咧地收拾床铺。有的下雨天,他上了上铺后,把鞋一脱放在房梁上,鞋就在房梁上滴答滴答的下半夜小雨,房梁下的同学还是敢怒不敢言。

干粮问题就更不用发愁了,常有小同学送给他吃。

最给他长教训的是那年冬天,宿舍里生着炉火,炉火中的炭块烧得闪亮闪亮的,他尿急了,一个鬼点子冒出来,他站在上铺冲着火炉,想象着自己是那个比利时人于连,机智地用尿浇灭侵略者点燃的导火线,避免火灾,保存学校,成为全校的幸运儿与守护者。一泡尿撒下去,火苗顺着尿液往上蹿,疼得他呀呀直叫,差点废了男人的命根。

夏天宿舍有点像集中营,又潮湿又阴冷,进宿舍得卷起裤腿,不然跳蚤酥酥地就钻在衣服里,他的室友十有八九都起过湿疹。衣服从星期一穿到半个月放假才换,学校不提供热水,更没有澡堂。男生还好,左不过一身汗味一脸黝黑。有的女生就成了白脸黑脖子、头上长虱子的小乞丐。一些早熟爱打扮的女生就很突出,"四大美女"组合中的婉君成为田楷诺的梦中情人。

为了追求美女,小小的田楷诺首次感到了羞愧。他实在不想把自己和校长大名紧挨的成绩被心上人看见,于是开始发奋读书。整整一年,他把自己埋在了书本中,升学考试中,他幸运地降分录取到了县里的高中。

卫河学校的两年,无疑是他生命中最重要的阶段,磨难受得不少,但收获也是巨大的,他都不敢想如果没有卫河学校的收留,自己将成为怎样的无业游民。两年艰苦生活的磨炼给了他能承受生命中任何苦难的勇气。两年中,激发了男人的斗志,萌生了对异性的爱慕,明白了学习是提高自身的法宝。从此,他走上了好学生的道路,直到大学毕业。

在同事们诧异的眼神中，田楷诺留在了山区学校，他要报效改变他人生的母校，他要拉回一拨拨像他一样的迷途青少年。这一留，三年恍然而过。

今年新生中，有个特殊的女孩引起了他的注意。女孩是156班学生，叫高霞，梳着个长长的马尾辫，总是跑着跳着很快乐的样子。她的成绩处中上游，活泼开朗，样子也很可爱，只是患先天性唇腭裂，裂开的嘴唇露出三颗大白牙，说话口齿不清，笑的时候比哭的时候更吓人。然而她并不自卑，上课积极回答问题，课下参加学校举办的各种团体活动。

田楷诺记在随时携带的笔记本上，也暗暗地记在心头，一定得帮帮这个女孩。机会来了，一次同学聚会上，他听说王菲、李亚鹏夫妇发起的嫣然基金，专门免费救治唇腭裂儿童。他就经常在嫣然博客上寻找有效的救治点，可惜博客更新较慢，三个月过去了，一无所获。他便在自己的博客里写文章介绍高霞的情况。

终于，一位好心的东北大姐正是嫣然基金的受益人，给他打电话询问病情，并联系好入院免费诊治的相关事宜。于是，他们免去了申请、咨询等一系列程序，直接与北京健翔伊美尔医院院长李芳芳女士取得联系，很快，他们抓住最佳治疗期，入院做了手术。

手术后，经过三个月的休养恢复，高霞成了笑容很甜的女生，病容带给她的种种不便由此消失。

在高霞的成长历程中，田楷诺校长的热心救助无疑是改变她命运的一次实实在在的帮助。而在学生任然的心目中，田校长简直就是他的再生父亲。

162班学生任然，是个私生子，因为计生部门卡得严，十五岁了还没上户口，学籍卡都办不了。他的父母亲都在外地打工，父母不管，与他相依为命的奶奶又管不了，此事就一直拖着。任然滋生了退学的念头，学得好又怎么样？自己永远是个黑人，没人管没人要的黑人。他的表现相当极端，与那些同是留守孩子的学生相比，他时而刻苦学习，时而调皮打架，有时还会给年轻女教师个下马威，不是把蚯蚓放到了粉笔盒里，就是在黑板上丑化老师形象。班主任和科任老师都拿他没办法。

了解到真实情况后，田楷诺发现：这是个聪明而敏感的学生，心病还得心来治。但解决一个十多岁学生的户口问题，岂是他一个区区中学副校长能轻易办到的事？可是不解决这个问题，怕毁了学生。他便硬着头皮多方打听，后来听说，十年前的计生问题只要交清超生罚款，可以不予追究，户口也可以办理。

田楷诺拿出了积攒三年的工资，替学生交了钱。此后，任然在校期间坚持给他洗衣服打水。后来，他考取了重点高中，每个月都会有封信来汇报自己的生活学习和思想状况，甚至偷偷喜欢女孩子的事也和他谈。

傻也好，痴也罢，他自己心里是踏实的。又到六月中旬了，临近中考，是学生、老师、校长和家长们最操心的日子。除了整体复习、练兵考试、错题集练等常规环节，每年接近中考的日子，他们都会去拜访玉山上的"夫子庙"，感谢儒家教育绵延浸润中华文明，祈祷学生正常发挥，祝愿自己为教育、为儒家增添一丝光彩，让传统文化源远流长。这并非迷信活动，不过表达现代为师者对古代圣贤的敬意，为圣人孔夫子敬一炷香，捧一盏茶，送点水果，留些糕点，尽些后辈们的绵薄之力，告诫自己也警示学生，不论何时，都应该拥有一颗感恩的心。

细微之处做好了，便是大爱的积存。他懂，他带过的学生懂。方圆四十里的老百姓都信奉孔夫子，甚至临县的人也加入到

敬拜孔夫子的行列中来。

6月20日上午7点，噼里啪啦的鞭炮声中，考生们吃过学校为他们精心准备的"糕"和其他早点，进入考场，迎接人生中初次选拔。会有好成绩吗?学生们在考场上奋笔疾书，家长们，老师们，校长们，社会各界关注教育发展的人们拭目以待!

暑假，让很多外行人羡慕的长假，足足两个月。两个月怎么过?以前以为放假了可以干自己想干的事，可以不活在学生们显微镜般的眼光下。为人师，才知道，老师的假期并不是完全可以自由支配的。

假期，他们要参加各种学习培训，以前是去城里的学校学习，现如今发展到网上学习，非常棒的教育平台。在家里打开网络就可以听到北大名师的教学新理念，可以和全国各地的老师们发帖交流。

全国中小学教师远程全员培训、全国中小学教师技术能力培训等课程相继展开，这些一流的教育资源供老师们享用。用新的理念新的思路武装自己，那种学到新本领的喜悦感，那些陌生人之间，为了教学困惑争得面红耳赤的学习热情，真的叫老师们变年轻了，变得更有活力了。

第二七章　梦育文竹

文竹,祠堂,源远流长的文化留给你千金不换的财富。

为了寻找山区教育的出路,田桃田副校长带领学生、老师和家长代表赴南京考察。为期一周的观察与探讨,大家都觉得收获颇丰。南京华南中学,正如一副水墨丹青画,不轻不重地把山区教育的优势展露无遗,他们把向阳精神和红色传统从华南中学带回到卫河中学,奉为至少五年不变的校规校训。

南京华南中学是一所民办学校,紧抓教学质量和扶助贫困生是学校两手并重的大事。学校与团中央合作,设立了"华南自强奖学金",先后为4万多名因贫困而上不起学的孩子,提供了上亿元的助学贷款,圆了他们的上学梦。

校长秦晓虎是政治经济学硕士研究生,中国公益事业大使。秦校长身着一件大红色的衬衣风风火火地赶到会议室时,他其貌不扬的几句话,就牢牢抓住了师生及家长们的心,那气魄、那力量真的叫人不由自主地信服他。那火红的衬衣,似一面迎风的红旗,那挥起的拳头,扬起一种红色的信念,在满眼金黄色向阳花的掩映中,犹如带队的党旗、耀眼的火把,引领了山区教育的发展航向,点燃了贫困孩子的梦想。

考察结束后返回学校,周一早晨,田桃照例检查完学生宿舍去办公室签到。明净的玻璃窗前,那个着亮丽色彩衣服的胖女子吸引住了她的眼球。头发被高高地挽起,身材显得高了很多,一副亮闪闪的耳环和涂有黑色指甲油的手指,昭告了她与老师们

的区别。她也抬起头来,两人同时一声惊叫:"是你!"依然古怪精灵的王情总是带给大家很多惊喜。

"文竹是'文雅之竹'的意思。其实它不是竹,只因其叶片轻柔,常年翠绿,枝干有节似竹,且姿态文雅潇洒,故名文竹。它的叶状枝纤细秀丽,密生如羽毛状,翠云层层,株形优雅,独具风韵,深受人们的喜爱,是有名的室内观叶花卉。文竹的最佳观赏树龄是第一年到第三年,此期间的植株枝叶繁茂,姿态完好。但即使是只生长数月的小植株,其数片错落生长的枝叶,亦可组成一副十分理想的构图,形态也很优美。大家看到的这盆就是生长了7个月的小文竹,下面请同学们描摹一下,注意比例关系,注意明暗对照。请同学们用心观察,争取再现它的动人风采……"重新登上讲台的王情滔滔不绝地讲述着,不时执笔在黑板上勾勒。窗台上那盆郁郁葱葱的文竹,骄傲地昂着头,似乎在挑衅:谁能把我形神逼真地留在纸上呢?肯定有人把我矫健柔美的身枝赋予永恒的生命吧?

讲台下,学生以小组为单位围了五个圆环,在轻音乐的伴随下,他们挥舞着画笔,出神入化地描绘着对竹的理解与赞叹。

几年做服装生意的经历,王情可谓阅人无数,为此,她不仅修炼了三寸不烂之舌,笔锋更为犀利,同样一组静物,她可以铸造它们不同的灵魂。几年经商生涯,她和形形色色的人打交道,有好友相送的名家真迹,也有重金购买的古迹名碑,名人文字画作的拓片更是不计其数。王曦之的《兰亭序》、林叔华的《古韵惊魂》、王省山的《菜根轩诗抄》等等这些书、画、诗作品,都成为她课堂上的绝版教材。在她的精心安排下,美术课成为卫河学校教改征程中的又一大亮点。

课余,她又迷上了摄影。拍校园景观、拍人物动态、拍个人写真。端详着一幅幅得意之作，王情的眼睛盯在校园一角的图片上，图片中，大背景是校园后院郁郁葱葱的姊妹松，左侧是土墙木窗、瓦砾残缺的郭家祠堂，右侧是新修好的学生餐厅，图片一角是自己那辆蓝色的朗逸轿车。整个一幅穿越画，仿佛是自己从农家草屋到敞亮教室再到高档轿车的人生轨迹，又像是只管自己潇洒不顾祖宗死活的讽刺，更像是现代大规模建设和古典文化渐渐消没的警示。文化的传承、文化的延续一定是目前文化大发展大繁荣浪潮中的一面大旗。看看郭家祠堂残破的外墙和精致的木制花格窗棂，王情突然感到刺痛。她能为文化发展做点什么呢？就眼前而言，保护祠堂，在原貌的基础上进行修复是最好的办法。可是眼看着外墙倾斜，搞不好赔上老本也保持不了现状，但一想到任其自生自灭，心里就一阵落寞。

想着心事，看着图片，一个大胆的计划逐渐成形。这样的图景会不会引起大家的共鸣呢？郭家祠堂，定是当年郭家望族所建，如果人人献出一点爱，是否可以重振祠堂雄风呢？祠堂内的两棵姊妹松可是国家二级保护树种。如果不是"文化大革命"时破四旧，祠堂也会是国家保护建筑吧？

说干就干，王情立刻从不同角度拍了祠堂的图片，再配上文字说明，加上激情四溢的募捐书，一股脑发在自己的博客上，希望得到广大古迹热爱者的大力支持。帖子发出不久，就有不少人询问细节，并积极到现场参观。王情一一回复，末了不忘客气地加上一句，只要支持就可获得一份土特产。关注者中不乏设计师、监理人员和工头，他们一个个表示可以义务修复。但真要把古迹交到他们手里，王情有些不舍，万一修不好，成了一堆废土，或者修得面目全非呢，自己的罪过可大了，还不如保持现状呢，此事只好搁置了起来。后来，又和几个热心人士商量对策，最终

决定保持现状，一个踌躇满志的计划只好搁浅了。

看着照片中一伙年轻人油漆桌椅的场景，王情体会到了这些人和老辈人的区别。今年招来了5个研究生，是省里统一招考中高分考进学校的，这是卫河中学历史上学历最高的老师，也是离家最远的大孩子。他们来自南京、苏州等大中城市，为了支持山区教育，他们毅然放弃了家乡优越的条件，来到这个看起来发展飞快的学校，其实学校的环境设施甚至都比不上他们上中学时的状况。这些大孩子到校后，没被吓跑，没有抱怨，而是自己动手，积极建设自己的小天地。

因为办公设备紧张，给他们配备的桌椅柜子有点旧，他们就找后勤采购买了油漆，又找了刷子，兴致勃勃地干起了油漆活。他们还把自己的宿舍也粉刷一新，在他们的带动下，学校老师纷纷效仿，学校有点沉闷的气氛，明显被这几个研究生搞得红红火火。有他们参与，学校的升旗仪式也格外隆重起来，书法、跳舞、演讲、辩论等各项团体活动也搞得更正规了。

王情乐滋滋地欣赏着自己的宝贝作品，她就是喜欢这些玩意儿。尤其是返回学校后，心静如水的感觉，逐渐让她体会到山旮旯的好，沉静而安稳的生活，思绪天马行空地跑，一个个金点子也冷不丁就冒出来。

只是接了个电话，不知为什么，火气"哗"的就上来了。事情是个很简单的事情。儿子急着要玩电脑，王情希望他下棋，两人就你一句我一句地辩驳起来。说话时，王情还是尽量语气和蔼地想讲道理说服他。辩论中，母亲打来个电话，可能是听说了她回学校的事，一顿牢骚：怎么想的，放着好地方不去，偏偏回到山旮旯去。王情耐着性子听完又解释了几句，叫父母不要操心。儿子已经喊上邻家孩子过来，好说歹说都要玩电脑游戏，怎么说都不听。儿子竟然龇着牙,举着胳膊当怪兽来强行占领电脑领地。王情本来可以慢慢教育儿子先玩别的,或者让他玩一会儿再督促他离开电脑游戏。

可是,没防备的,火气一下冒出来,大吼孩子根本就不当回事,啪啪两巴掌就甩在孩子脸上。是脸上。愤怒的母亲已经失去理智了,她本来是特别痛恨家长打孩子的。儿子迷电脑游戏已经有点入魔了,瞧他走路的样子,也像奥特曼一样两臂一挥,就想冒出激光来。甚至为了玩游戏,他可以拖地板,可以草草吃饭,可以嬉皮笑脸地哄王情开心。

巴掌甩在小马欢脸上的时候,鼻血突然涌了出来。看着血红的东西一涌而出,王情几乎懵了。她赶紧捂着孩子的鼻子,就那样抱着他小小的、还不怎么硬气的身子,母子俩抱头痛哭。她疯了一样,突发性地做了一件叫自己终生懊悔的事,怎么会打孩子呢?怎么能让孩子流血呢?什么当娘的!想想自己火大的原因,应该是三方面的。一是因为儿子不听话,自己的家庭教育很失败。二是好像自己提前进入更年期了,隔一段时间就得神经质一回,任何人任何事都提不起她的兴趣。三是因为对父母的愧疚。

对父母的愧疚是她心底的痛。她上完学刚参加工作就嫁了人。父母给她的太多,而自己回报的太少了。有一段时间,她特别不愿意去娘家,每每看到父母简朴的生活、自得其乐的神情,她就觉得他们过得可怜,可是自己又无能为力。原来,爱莫能助是世界上最痛苦的事情,她害怕看到他们无所求的眼神,害怕他们左一句右一句的叮咛,甚至害怕他们如贵客临门一般买好菜找好吃的忙乎。每次回娘家,心底都是一阵刺痛,回家后总得调节很久,才能摆脱反哺无力留给自己的愧疚和自责。总之,火气一上来,正赶上马欢不识深浅的闹,这股火就发到小家伙身上

了。可刚打完孩子心里就堵得慌,自己没本事管不好孩子养不好父母,怨谁呢? 可是,巴掌已经出手,怎样都收不回来了。

小家伙也是真恼了,哇哇大哭后,恨恨地盯着王情。正好邻居小朋友拿着小飞机来玩,马欢就嚷嚷着要跟邻家哥哥走。看着孩子的眼神,王情有点恐慌,这样一个小小的人儿,真想把他贴在心窝上。停止哭闹的马欢,一个小飞机就哄得哈哈大笑了,他玩了一会儿就要跟邻家哥哥走,临走还不忘叫一句,我要结婚,嫁给哥哥,搞得王情哭笑不得。为了让儿子长记性,她假装冷着脸不理他。小马欢还真长志气,跟了邻家孩子走了竟然有三个小时没回家。

王情蜷在床上,她觉得她的全身力气被突然抽空了,软塌塌的像是一摊泥,她发誓,以后,千万千万不能再这样失控了。儿子终于蹬蹬蹬地跑回来,那脚步声一下下地砸在王情心上,她猛地起身,跑出门张开双臂,可怜的小家伙,开心地奔入妈妈的怀抱,就像从来没有发生过什么一样,抱着王情的脖子深情地说:"妈妈,我不嫁邻家哥哥了,我要嫁给你,因为我最爱你。"看着乖巧的儿子,王情的眼泪又哗哗哗地涌出来。

为了奖励懂事的小马欢,他们娘俩就到野外疯玩。

王情带着儿子出了校门就顺河流而上,走着走着,便到了卫河源头。正碰上县里来领导视察,有几个当地老农为大家讲解典故。据说,源头的张果老庙下,竟是一个早在大唐年间便修好的净水过滤器,方圆几十里的庙宇下, 弯弯曲曲的河道多达上万条,听说,有好事者曾经从台阶下的小洞钻入净水系统,里面一段水流急一段水流缓,而且人工修筑的弯道很多,想必是挖水人设计的妙招:通过沉净、流走、再沉净、再流出的古老方法保证水的洁净度。有个老婆婆介绍说,她小的时候,在水池边就能听到里面像筛子筛石头一样"忽楞楞""忽楞楞"的声音,肯定是个筛子一样的东西用来滤水的,可是后来,有人听着心烦,就把筛子拿掉了。后来,筛子不知去向,偷筛子的人得了一场怪病死了。从此以后,再没有人敢动这个小庙。

另一个白头发老大爷说,你们没见着,我是亲眼看到了,五月端午那一天,我坐在河石上沤粽叶。忽然从石龙嘴里游出一条蛇,蛇的颜色我从来没有见过,它的头上还有几个亮星星,我以为是自己惊动了河神,赶紧叫来老婆子一起上香,边烧香便念叨,如果神家显灵就在河里游三圈。蛇居然整整游了三圈就再不见踪影。老婆子一掐算,说是龙王显身了,本来它就是形神不定的仙家,这次出来遇到盛世康年,又安心回宫了。

一个学者模样的青年人,给大家解读了庙前碑文上描写的故事情节。大概就是张果老来到此地,顿觉神清气爽,于是就在这里修炼成仙。他又指着青砖墙痛惜地说:"这是最失败的修复。早年间,墙面上全是彩绘,而且是一层接一层,一个年代接一个年代的描绘,因为怕墙体脱落,就重新涂上一层泥墙,再彩绘,厚厚的彩绘使墙身越来越厚,近几十年,却由于认识浅薄和管理不善,孩童过来玩时一层一层剥去,每剥一层,总会露出更艳丽的色彩,想想古人当年,是怎样踩着梯子,举着画笔,用丰富多彩的人物和风景表现他们那个年代的辉煌场景。"可惜,这一切,只能在史料记载中空寻一丝痕迹了。尽管如此,比起有些地方对古迹文化淡漠到了近乎冷酷的程度,还是好很多。

除了小庙和水潭,近年来,当地政府十分重视卫河源头以及张果老神庙的修复与开发,庙门上,仿照古迹描绘了八仙过海图,顺流而下的水流被新修的水泥河道和青光石护栏捋着,规规矩矩地向东而去。可惜的是,眼看着石龙嘴里吐出的是洁净清凉的水流，直接喝到嘴里都有清甜可口的感觉。可是顺着水流而下，不足百步，水就有点浊。等沉一沉，净一净，才能重现干净的水流。看看流出那一股小小的泉水，可是常年不断地流，冬夏如常，河水竟然流过五省二十一个市，最后流入海河。她其实是海河流域的源头水，随着人们对古迹文化的关注度越来越高，卫河也迎来了一批批寻根问祖的、寻源探究的人群，他们都把卫河誉为自己的母亲河。不多久，他们成立了一个联盟，愿意自发为母亲河做点力所能及的事。

和家人亲，和山亲，和水亲。慢慢的，王情又迷上了党组织。她一有空就听革命歌曲，听着听着悟出了党的召唤，就积极热烈地开始为入党奔波。

让她颇受感动的是政审材料的签写，舅舅妗妗，甚至已故的姥姥姥爷都得签，因为事务繁忙，和舅家的交往也就是逢年过节去跑上一趟，没想到一个电话，他们就乐颠颠地为她提供了一切方便，甚至揽下了找村支书和镇党委盖章的活。看着他们不要一丝回报的表情，王情突然就觉得，不知从何时开始，亲人竟成了个空空的躯壳，有空她宁愿和老朋友闲逛上很久，大喊无聊都没想过去看看他们，哪怕和他们拉拉话，谈谈庄稼的收成，说说猪羊的价钱，甚至就什么也不讲，吃上他们家一顿饭，再请他们来家坐坐都好啊。

走访亲戚时，王情被太姥姥和老舅的事情感动得一塌糊涂。96 岁高龄的太姥姥，裹着小脚，一头白发，喜欢盘腿坐，见人就没完没了地说早年的事，却死活不到儿女家住。独居老人身体一直很好，精气神也很足。可是后来，却一下子变得疯疯癫癫。实在是吃饭、如厕都困难时，才不情愿地住到老舅家。太姥姥正常的时候，还能摘摘菜、听听戏，时不时地，还要叮嘱舅舅舅妈好好工作、注意身体,有时还训斥他们不许离婚,独苗难存,一定得再生个男孩。可是一旦病情发作,完全是六亲不认,抓着老舅往家门外赶,指着舅妈说她是魔鬼,要抓住自己。她的样子,真真像个走火入魔的老妖婆婆,生人见一次就赶紧离开。太姥姥虽然瘦,但力气大得惊人,疯病发作的时候,连老舅都抱不住。老舅跑了很多医院,但药只能缓解,治不了病根。老舅就只好像小时候一样,说自己要喝糖水,要5分钱上学买本子。太姥姥稍稍平静些时,老舅就抱着太姥姥,与儿时被娘亲抱着一样,哄着她,给她讲故事,给她梳头,喂她吃饭,只有这样,太姥姥才会变得很乖,像孩童一般,用浑浊的老眼睛慈祥地看着他。太姥姥的身体机能很好,饭量也不错,舅舅就这样像养孩子一样,一直养着亲娘。

而王情自己呢? 疏离了亲情,淡化了爱情,名利的诱惑力也在渐次下降,甚至有时候迷茫得不知道自己到底要干什么。她有时候甚至怀疑自己到底是谁。

为了工作吗?为了证明自己的实力吗?或许只是快节奏的生活让一切化繁就简,许多看似虚伪的客套也省去了,久之,就演化为一代人唯利相交的悲哀。亲人,似乎与陌生人并无二致。王情想着这些年走过的路遇过的事碰到的人,对朋友对同事对爱人孩子,她无不尽心竭力。唯独对亲人,以为她们永远以自己为荣,她觉得整个世界都抛弃她了,都丢不掉亲人。可是,她倾心付出的人和事带给了她无尽的伤害。只有亲人,他们渐渐老去,但感情还在原地,等着她。再晚一点,或许,他们对她的情分会带到隔世。

王情打了个寒战。孝顺一课,说得很多,做得却很少,不能再等,马上行动,必须用关注孩子的心力来关注他们。否则,将会留下此生再也无法弥补的遗憾。

第二八章 梦赢角逐

竞赛,幸福,无法逾越的苦难磨炼你承载万千的胸怀。

四四方方的庭院里,程天琴和程天舟追逐着,嬉闹着,小小的院落因为有了他们而热闹非凡。田桃坐在台阶边的石凳上,边做十字绣,边看着两个已经6岁的龙凤亲疙旦儿,眉眼间洋溢着幸福的笑意。

天琴跑得太急了,一个跟跄摔倒在地上,田桃心里一紧,急忙站起身,大声喊:"天琴天琴,快起来,起来跟妈妈!"天琴伏在地上,委屈地大哭着不肯起身。田桃往前走了几步,又退回来,冲着哈哈大笑的天舟喊:"天舟,咱们去逛超市,看你妹妹去不去?"天舟幸灾乐祸地蹲下,在妹妹耳边叫道:"你就在地上唱三弦书吧,我跟妈妈去买好吃的了,买了不给你,就不给你。"天琴一会儿大哭一会儿低声啜泣,就是不肯起来,她斜眼瞧瞧妈妈,撒娇道:"妈妈抱,妈妈抱!"叫罢又大声哭起来。听着她假声假气的哭泣,田桃放心了。

她和儿子天舟,手拉手围着伏在地上嘤嘤而泣的女儿天琴,一边转圈一边念着熟悉的儿歌:"小宝贝,真淘气,一会儿蹦,一会儿跳,不小心,摔一跤,坐地上,哇哇叫。爸爸说,要勇敢,这点疼,算不了,小宝贝,点点头,我勇敢,不哭闹。"

天琴坐起身,用胖墩墩的小手揉着眼睛说,"我也会念,我比哥哥念得好!""好啊,你们比一比,谁念得好,就奖励谁实现自己的愿望,可以提三个,然后妈妈选择其中一个兑现,好不好?""妈妈说话算数吗?上个礼拜爸爸答应带我去坐宇宙飞船,什么时候能做到啊?"天舟撅着小嘴,不高兴地抗议。"那是因为,爸爸想带我们一起坐咱家宝贝发明的飞船,你们俩一起造,造好咱们才能坐呀。不过,今天的愿望妈妈一定帮你们实现。""那好!咱们拉勾!"天舟伸出自己的小指头和妈妈拉勾,又拉着妹妹的手和妈妈拉勾。一拉勾,天琴就张嘴傻乐了,她顾不得擦脸上的泪珠,拍着小手奶声奶气地念道:"小宝贝……"他们一起拍手打着节奏,大声连了三遍,念到最后一句时,姐俩简直成了扯着嗓子喊:"我勇敢!我骄傲!"

程铖下班停好车刚走进院子,就看到娘儿仨在一起疯玩,看他们快乐得像三只小鸟,一会儿喳喳叫,一会儿翩翩舞,好不热闹,程铖索性也加入这个行列中。他指导着,谁念得口齿不清啦,谁动作不到位了,谁念颠倒了。最后,评出了念书不分上下,最勇敢奖是天琴小朋友,最懂事奖是天舟小朋友,最辛苦奖是田桃大朋友。

说到愿望,天琴的三个愿望之一是爸爸妈妈一起带他们去游乐园,必须陪他们一整天,不许中途离开。程铖两口子连忙答应,绝不食言。天舟的三个愿望就难办了,第一个是自己开车去幼儿园;第二个是买把真枪,像电视里能喷出火的那种;第三个是戴上前几天买的蝴蝶模型飞起来,想飞到哪里就飞到哪里。田桃只好忽悠儿子:"好啊,那就实现你的第三个愿望,你要带着蝴蝶翅膀天天早晨起床跑步,每天跑三百米,坚持连续跑三百天,一定能飞起来,爸爸妈妈和妹妹为了你的愿望,都陪着你一起跑,关键是'坚持',愿望才能实现,好不好?"天舟拍着小手乐得哈哈大笑,似乎明天跑完步后就真能飞起来。

第二天,天舟果然早早醒来,嚷嚷着招呼大家赶紧起床,跑

步去。在天舟的督促下，坚持晨练了一个月，不知道飞的愿望能不能真的实现，但俩孩子的食量骤增，再不用喊着追着他们吃饭了，程铖的啤酒肚也跑没了。

暑假过去，一年一度的中级职称评审工作即将展开。这个月的目标是，在不耽误学生课程的前提下，为职称努力。如果说分数是学生的命根，那么职称一定是老师的命脉。为师一辈子，不求升官发财，也不图成名成家，最质朴的追求，就是上职称，不仅能增加工资，也能说明同行业、同学科老师对自己工作的肯定，同时，也是对教师协调能力、组织能力等综合素质的考察。朋友聚会时的问话也不外乎三句话："老公怎么样？孩子怎么样？职称上了没？"所以，对于四四方方的围墙内，方圆三五里的校园里，这些辛苦耕耘的老师们来说，上职称就是天大的事儿。想到这里，田桃更加细致地准备着职称评审所需要的硬件及软件资料。

所谓硬件，田桃扳着指头算着，就是人社部门下发的指标、学校的排名、学历学位证书、电脑普通话资格证、计划生育考核情况、同行的签名、年度考核鉴定表等基本要求；至于软件，作业啦，教案啦，听课笔记啦，全是平时的基本功考察。

田桃整理着自己手中的资料，无论资历还是教龄或者业务水平，自己的条件在学校都是拔尖的，就算民主投票也肯定不出第二名，指标问题显而易见能到手的。至于其他自己能做主的条件，不自谦地说，自己是优秀的，不必开口，事实可以证明，骨干教师、模范教师、学科带头人等一摞获奖证书摆在那里。明天，明天学校就会根据职称考核方案出考评结果，自己就可以迈开步子往前走了。

次日，田桃照例一大早起床简单洗漱后，就去宿舍楼督促学生起床，与学生一起晨练。按照惯例早点名后填写学生情况，应到 50 人,实到 50 人,没有请假或者旷操的学生。然后开始上早自习,每个自习前五分钟都会轮一位同学讲故事,可以是历史故事,也可以是亲身经历过的事,要求讲得绘声绘色,通俗流畅。条理清晰。全体学生都要记录听故事所获,由学生选拔出的十位评委从叙事要素、手势运用、表情配合、逻辑关系等十个方面进行评比,分优、良、中、差公布在后墙的学习园地中,供大家互相比较,争取进步。

讲完故事后学生们就自主支配时间,有的背古文,有的朗诵诗歌,有的做练习,有的预习新课文。田桃来回往返于教室里的走廊里,抽查了几位同学的古文掌握情况,又查阅了几个同学的练习作业,同时不间断地解答了几位同学的提问。时间过得真快,还有十分钟就下自习了,田桃就安排学生在黑板上默写古诗词、听写生字词。教师里三面黑板排了 27 位同学,三位同学分三组当小老师抽查并指出错别字,当堂清除疑问。

课改实施后,每个教室都有三块大大的黑板,上黑板做题不再是少数好学生的专利,也不再是学习困难的学生最怕挂着下不了台的难堪之地。上讲台做题、说话,成为每个学生基本的学习习惯。所以,学生们自我表现的积极性很高。另外 20 个学生两个为一组,互相检查自学程度。

早饭后,督促学生打扫完各自的清洁责任区,又安排学生干部检查卫生。不知不觉,上午第一节课铃声响了。第二节才是自己的课呢,田桃拿起抹布把窗台、桌子擦了一遍,又细致地擦拭了桌上的三个获奖相框,摊开书正准备再规范一下教案时,有人敲门。

田桃打开门一看,竟是李校长,他乐呵呵地对田桃说:"小田,县里安排骨干教师去山东学习,咱们学校只有一个名额,想

来想去,还是你去合适。你说呢?"田桃支吾着,猜到了校长的意图,她没答应,也没反对,给校长倒了杯水,又拿起抹布边擦获奖镜框,边轻轻地说:"领导的建议一定是经过深思熟虑的,一定代表了大多数同志的意愿,一定是已经决定了的结果。校长大人公布,我执行就是了。"虽然声音很轻,但是抵触情绪还是非常明显。

李校长拿起获奖证书,修长的手指摩挲着镜框里的字,严肃地说:"田桃同志,不瞒你说,这次职称名额只有两个,而三个老师在争,看起来他们都是蓄谋已久的。个个志在必得,会造成恶性竞争。另外两位同志我也和他们谈过话了,他们不会放弃,我知道,你是够格的,也是最通情达理的。考虑到你比他们年轻,还有很多机会,为了学校和谐,也为了同志间的友好合作,就请你发扬一下风格。你可以入党,也可以优先分配单位刚盖起的家属楼,学校从其他方面做些补偿,好吗?""当然,这个事情有点为难,你的难处我可以理解。"田桃没吭声。"这样吧,你考虑一下,也不是非得你作牺牲,但我希望是你,下午给我答复。"他站起来准备离开。

"李校长,等等。"田桃真想说,我不能放弃,为了和学生一起进步,为了眼前这个上职称的目标,我付出了很多,包括每晚研读案例、书写范文,包括搁下家里正在生病的老父亲,包括抛下正在等妈妈回家的俩孩子,努力了太多太多,现在却根本没有起步的资格,连上职称的门都没进就被淘汰了。可是,看着校长期待的眼神,看着他为了学校大大小小的事操心得头发都白了,再说,这样的事,其实没必要征求她的意见,经校委会决定的事,即有校委会决定的充足理由。不服也罢,难过也罢,这些都是中层领导要解决的问题, 或者说只不过是被淘汰者要解决的思想问题。

　　她咬咬嘴唇，说道："我放弃，祝他们成功。"校长非常感激地回应："去山东学习的事就这么定了，以后工作中生活中的困难随时提，我们尽量解决。职称嘛，就算今年上不了，明年一定上。我保证。"校长一出门，田桃的眼泪就一股脑儿地流下来。为什么非得我放弃，年轻有错吗？通情达理就得经常忍辱负重吗？工作了 7 年，也盼了 7 年，上个中级职称，成为中学一级教师就这么难？难过间，上课预备铃响起了，田桃拿起书"敦敦"拍了两下，对自己说："没什么大不了的，拿得起放得下。上职称的事已成为过去，过去了，重新开始。"

　　她站在讲台上，与学生一起大声诵读流沙河的诗歌：

　　　　　理想开花，桃李要结甜果；

　　　　　理想抽芽，榆杨会有浓阴。

　　　　　请乘理想之马，挥鞭从此起程，

　　　　　路上春色正好，天上太阳正晴。

　　放下了，不去想了，过去了，不就是上个职称嘛，只不过是理想的一小部分。春色正好，太阳正晴，不能伤悲！

　　可是，看到两位拿到指标的老师说说笑笑地填表格、盖章，忙忙碌碌地准备，自己心里还是酸酸的，甚至能感觉到他们不屑的、挑衅的目光，甚至能感觉到他们有意无意地在她面前卖弄，更有甚者问她案例的题目要借去做范文。

　　可以牺牲，可以忍让，可以出卖自己的心血，但是为什么要时时处处做弱者呢？为什么不牺牲，不忍让，掠夺别人成果的人那么快乐？那么觉得理所当然？

　　田桃抹去眼泪，年轻没有罪，放弃的只是一个小小的职称。她要争取向更高峰攀登，不和他们争利益，但一定会争取他们看

不到的高地，一定会攀上他们想都不敢想的高峰。她拿起笔杆，开始撰写学术论文。

三天时间，查资料，写论文，那么长，长得让自己几乎长了三岁；又那么短，短得叫论文刚刚列了个框架开了个头。

"田桃，校长大人有请！"舍友喊道。"昂。"田桃应一声，又埋头查资料。她的脸色暗黄，眼圈发黑，显然心情不佳，但还是挂着差强人意的笑。"快去吧，小心人家生气，过去的事已经过去了。想开点啊，无论如何，姐妹们支持你！"田桃这回冲着镜子笑了两回，终于自然了一点。

田桃走进校长室，正有个学生家长在谈话，可能是孩子在城里上学，喜欢上网，又经常打架，想转到他们学校来。李校长指指椅子示意田桃坐下，继续和学生家长交谈，谈话间隙，递给田桃一份文件，头也不回地说，"自己看看，下去准备吧，赴山东学习的人选依然是你，去吧。"

田桃一惊，盖有红印章的文件，原来是为了支持山区教师，关注青年教师成长，增加指标一名。田桃的眼睛里立马就有了光芒，她站起来，往学生家长和李校长的杯子里添了水，冲李校长深深地鞠了一躬，对着学生家长一欠身，说："你要是放心的话，就叫孩子来我班里吧。"又回头说："行吗？李校长，我立军令状，一定把这个孩子管理好。""好！就这样！"李校长赞许地点点头。

因为教学案例的题目已经告诉了别人，为了避免雷同，田桃只好重写。经过这样一番角逐，她选取了新的视角，郑重地写下了新题目：浅论国共两党的合作与竞争。副标题为分则中华衰，合则中华兴。她决定从全方位、多角度的事实告诫学生，学会与人合作，学会良性竞争，学会做人做事，学会以豁达、大气的心胸去取舍，去争取属于自己的成果，收获的一定不仅仅是胜利本身,会拥有更多自己想也想不到的境界。其余的关卡田桃一路通过,成功晋级为中学一级教师。

每一天,依旧早早起床,依旧为学生进步而喜,为学生落后而悲,上课,下课,写教案,批作业,参加教研会议,准备学术论文,和学生谈心,与老师讨论,偶尔请学生家长来交流思想,偶尔想想如果打破这样的生活又会怎么样。

田桃重复着这样简单而自在的生活,望望天,哼哼歌,看看镜子里日渐凸显的皱纹,翻翻柜子里一本本一张张的获奖证书,得意地迷醉在自己的世界中。

那是一种桃儿甜,甜得叫人夜半醒来还乐滋滋的味道,那是一片李子红,红得让人看得到脚下,想得清未来的美丽色彩,是一个情意浓浓,浓得离不开、走不远的美妙园子。此情,此景,醉了今朝,了了余生。

一周很快过去,田桃搭着公交车回到自家院子。房前屋后的林木争相竞秋,樱桃、葡萄、核桃枝枝挂果,甜枣、脆梨、山楂颗颗饱满,金针花探过头,似乎也想来平分秋色。银杏树微微俯首,又轻轻颔首,瞧着它们,时而慈爱,时而威严地关照着这些小苗小木,像极了一位长须飘然的老者。

只一周,院里的小狗似乎也想她了,汪汪叫着一直追着她进了大门,又撺进小门。东房里的房客,正播放着优美的萨克斯音乐,西边的菜地里瓜果满园,正北面长长高高的三层小洋楼如高山一般让人踏实。厨房里散出诱人的菜香,看来妈妈的厨艺又长进了,爸爸在听着新闻抿着小酒乐和。不等田桃回自己屋子换好家居服,一双儿女就跑过来叫着,嚷嚷着:"妈妈回来了,妈妈吃饭,奶奶叫妈妈吃饭。""妈妈,给我讲故事,我还想听小马过河的故事。""不行,妈妈和我一起捏橡皮泥。""妈妈,给你拖鞋,咱去

奶奶屋里吃饭。""好好好,让妈妈躺五分钟,行不?"

程铖应声而来,放下窗帘,粉红的窗帘倾泻而下,挡不住的明媚阳光还是透过间隙闯进家里来,躺在柔软舒适的沙发上,小憩片刻,看着孩子们走进走出,看着程铖默默地整理房间。田桃感受到了家的温暖,回家了,不由就松懈下来,本该去隔壁看看公公婆婆的,可一躺下,绵软的身子就嵌在了沙发里不想起身。田桃只好吩咐程铖,把刚买的新鲜蔬菜给老两口送过去,他一转身又为自己端来了刚煮好的嫩玉米。田桃在心里祈祷着,真想让时光在这一刻停止,真希望一切婚姻不幸的家庭都拥有属于自己的幸福密码。

这样一个有他、有爱的家曾是自己期盼了多少年的梦。都知道,女人的家好一切才会好,可是,简单的字眼曾经追寻了那么久。

那时,程铖还在外地上班。公公婆婆还在乡下,年近半百的老两口边上班边照顾孙子。一家六口,几乎分居祖国各地。都说好男儿志在四方,都说两情长久不在朝朝暮暮,可是每当放假回家的时候,多晚多累都只有自己一个人。接听一个个热情洋溢的电话时,她恨不能把那个破玩意儿摔掉。看着电脑视频里程铖时而清晰时而模糊的脸,看着他抽着烟表情淡然的脸,她恨不能一脚踢烂那个所谓高科技的铁疙瘩。

曾经憧憬了那么久,可是,婚姻带给她的只有无边的暗夜。有时候,深夜走在回家的路上,她会悲哀地想,如果自己此刻出了车祸或者被人劫持,一定是个永远破不了的铁案。因为等她最亲的人想到她的存在时,恐怕尸骨都寒了。亲人,一定在她回归天国之后还在喜笑颜开。她最爱的程,会出轨吧?至少会搞一夜情吧?其实,他即使养大了私生子,自己又怎么去考证呢?只好,茫然地随他去，至少有他那么个人。即使自己死了，也不是纯粹的寡妇，她也是结过婚生过孩子的女人。可是，他们之间到底有什么联系呢?没了她，阳光依旧。没了她，公婆儿女依然是个乐融融的小家。没了她，老公正好换个年轻漂亮的小媳妇。

最痛苦的是星期天回老家看孩子，她提着大包小包，但总是丢这样落那样。总算看着小村庄了，公车在山脚下停车，她就只好步行爬坡。爬在七拐八歪的山路上，她的心情总会相当糟糕。想起儿时跟着爷爷上山放羊时的乐乎，想起谈恋爱时坐在程铖的摩托车上脸贴着他的后背傻乐，她就越发觉得自己委屈。想着一双儿女听见公车的喇叭响就咿咿呀呀喊妈妈的样子，想着他们的小眼睛看着电视上年轻女子，就喊妈妈的样子，她提着包裹加快了爬坡的脚步。

山风吹着她单薄的身子，她觉得自己在随风游荡，荡到谷底才好呢。自己这是怎么了，在大家面前可以装得那么坚强。可是现在，怎么老想死呢? 她起先是怕，然后真是想进入云山雾罩的山谷间，那样会有永恒的生命，那样就不用独自承受痛彻心扉的梦魇。终于到了婆婆家，看着孩子脏乎乎的小脸，看着孩子面对她时陌生的表情，看着婆婆日渐清瘦的身子和公公苍白的头发，田桃突然就想不顾一切地哇哇大哭，像疯子一样大哭，再嘿嘿傻笑。

夫离子散的日子折磨着她，一个女人，生命中最疼最爱的人就这样以残忍的方式撕扯着她的心。与丈夫，几乎一年相聚一回;与儿女，几乎每月上演一回儿不认娘的闹剧。她死不了，但心死如灰的味道尝了无数次。

想着想着，田桃就真想出一场车祸或者生一场大病。可是，这样的诅咒居然一直没有成真。她只好隔一段时间就神经质一

般躲在自己的卧室里疯一回。周末，别人回家，她也回家。周一，大家红光满面上班，她却哭丧着脸。这样的状态，差不多持续了一年多。等她慢慢调整好自己的状态后，程铖许是良心发现，许是意识到了自己的家庭责任，许是慕洁秋的事给了他相当大的震动，总之，他突然就决定放弃外边奋斗了很多年的事业，回到家人身边。公公婆婆也退休回家专门照顾孙子，一大家子终于凑在了一起。

一切都会过去的，人生总会经历一些自认为是无法逾越的苦难。走不过去，只好蹉跎岁月，抱憾终生。彷徨的历程可以有，但不能沉溺太久，太长的沮丧必然被淹没，没有多少人会设身处地心疼你。

死了，爱你的人难过一阵子；活着，坚强如你，会创造很多。所以，更多人选择了面对现实，选择了一如既往地向上看、往前走。我们必须学会扬长避短，一定要把生命中的每一段艰难路程，都当成通往成功的必经之路，只要坚持，只要善于攻坚克难，前方总会有你期待的绿洲。

有一天，会发现，所有的艰难都是为后来做准备的。

第二九章　梦葬桃林

桃林,情殇,虽死犹生的桃花装点你千姿百态的人生。

时过境迁,灵溪小学新盖了教学楼,新修了操场,但生源十分短缺。一方面是农村老百姓认识到少生、优生的重要性;另一方面,外出打工的家长和条件好点的家庭,都把孩子转到城里寄宿制学校了。

新一届只有三个班十来个学生,慕洁秋作为小学校的校长兼代课老师,日子过得有点艰难。学校经费十分紧张,自筹资金又困难重重,取暖费和水电费都难以维持,只是由于村子偏僻,合并学校会给村里的学龄儿童造成不便,村小学就在左右为难中坚持着。时间不紧不慢地滴答着,三年过去,送走了三茬学生,慕洁秋的女儿慕菲菲也三岁了。

这个小学校,还有个年过半百的老师曹丽英。除了上课备课,曹老师几乎就成为慕洁秋的管家婆婆。她自觉承担起和慕洁秋一起抚养小菲菲的义务。每当看到她弓着身子批改作业,看到她哄着小菲菲入睡,看到她花白的头发贴在面色枯槁的脸上,慕洁秋就觉得自己欠债太多。

曹老师家就住在学校附近,在连绵起伏的棋谱山脚下,在神秘莫测的灵溪泉岸边,村名就来源于灵溪泉水。据说此泉是神水,女孩喝了更灵巧,男孩喝了更聪明。水流很小,但却冬暖夏凉,四季长流。

曹丽英高中毕业后,就回村当了山村教师,在村小学的三尺

讲台上,她一站就是40年。执教40来,不论春夏秋冬,刮风下雨,她每天坚持按时到校。她记不清在雪地里摔过多少跤,在黑夜里送过多少次学生,无论多难,她总有使不完的劲儿。

每当天气不好,她总是早早到校,从来不耽误学生一分钟。每当小慕劝她,情况特殊,可以放松对自己的要求时,她总是说,"我儿子在外地,他们叫我跟他们去大城市生活,可我放不下学生。离开他们,心里总感到空荡荡的。"她还认真地说:"当年要不是党给了我生活的出路,我早就饿死了。我很知足。我离不开这些天真烂漫的农村孩子,离不开家乡的父老乡亲。再说,闺女,你一个人带孩子多不方便,我帮你,孩子大些后,我就回家休息。"她朴实的话语总是叫人不忍心再说什么。

看着曹丽英的办公室,慕洁秋鼻子一酸,差点哭了,她不怕苦,可她害怕自己爱的人受苦。曹老师的办公室陈设十分简单,一张大桌子,桌子上放一盏20世纪80年代的橘黄色台灯,三只老式的笨重凳子,一张床,一个古旧的用来放置衣服的箱子,这些,是她多年不变的生活用品。唯一变化的,是学生的作业本换了一茬又一茬。

曹老师做事总是亲力亲为,每天总和学生在一块儿。上课在一起,下课也在一起,天气好的时候还要和学生打乒乓球。别看她年龄大,动作很灵敏,出球的速度也很快。学校卫生大扫除的时候,她总要和学生在一起劳动,她说:"教师就要深入到学生中,只有和孩子们在一起,才能让学生亲近自己,自己也才能真正爱孩子们。"

她爱好广泛,喜欢唱歌,她还会拉二胡、会拉小提琴、手风琴,而且都是自学的。

她十分钟情于村东的灵溪水,课上,她会给孩子们讲灵溪的美丽传说。她还说："乡村教育是农村孩子成长的乐园，是大城市没有的教育资源，要利用这些优越条件，让丰富多彩的农村生活和田野情趣陶冶孩子们。"

曹老师虽然已接近退休了，可从来没忘记学习。她从一家杂志上看到一所学校有个"阳光心理五分钟"的活动，觉得这个活动正好能够解决村里孩子胆怯、不自信的心理，就试着在自己的班里实行开来。刚开始，孩子们不会说，不敢说，她并不着急，鼓励学生慢慢来。

哪怕是一句话，她也会抓住，告诉学生说得怎么样，或者引导学生怎么说就更好了，很快，她的学生都能大胆地站在讲台上说话了。

通过学生们畅所欲言，她知道了魏星为什么学习好，就让学生多请教他的经验；知道了田瑶为什么怕雨，帮她一起克服；知道了张欣然为什么喜欢玩，她故意让她在网上看许多优美的城市，告诉她外面有好多好玩的地方，但是现在的任务是好好学习，将来才可能去这些地方；她也知道了小凤为什么突然变得沉默寡言，所以她悄悄地和她母亲取得联系，让她妈妈常来看她，自己也抓住她的优点，让她多参加活动，通过活动让她感到快乐。

40年一晃而过。曹丽英连续多年被县政府和市政府授予"先进模范教师""优秀教师"等称号。经她带过的学生几乎遍及全国各地。有些媒体去采访报道她，她总是说，我只是一名很普通、很平凡的教师，我做了我应该做的，我比起别人差很远呢。

难怪教育界的领导夸她："教育是件大事，但它却是由无数件平凡的小事聚集而成。什么是不平凡？把每一件平凡的事情做好就是不平凡。曹丽英就是这样一个既平凡又不平凡的老师。"

40年，从青丝到白发，曹老师坚守三尺讲台，默默无闻，无私奉献，把自己一生中最美好的年华奉献给了乡村教育。她也被当地人誉为"山的脊梁"。

有曹丽英老师在身边，慕洁秋有了依靠，有了奋斗目标。这个既承载她的家庭，又让她在事业上小有成就的山间小学校，带给慕洁秋无穷的力量。

又到期中考试了，按照惯例，各村小学的学生都要集中到乡镇中心校进行统考。每逢统考，监考、阅卷、评分总会忙乎好几天。星期一，慕洁秋大清早就起床了，她先给女儿做好早饭。接着把教室和偌大的院子打扫了一遍，又给菜园子里的青苗松了土，随后把一排排青松的枝枝杈杈修剪了一遍。看看时间，已经快7点了，学生们睡眼惺忪地陆续来到学校。她打了几盆水，安排学生依次洗脸，口哨一吹，集合了学生，列队在操场跑了几圈后，开始举行升国旗仪式。

国歌声中，看着鲜艳的五星红旗高高飘扬在蓝天白云之上，慕洁秋心里暖洋洋的。东方旭日微微露出红艳艳的脸儿，又是一个朗朗春日。她心里祝福着，这次考试一定得考好，不然没法向家长们交代，再说，成绩好坏直接影响着招生率和升学率，抓不好成绩，是一个学校、一个老师最大的失败。想起学生们平时刻苦练习的情景，想着自己挑灯阅卷的样子，她又自信地抬起头。

她站在国旗下，大声问学生们："我们今天的幸福生活是怎么得来的？"学生齐答："用革命先烈的鲜血换来的。"

"我们应该怎样回报他们呢？""优异的成绩。"

"有信心吗？""有！"

"好！祝大家取得满意成绩。按照惯例，有进步的同学我们给他奖学习用品，可以当小老师，第一名，还要发奖金的。好不好？"

第二九章　梦葬桃林

245

"好！"学生们仰起脸，脆生生地回答着。

例行训话后，慕洁秋把女儿留给曹老师，又简单叮嘱了几句，就带着学生出发了。临走前，曹老师把她送到大门外，扯着嗓子喊："慢些啊。"慕洁秋回头挥挥手，心里嘀咕着，熟门熟路的，怕什么，婆婆真是多心。

村小学离镇中心校大约 20 里，几年前铺好的水泥路已坏得坑坑洼洼，路不是很远，但山勾勾、交叉路却很多，陡坡、直拐弯没隔百米就有一个。

初春时节，杨柳吐芽，小草顶土而出，上午看到的是卷着的叶，下午就展开青嫩的身姿，展示着它们蓬勃的生命力。杏花即将凋谢，桃花开得正艳，满山满沟粉嫩嫩的桃花，煞是好看。一堆堆、一簇簇的花儿挤着抢着绽放，一阵风吹来，花瓣雨纷纷扬扬地飘散而下。毛胡胡的柳絮也来凑热闹，悠然地舞在空中，东瞅瞅，西看看，又拥抱大地。

慕洁秋领着十来个学生分乘两辆出租，车行驶在乡间小道上。她看看时间，刚刚七点半，估摸一下，半小时到中心校，休整20分钟，八点半上考场，时间安排是紧凑而有序的。

开车师傅大约三十出头，是个驾龄 6 年的司机，高高的个头，一口乡音，没啥文化但说话稳稳的，黑黑的脸膛带着与生俱来的耿直与实诚，浓眉乌发下小却有神的眼睛专注地盯着前方，不时地扫一眼后视镜来观察路况。

发车、踩离合、挂挡、加油，每个动作都配合得干脆利索。可惜车太破了，方向盘很重，刮水刷一个朝左撇，一个向右歪。车窗玻璃上一层厚厚的油污，车门根本关不严实，路上的尘土时不时闯进来捣乱。挡位上的标志都磨没了，好在师傅的车技还算过硬，车平稳而匀速地前进着。

　一路上,慕洁秋一会儿叮嘱孩子们要细心,要看清题目,一会儿又提醒大家,一定要先简后难,一会儿又不放心地强调:不要早下考场,做完题后要认真检查。

　　班长刘二梅边走边数着他们经过的拐弯。这是条很熟悉的盘山道,平日里她和伙伴们用步子丈量过的,约100步就有个几乎是直角的拐弯,那也难不倒他们,有时下山走亲戚,有时跟父母去赶集,走得多了,也会故意闭上眼睛摸索,凭感觉也能走回家的。路上经常见到的不过是马车、牛车,三轮车、摩托车都是很少的。

　　弯弯曲曲的单行道上,偶尔能遇上个赶去春耕的农人,他们扛着镢头,哼着小调,日出而作,日落而息,怡然自得地生活在这个土地肥沃、风光秀丽的小山村里。

　　慕洁秋回头看看,后车紧随其后,很快就会到达目的地。她掏出手机拨通了中心校的号码,告诉他们10分钟后到,一定不会贻误考试的。

　　刘二梅扳着指头数着,再拐两个弯就到镇中心校了,她开始想老师叮嘱的种种注意事项,如果发挥正常,她在镇里四百余学生中能排前三名,这次争取第一名,这样就可以挣到300元奖学金了。

　　二梅盘算着,300元,真是个不小的数字。真能拿到新崭崭的票子,就给老师买个颈椎按摩器,慕老师年纪虽轻,但由于她终年累月地操持学校的繁杂事务,一年前就确诊为颈椎反弓了。或者为大家买个电子琴,学校的风琴已经坏得不成样子,踩踏板时得空抬几下,踩轻了没音,踩重了会嘎嘎响,键盘上的白键已成为黄键,黑键亦是斑斑点点,没有一点光泽,没有一丝美感,有的键已经按下去弹不起来了,幸亏慕老师技艺高超,弹出的曲调依

247

然好听。

想到自己突然买回个礼物送给老师，想到自己被老师同学包围夸耀的场面，刘二梅甜甜地笑了，笑得那么动人，以至于压在车轮下瞬间毙命时，她的脸庞还是那么生动，那么叫人心里骤然一惊。

没有任何征兆的，她们坐的头车突然就倾翻了，副驾位置的慕洁秋和坐车门旁的刘二梅当场毙命，一个男生重伤，另外几个学生吓呆了，面无表情地浑身哆嗦着。后车刹车及时，一片凄厉的哭喊声穿越在桃花林里，一切都静止了。

慕洁秋，刘二梅，一师一生，两个如花的生命，相拥着融化在桃花深处，是她们在祭奠着漫山遍野的桃花，还是飞舞莺歌的桃花一直在等着掩埋她们？她们诉说着对彼此深深的敬意和喜爱，她们吟唱着对人生对爱的美好回忆。

她们孤单吗？她们来世还做师生吗？她们的离去能留下多少思考？多少伤悲？多少期待？

闻讯赶来的曹老师哇哇嚎哭着：为什么不带走我这个老婆子，可怜的小菲菲呀！她们还没来得及看看这个世界有多么美好呢。

镇中心校乱作一团，联校长和会计拿出积攒了多年准备给儿子娶媳妇的钱，亲自把受伤的师生送进医院，又安排其他老师做好学生和家长们的安抚工作。

此事一发生，就得到领导的高度重视，领导经常去医院看望，又和学生家长商谈如何妥善解决后事。

学生家长嚎哭着，骂天，骂地，骂娘，骂完了，不解恨，又骂自己，骂孩子，声声责骂阵阵血泪，殇女之痛如同酸枣刺一根根扎在自己的心坎上，如同马蹄捣在自己的眼睛上，他们痛苦，他们

无法熄灭闷在心间的火苗,他们无法相信,孩子活脱脱地离开家门,走进校园不到半天就直挺挺地横在太平间,这样断子绝孙的事情发生,他们如何咽得下那口气?

他们天天哭嚎,直哭得干嚎没了眼泪,直哭得地里庄稼被野草荒芜。后来,他们终于平静下来。

慕菲菲不知道发生了什么,非要找妈妈的时候,曹丽英就告诉她:你妈妈去给老佛爷养花了,每天就是搬搬花盆,浇浇鲜花,可好了,等你长大了,她就回来看你。

三个月以后,水泥路加宽了,村小学与镇中心校合并了。村里几十户人家,围着那座已经改为农民活动场所的空楼,一如继往地劳作着。

一年后,他们举村搬进了县城,走时,正是阳春三月,漫山遍野的桃树林微微颔首,花儿开得正艳,粉嘟嘟的,煞是可爱。善良淳朴的村民眼睛里含着泪,笑着。

搬迁车载着他们行驶在宽阔的柏油马路上,看着车窗外渐行渐远的村庄,他们的眼泪扑簌簌地掉下来。

别了,这个让人难舍让人伤悲的地方;别了,这个丘陵遍布、山地高耸的山间小村。再来时,刚栽的小树苗一定长成了婀娜多姿的小妖精。再来时,一定是蟠桃满园、王母下凡的天下胜景!

慕洁秋的怅然离去,让姊妹们沉寂了很久。

很长一段时间,田桃都睡不好觉,一关灯就感觉到慕洁秋阴郁的眼光,甚至能看见她一脸冷飕飕的表情,哀哀怨怨地站在她面前。她就习惯了开着灯,听着音乐睡觉,无论什么音乐,听着都是些忧伤的调子。

如果慕洁秋当时和姐妹们在一起,不去当什么校长,不去承载自己难以承载的一切,是不是会好很多? 作为好姐妹,她们没有劝阻她,她应该有个属于自己的小家庭,一个女人,终究是家才能让她更完整呀。

可怜小慕,终其一生都活在错误的阴影里,死在了弯曲陡峭的坡道上,葬在了桃花岭,生生世世被桃花所掩埋。她总算可以安歇了。

可是田桃,她做梦都不会想到,她如此关爱怜悯的妹子,竟是当年她厌恶至极的情敌。她的固执让她糊涂了半生,也豁达了一辈子。她根本不知道,慕洁秋决定去偏僻的小山村,就是想要割断所有的过往。

对对错错、爱恨情仇,一切都将被岁月掩埋,哪里知道:上天真是公平的,万事万物遵循守恒定律。敌人原谅的事,上帝未必原谅。

想着姐妹情分,想着人生苦难,胡乱寻思着,田桃的泪水总是把枕头弄得湿津津的。夜半,忧伤的歌听多了,连院子里小狗的汪汪声都加上了韵调,呜呜咽咽的听着都瘆人。可是,人死不能复生,慕洁秋带着大家哀婉地叹息,走了。

无论你的处境多么凄惨,这个世界依然以它惯有的姿态存在,或垂青某个人或群体,或摧残某个城或地区。

世界很小,也很大。沉浸在自己的小天地中,任乐乐的村官当得有滋有味,她喜欢每天忙忙碌碌的,喜欢了解各个未知的领域,喜欢探索自己从未接触过的新事物。

转眼间,任乐乐已经是个小头目了,她的当官生涯日渐风生水起。与之相随,加班加点也成为家常便饭。文化节开幕前,倒计时一周内,镇政府所有的工作人员都忙得不亦乐乎,他们统筹安排各项事务,力求做到万无一失。

任乐乐也不例外,她每天忙得像个陀螺。她和另外两个同志

负责票务工作，看着是一张张小小的门票，五千多张门票的印制、签章和编号工作没有一整夜，不一张一张过手是办不成的。虽然说是低级劳动，但熬夜熬得久了，一些高级错误也冒了出来，搞得有点郁闷。

由于场地限制，ABCDEF 几个分区的座位长宽不一，编号时一走神就编多了，必须时刻保持高度清醒。签章时，一手翻过页，一手盖章，盖着盖着手腕都麻木了。但看着那一摞一摞分门别类的门票，一张张从彩纸变成含金量挺大的票，心里还是乐滋滋的，一种叫做成就感的情愫冒上心头，为之付出的辛苦劳动也就不值一提了。

按照惯例，部分贵宾邀请函是要送到各位领导手中的。任乐乐把送函的事当成自我挑战。虽说是小事，但也关乎形象问题。任乐乐尽量注意自己的言谈举止，免得被人小看，受人奚落。

每敲一扇门，心里都要打一阵鼓，毕竟，她面对的是县里最有威望的政要。随着一扇一扇门被敲开，心理压力就小多了，原来越是大领导，越是客客气气，和蔼可亲，只要她说明来意，就热情地询问文化节的筹备情况，并表示如果时间允许，就一定参加。这样一来，把她的尴尬劲全赶跑了。

任乐乐消除了心理障碍，乐哈哈地为他们捧上了精心设计的邀请卡。这个任务做得还算得心应手，一想到自己也可以加入到这个神秘而受万千大众欢迎的活动中来，她就欢喜得忘掉了所有的疑虑。

许是自己的想法太过简单了，许是家庭与事业有时候真的不可以兼顾，许是自古忠孝不能两全，总之，她在忙碌中，体验着有一份心爱的工作是多么幸运的同时，时光飞快而去，家里和原单位的事一股脑地涌来了。

不偏不巧的,就在文化节开幕前两天,任乐乐的父亲突然出车祸了。

事发时,任乐乐还在哼着小曲儿整理文档。电话被撂在了一旁,一遍遍唱着"想你时你在天边,想你时你在脑海"。等她忙乎完一堆杂事,准备下班时,打开电话一看,有很多未接电话。

电话是母亲打来的。平时,她尽量抽出时间去看望父母亲,所以他们很少找她,即使打电话,也只会打一两次。她赶紧回拨过去,座机,无人接听,手机,一阵忙音,可把任乐乐急坏了。

她赶紧跑到娘家,谁知大门紧闭。她又顺着路走,走不远,便看见了父亲经常骑着的摩托车倒在路旁。见四下无人,她吓坏了。等她匆匆赶到医院中,迎面碰上躺在担架上的爸爸和说话打战的妈妈。

当时,任乐乐的头"嗡"地一下就炸开了,自己对他们关心得太少了,爸爸怎么会在家门口的路上出事呢?

他一定是太累了,忙完工作忙家事,一堆堆需要他处理的事情堆过来,是疲倦把他压得注意力分散了,如果自己能分担一点家事,爸爸肯定不会这样,她为自己的疏忽感到羞愧。

倔强的爸爸刚刚缝完针就急着回家,他不想住院,一者住院太花钱,二者不能误事。回家大家就能各干各的事,不要因为这点小事耽误工作。额头上缝了七针呢,爸爸倔得像头牛,妈妈和任乐乐只好依他。

任乐乐握着爸爸的手,爸爸硬生生就把她推开了,赶紧回去,该干吗干吗,这里有你妈妈就好了,千万不要再惊动任何人,我没事啊。

就这样,任乐乐返回了文化节的现场,和同事一起为节日的到来做最后的准备。

大概真是好事多磨，爸爸的事刚了结，眼看开幕活动就要开始了，学校一通电话把任乐乐喊走了。原来是学校的文明创建工作被全县当成了典型，她和当时直接参与文明创建工作的几个同事，必须尽快准备一套丰富翔实的资料。

她们翻腾着文明创建时的资料，搜集着可以作为经验推广的典型事例，提升着学校文明的精神内涵。忙乎中，期盼已久的开幕活动已接近尾声。

人生总有很多遗憾，这样那样的不完美，成就了生命中一个个起点和终点。虽然有着万千遗憾，她不能亲眼目睹敬爱的艺术家们演绎一场绝美的文化盛宴，不能亲临现场感受零距离触摸宴会的滋味，不能和家人、朋友一起感受这盛世丰年带给百姓的壮丽篇章，她还是打起精神做着手头工作。

还是有几分失落，深深的遗憾。毕竟，为了这一刻的到来，她忙乎了整整三个月，首届文化节多少有些横空出世的味道，她心里那份别人无法理解的落寞，让她为再也不能重新来过的邂逅感到难过。

或许，潜意识中，她与文化的交集，就像遇见倾慕已久的王子一样，那种情结，让她寝食难安。她只好带着遗憾，带着由心底升腾起的豪情和兴奋，看着电视转播。她一直笑着，看着电视节目，眼睛睁得大大的，生怕错过一个镜头。

第三十章　梦聚卫河

卫河,痴恋,九九归一的结局终结你前世来生的传奇。

首届卫河文化节的主题为"水语让山村更美",此次盛会,力图通过打造富有地域特色的活动,展示优美的生态环境和厚重的文化魅力,突出古老文化的传承与发展。

节日还未到,许多商家就接踵而至。越来越多的人流在会场购物、玩乐,集聚人气的同时,也带来了实实在在的收获,当地百姓的收入,在节日期间有了明显的变化。由于前期工作做得很细,布局合理,划行规市,餐饮一条街、百货一条街、娱乐一条街,让人们可以根据不同的需求,直接到不同的街市,通过货比三家,选择最好的产品。

卫河水多,鱼更多。河岸边的钓鱼比赛是一项非常吸引人的活动。活动准备很充分,在党委、政府的大力支持下,钓鱼协会以联络感情、提高钓技、修身养性、陶冶情操、丰富广大钓鱼爱好者垂钓活动为目的,从多个环节入手,做了方方面面的筹备工作。

为了增强艺术气息,文化节还为广大象棋爱好者提供了展示棋艺的平台。通过象棋大赛,期望能够加强象棋爱好者之间的友谊,培养优良的棋风,丰富群众的文化娱乐生活,并以象棋运动的普及和推广为载体,展示水城卫河形象,聚集华夏人气。本次大赛不仅能使他们的棋艺得到进一步提高,而且对部门内部成员之间团结协作也是个挑战。同时,借以提升水城卫河的美誉度,发扬中华国粹文化的独特魅力。

有句话说："水不在深，有龙则灵。"卫河文化节专门安排了龙舟赛事。龙舟赛全部使用的是新购买的国标龙舟，保障比赛活动按标准运行。为了保证活动顺利开展，还成立了由体委、水利、海事、医疗救护等为成员的活动领导组，以保障比赛安全进行。按照国家龙舟比赛规定设置赛道，制定比赛规程，保障比赛规范进行。另外，还配备了专业救生员，加强比赛活动的安全管理。看那些茂腾腾的后生们，嗨哟嗨哟地划船前行，真正是感到了年轻的壮观和力量的美好。

本次活动的重头戏是民俗文化展演，让人民群众在认识民俗文化瑰宝的同时，感受传统文化的独特魅力，激发广大民众关注、支持、参与民俗文化保护的责任感和自豪感，以此推动卫河镇文化大发展大繁荣。

民俗展演的核心表演区是"七十二行展演"，展演活动每天进行，形式创新，内容新颖。这个展演代表性强，范围广，传承多，游客反响强烈，堪称卫河镇民俗展演之最。现场掌声、欢呼声不断，让游客们大饱眼福。别致的表演吸引着大家，一步也走不开。开道夫、迎亲牌、乐团、新郎、花轿、媒婆、嫁妆、食盒、送亲大车等共50余人的表演队伍，还请游客友情客串，只要你喜欢，就能穿起古装，过把演戏瘾。这样，人们在轻松愉快的互动中，进一步认识了丰富多彩的人文内涵。红火热闹的传统手艺展示区，成为一道亮丽的旅游风景线。

技艺精湛、做工精美的民俗作品也受到广大游客的喜爱，大家纷纷围坐展摊前，或观看，或参与现场制作。这些活动，让游客更加直观、全面地了解了制作技艺，零距离感受了水城卫河传统手工艺的无穷魅力。本次民俗文化展演内容丰富多彩，为进一步繁荣卫河镇古老的民俗文化奠定了坚实的基础。

　　如此等等的活动项目多达 49 个,在卫河镇是从来没有过的盛事,还未开幕,各项活动便热热闹闹地开展起来。

　　文化节如期开幕,气势磅礴的水上舞台屹立在卫河中,上衔蓝天白云、下映碧水红花的超大 LED 电子显示屏上,一百条生态各异的"龙"画虎虎生威,一百个造型迥异的"龙"字跃跃欲飞。

　　舞台上,西汉场景的氛围中,一把巨大的古剑高悬,绾着发髻的翩翩少年们,仰视着祖祖辈辈视为神物的古剑,时而深思,时而癫狂,时而练功。那样子,虔诚而执着,是想完成称霸天下的奇功伟业吗?

　　一个庞大的铜镜镇场,轻歌曼舞的红衣女郎们对镜簪花,时而望着窗外浅笑,时而拿起书卷低吟,她们的眼神娇柔而妩媚,她们的舞姿优美而雅致。舞毕,她们又探头往窗外看,看吧,有人喜笑颜开,有人怅然若失,是在等待着情郎吧?

　　李虞带领着文化宫孩子们,表演了一个《只要妈妈露笑脸》的歌舞节目,在场的人都被孩子们稚气的呼喊妈妈声所感动,很多人流了泪。这个世界上,唯有母爱最为纯粹,爱,爱到骨髓,小或者老,近或者远,没有人能挣脱母亲牵念的丝线。

　　他们还有一个压轴节目是《拍手舞》,这个看似简单的舞蹈还是有点来历的。

　　文化宫成员去省里考察时,对人家整齐有序的课间活动赞不绝口。于是决定师生在做体操时,进场、退场都要拍手,这样可以调整行进的步伐和节奏。随着《运动员进行曲》响起,操场上便响起了有节奏的拍手声。

　　舞蹈老师还受此启发研究出了一套拍手舞:将十指张开,两手的手掌对手掌,手指对手指用力拍击。通过队形的变换和音乐的调整,一套简单易行,而且让人身心愉悦的拍手舞就产生了。

每到下课时间,大家相互提个醒,师生们就一起从堆积如山的课本、作业本中抬起头来,扭扭僵硬的脖子,转转酸涩的双眼,一起练习"无敌拍手功"。大家姿态不一:或坐或站,边走边拍或原地踏步或手脚并用,或疾或徐,噼里啪啦,似欢快的鼓点,像激昂的号子,气势十分壮观。

心情不好时,老师们就放一段激昂的乐曲,和着音乐的节奏边拍边唱,怡然自得,自我陶醉。更多的时候是边拍手边交流,说说各个班级的趣事,聊聊各自的生活。在集体练习的过程中增进了彼此的了解,同事关系也更加融洽了。

雷动的掌声结束了"拍手舞"演出,幕布一闭一合,舞台上出现了三个年轻靓丽的女子。

田桃,市级十佳校长。

李虞,省级文化宫杰出负责人。

王情,画家、教育家,爱心大使第一人。

她们披红挂彩,站在水上舞台中央,省、市、县领导为她们颁发了奖牌奖杯。被鲜花和掌声簇拥的姊妹仨笑意盎然地站在台上,这一刻,生命中所有的过往都成为烟云。这一刻,她们醉了一般,沉浸在湖光山色中。

荣誉是虚空的,夸赞是虚空的,所有的成功或是失败都将成为若干年后的几句谈笑。可是,在这个美丽的世界上,她们绽放过,燃烧过,在最好的年华,开放出了最艳丽的色彩。

田桃的一大家子跑过来,亲爱的程铖带着一双儿女程天琴、程天舟过来祝贺她。

马彪带着儿子马欢,还有一台刚买的摄影机准备送给亲爱的妻。

杨赢妮也不甘示弱,爸爸杨基睿去雅安出差了,她就缠着爷爷奶奶开车到了现场,她要做回导游,带领大家游水城呢。

几个小家伙把他们引以为豪的名字都做成精美的招牌举在头顶。大伙儿仔细一认,恍然大悟,都哈哈大笑着鼓起掌来。

舞台上,"古代学子们"手捧竹简,时而摇头晃脑地大声诵读,时而随着节奏翻腾起舞。从李虞这个角度看,正好能看到蓝天白云的背景,两旁莲叶荷花像是观音菩萨的坐台,好一幅天水合一映衬下的经典文人图,宛若天上的道家下凡,好似人间的孺子升天,画面美得叫人生怕一眨眼就看不到他们,生怕一转身他们就随着天上的祥云远游而去。

天上的浮云变幻着,真是一幅巧夺天工的舞台背景,加上电子显示屏上丰富色彩的流转,叫人目不暇接。

舞台上有很多著名艺术家献艺,台下也有很多名家在观看。田桃被安排在贵宾席中,趁着主持人报幕的时候,往旁边一看,竟然发现著名作家白冷玉老师也在,她只是看过她的文章,浏览过她的博客,现在见到了她本人,有一种似曾相识的感觉叫她觉得特别亲切。

白冷玉超凡脱俗的神情叫人为之一振,原来如山般沉稳的女人有这样的力量,她即使不说话,不笑,就那样随着节目的起伏,她的情绪在表情中有细微的变化,肢体语言也在诉说着,让人静静地看一眼,就感受到了她的磁力。

她不看你的时候觉得她很远,远得几乎不是一个星球的物种,看你的时候,就像刚刚一起喝过咖啡饮过茶,那样赏心悦目又那样亲近,真正是从来没有人让田桃有过这样的感觉。白冷玉一转身,发现田桃在看她,就回以浅浅一笑,田桃也耸耸肩,笑着把装有卫河神水的瓶子递过去。

她递给了她一瓶水,她不知道,这一瓶水打开了她的另一

个世界,从此以后,她除了成为她忠实的粉丝,也开始在键盘上敲击一些深深浅浅的文字。她也不会想到,此后,文字成为陪伴她最多的情人。

地图上,这个几乎找不到位置的小镇,这个不够强大、不够富裕的小城,这些山里、河边的老百姓们,正在青山碧水间,共享一台古往今来都没有过的盛宴。

地球上,山的那边,海的那边,很远很远的地方,远得想象不出样子的雅安城,经历了一场千年不遇的地质灾难。

外出考察并直接参与抗震救灾的杨基睿杨队长,感受了这一切。人类的灾难,地动山摇的考验,就这样在夜间、在人们熟睡时分,静悄悄地袭来。

高楼瞬间倒地,杨队长箭步跑出高楼的刹那,深深地感到,对于每一个个体来说,灾难,是如此直接而出乎意料。

每个人都必定面对的人生终点——死亡,就这样毫无防备地赤裸裸地摆在面前。不到10秒的时间内,人的镜头跳跃性地切换到濒临死亡的模式,人生未来的规划,瞬间灰飞烟灭。

当时,只剩下一个念头:这一秒,死亡。

死亡,就以这样蛮横而霸道的方式,活生生地横在面前。

那是种令人震惊的方式,脑海里已经填满的是对于整个人生的放肆憧憬,对于未来生活的慢慢期待。一场灾难,却可以瞬间把这一切掏空,把生命冰冷而脆弱的本质,毫无保留地暴露在眼前。

他唯一能想起来的事情是:整个身心,都调动了所有的能量,只是想多撑一点点时间,哪怕一秒。也就是在那一刻,他第一次触碰到了一种东西——生命,只是那么纯粹那么纯粹。与当天穿什么无关,与过去的恩怨无关,与今天的好坏无关,与所有关于未来的设想无关。

只是生命而已,活着,一口气,能呼吸,就是生命。

也就在那一刻,他忽然觉得,许多曾经那么看重的东西,竟然都像灰尘一样,轻飘飘地,落了下来。

生,抑或是死?命运的无常,就在于你可能将心都已经装满了对明天所有美好的希望,却在今天画上了休止符。于是,只能学会去抓住所有稍纵即逝的美好。有时,那种对死亡的恐惧仍然会让他在睡梦中惊坐而起。

自我确认,还活着。

但他知道,他开始和最深处的自己对话,开始问自己的生命是否在当下的生活里绽放。

人生只活一次。如果明天就是告别日。今天,是否还会沉迷最后一集电视剧?是否还愿意在抱怨和牢骚中度过?是否还会害怕失败,害怕受挫,害怕被人嘲笑?

经过这些灾难,我们突然会发现:大家是如此热爱生命里的那些源泉与光明。我们将用数千倍、数万倍的热情,去追逐那些闪光的瞬间,那些令人迷醉的美好。

爱,家庭小爱,国家大爱,一直都在。我们的文明在这个时候爆发出它最强大而团结的力量,超越所有制度,跨过所有牢骚。

在夜深人静的晚上,当四周寂静的时候,忽然感觉自己将要在1分钟后死去,去真正感受那种死亡的悲鸣与恐惧,去想象此时此刻就身处在地震中的一栋楼里,倒塌、惨叫,你却无能为力。在那一瞬间,去抓住本真的那个你,去抓住你最内核的那个生命,再也不要把它放开。

此谓,向死而生。

杨队长穿着那身带着震区泥巴的旧迷彩,踏上了回家的

路。他在体验大自然绝情的同时,也感受到了人类的伟大。所有灾难的力量,并不仅仅是让人们更加团结,让人与人之间的同情心产生共鸣,彼此温暖,彼此照耀。困境面前,更加彰显人性的善与光明。

生生死死,梦来梦醒,一切的机缘,梦在,阳光就在,生命就能释放出最璀璨的光彩。

卫河河畔,这个迷人的小城镇,这个宜居宜业的休闲小城,悠然自得地品尝着千百年来的福祉,慢生活的美好,偶尔快节奏的进取,是如此让人迷恋。祈祷它,一如既往地稳步前行。文化节还在进行中,那些挫折与梦魇,就让它随着彩色礼炮的轰鸣,戛然而止吧。

会场上,王情可坐不住,她看一会儿就在场上晃悠一会儿。晃悠中,她见到了多年不曾谋面的朋友们,赵蓉的闺女都比她娘高了。当年那个大家纷纷指手画脚的杜竹,人家已经升任教育局长了,俏媳妇偎依在他身边,怎么看都是一对羡煞神仙的小两口。杜竹局长还带来个好消息:国家将继续加大对农村教育的扶持力度。山区师生将享受到更完善、更优越的教育资源。

大家都在看着节目,久旱逢甘露一般享受着这场文化盛典的时候,有个人,他不看节目,不看嘉宾,甚至不看观众。他就是这场盛典的总设计师兼总指挥吴书记,他时而沉思,时而蹙眉,太阳光照在他棱角分明的脸庞上,细碎的汗珠挂在额头,他关注的不仅仅是节目的精彩与否。

一场圆满的活动,从资金运转到安全保卫,太多细碎重要的事等着他去处理。他的表情,像在田间地头看到了快成熟的庄稼,又像预赛夺冠的运动员期待最后的角逐,那种文化精髓渗入骨血的虔诚与执著,那样让人爱戴。同样是一身白衬衣、黑裤子的正装,他是让人在一群人中一眼就能看到的样子,那样笔挺出众,那样让人钦佩。

倒计时中,一项项活动顺利完成,他缓步走到卫河源头,看着一弯山泉从老爷山峰顶倾泻而下,顺着河道缓缓流去。耳边是卫河神水叮当作响的妙音,眼前是山作新娘水作嫁衣的俏媚佳人。他捧起一汪清泉,亲吻着这上天赐予的一方圣水。目送水流远去,他注目凝思,愿水流所到之处,带去富足与和谐,带去歌声与欢笑,带去万千生灵前世、今生、来世的福音。

田桃、李虞、王情三姐妹,还有刚毕业就加入到卫河学校阵营的三个女博士,在草地上野餐,她们筹划将要开始的一切。路人纷纷回头,瞧这卫河"金六福",真是咱这圪垯土的福气。

几个孩子嬉闹着,一群中学生在河边的草地上拍着手念着歌谣:

理想开花,桃李要结甜果;
理想抽芽,榆杨会有浓阴。
请乘理想之马,挥鞭从此起程,
路上春色正好,天上太阳正晴。

图书在版编目（CIP）数据

桃李情 / 李亚琼著. —太原 ： 山西人民出版社，
2013.6

ISBN 978-7-203-08206-4

Ⅰ.①桃… Ⅱ.①李… Ⅲ.①长篇小说-中国-当代
Ⅳ.①I247.5

中国版本图书馆CIP数据核字（2013）第108890号

桃李情

著　　　者：	李亚琼
责任编辑：	武静
装帧设计：	王慧杰　郭凌燕
出 版 者：	山西出版传媒集团・山西人民出版社
地　　　址：	太原市建设南路21号
邮　　　编：	030012
发行营销：	0351-4922220　4955996　4956039
	0351-4922127（传真）　4956038（邮购）
E-mail：	sxskcb@163.com　发行部
	sxskcb@126.com　总编室
网　　　址：	www.sxskcb.com
经 销 者：	山西出版传媒集团・山西人民出版社
承 印 者：	太原新华印刷厂
开　　　本：	889mm×1194mm
印　　　张：	8.5
字　　　数：	400千字
印　　　数：	1-1000册
版　　　次：	2013年6月　第1版
印　　　次：	2013年6月　第1次印刷
书　　　号：	ISBN978-7-203-08206-4
定　　　价：	49.00元

如有印装质量问题请与本社联系调换